직업으로서의 예술가:
고백과 자각

일러두기

- 『직업으로서의 예술가』 시리즈는 총 두 권으로 구성되었습니다. 그중 이 책은 『직업으로서의 예술가: 고백과 자각』입니다.
- 이 책의 모든 인터뷰는 정부의 코로나19 방역 수칙을 철저히 준수하며 진행되었습니다.
- 이 책에 사용된 사진은 모두 저작권자에게 사용 허락을 받은 것입니다. 저작권 출처는 판권 페이지에 별도로 명시했습니다.
- 영화와 드라마는 〈 〉로, 연극과 뮤지컬은 〔 〕로, 음반, 신문, 잡지는 「 」로, 단행본은 『 』로 표기했습니다.

직업으로서의
예술가

고백과 자각

박희아 인터뷰집

지금,
창작의 최전선에
오롯이 선 26인과의
진솔한 대화

카시오페아
Cassiopeia

죽을 때까지
인터뷰를 한다고 해도

이 책을 작업하면서 같은 꿈을 여러 번 꿨다.

"아직 인터뷰 섭외도 안 된 거 아니에요?" 주변에서 나를 질타하는 소리가 들렸다. 얼굴은 흐릿했지만, 지금 생각해보면 "그 정도로 많은 인터뷰이들을 모으는 게 가능하냐"고 고개를 갸웃했던 사람들의 모습이었던 것 같다. 아마 애초에 내가 계획했던 게 52명이 아니라 100명이었다는 사실을 알고 황당한 표정을 지었을 게 분명한 사람들.

과거 인터뷰 자리에서 배우 양세종 씨가 이런 이야기를 해주었다. "제가 죽을 때까지 연기를 해도 세상에 존재하는 모든 사람들을 연기할 수가 없어요." 나는 이 말이 매우 인상적이었는데, 이번 인터뷰집을 기획하면서도 단번에 그의 말부터 떠올렸다. 내가 죽을 때까지 인터뷰를 해도 세상에 존재하는 모든 사람들의 이야기를 들을 수는 없다. 즉,

나의 시간은 한정되어 있고(나이나 대중적 인지도 등을 고려할 때 내가 인터뷰하고 싶은 대상의 시간이 한정되어 있다는 사실이 더 중요할 때도 있다), 나는 그 시간 동안 내가 얼마나 믿음직스럽게 이야기를 들을 줄 아는 사람인지 그에게 보여주어야만 한다. 그리고 상대방은 인터뷰를 수락한 이상 나에게 자신의 속내를 어느 정도 들려주어야만 한 편의 이야기가 완성된다. 인터뷰 작업은 그래서 쉽지 않다. 우리 사이의 한정된 자원을 모두 끌어모아야만 하는 일이기 때문이다.

그렇지만 아무리 애를 써도 나는 죽을 때까지 세상에 존재하는 수많은 인간 군상의 이야기를 담을 수 없을 것이다. 그래서 이 책을 썼다. 이번 작업은 최소한 내가 몸담고 있는 대중 예술 산업 안에서 길게는 30여 년간 일어난 변화, 그리고 당장 코앞에서 벌어진 팬데믹 사태에 대해 52명의 예술가들 한 명 한 명이 어떤 생각을 가지고 살아왔고 살아가고 있는지 보여주는 이야기다. 인원이 한정된 탓에 최대한 성별과 연령대를 다채롭게 구성하려고 노력했다. 이 노력이 지금의 대한민국 예술계, 나아가 대한민국의 어느 세대와 어느 성별의 살아 있는 말들로 남았으면 좋겠다.

생각보다 방대해진 분량에도 불구하고 원고를 줄이지 않았다. 어느 한 줄 낭비되는 문장이 없었기 때문이다. 그래서 부득이하게 두 권의 책으로 나누면서도 각각의 예술가들이 생각하는 우리나라 예술계의 현재와 오랫동안 그들이 품어온 생각의 결을 두드러지게 보여줄 수 있는 쪽으로 차례를 구성하기 위해 노력했다. 고백과 자각, 열정과 통찰이라는 네 개의 단어는 그래서 선택된 것이다. 사실 이 책에 함께한 모든 예술가들의 인터뷰가 네 개의 영역으로 또렷하게 나뉘는 것은 아니다. 하지만 인터뷰 당시에 내가 그를 바라보며 느꼈던 감정을 바탕으로 가장 가까운 곳에 배치했다.

무대에 서는 사람이 느끼는 희열이 열정의 영역이라면, 무대에서 카메라나 관객을 바라보고, 나아가서는 그 자리에서 내려와 나 자신을 바라보았을 때 비로소 깨닫게 되는 무언가가 바로 통찰의 영역이다. 그리고 스스로 내면을 보여줄 수 있는 용기를 내어 이 책의 페이지를 그들 자신이 채운 고백의 영역이 존재하며, 무대에 서 있는 현재를 인지함으로써 내가 어떤 일을 하고 있는지, 내가 생각하는 예술이란 무엇인지 온몸으로 말하고 있는 자신을 바라보았던 과정을 담은 자각의 영역이 있다. 하지만 아무 페이지나 펼쳐서 읽어도 상관없다. 여기 등장하는 모두가 우리와 닮은 구석을 한두 가지쯤은 지니고 있으니, 거부감 없이 그들의 문장에 스며들 수 있을 것이다. 조금 낯선 말이나 문장을 발견하면, 그것대로 축복할 일이다. 세상에 새로운 이야기가 또 있다니, 얼마나 기쁜 일인가.

이 여정에 참여해준 54명의 예술가분들에게 진심 어린 감사와 경의를 표한다. 사정상 두 분의 인터뷰가 빠지게 되었으나, 작업하는 입장에서는 충분히 기쁘고 설레는 만남이었다.

2021년 5월, 박희아.

예술가의 고백

01

〔고스트〕, 〔올슉업〕, 〔씨왓아이워너씨〕, 〔천변살롱〕, 〔레미제라블〕, 〔바람과 함께 사라지다〕, 〔메노포즈〕, 〔맘마미아〕 등의 공연을 비롯해 OCN 〈신의 퀴즈〉 시리즈, KBS 〈완벽한 아내〉, 〈블러드〉 등 여러 드라마와 영화에 얼굴을 비쳤다. 특별한 캐릭터를 갖고 있어서 그것이 장점이자 단점이라고 말하는 이 배우는 사실 음악가이기도 하다. 「아무도 없는 방」, 「집으로...」, 「무지개」 등 앨범 및 싱글을 발표한. 이 모든 게 박준면을 수식한다.

배우 겸 음악가
박준면

"잘 살아남아야 해요,

　아셨죠?"

말씀하실 때, 뮤지컬 〔고스트〕의 오다 메 캐릭터가 그대로 묻어나요. 캐릭터에 배우가 묻어나는 것인지, 배우가 캐릭터에 묻어나는 것인지 잘 모르겠지만요. (웃음)

같을 거예요. 원래 배우가 무대에서 보여주는 게 자기가 갖고 있는 성질이지.

특별히 선호하는 역할이 있으세요?

시켜주면 다 하는 거예요. 제가 그런 말을 많이 하는데, 저 같은 사람은 희소성이 있어요. 뻔한데 희소성이 있는 거야. (웃음) 사실 제가 갖고 있는 캐릭터가 유머러스하고 강해 보이잖아요. 그런 역할을 많이 했고. 그런데 막상 또 작품마다 그런 캐릭터가 많지도 않아요. 영화 같은 건 들어오면 정말 다 했던 것 같아요. 그러다 보니까 이것저것 다 한 거죠.

작품 선택 기준이 '나' 그 자체가 되셨던 거네요.

한계이고 단점이자 장점이에요. 이 캐릭터가 언제까지 쓰일지는 모르겠는데, 나를 찾아줄 때까지는 계속해야 하지 않을까. 갑자기 내가 살 빼고 성형한다고 달라지겠어요? (웃음)

그럼에도 불구하고 뮤지컬 무대에서의 준면 씨에게 사람들은 환호해요.

'오다 메 브라운'이라는 역할은 행운 같은 역할이죠. 저에게 딱 맞는 옷이니까. 이런 역할이 많이 없어요. 잠깐 나왔다 들어가고 신스틸러라는 소리를 듣는데, 에이, 이 정도 가지고 스틸이 되나요? 그런데 오다 메브라운은 신스틸러가 아니에요. 제대로 된 조연이죠.

무대 위에서 진심으로 행복해 보이셔서 그 감정이 고스란히 느껴졌어요.

제가 숱하게 많은 작품을 했지만, 맞아요. 진짜 제대로 행복하게 하고 있는 거 맞죠. 부인할 수 없어요. 주연 욕심은 없다니까요? 내 역할이 너무 좋고, 이렇게 마음껏 해볼 수 있는 역할을 이제야 만나게 된 것 같고. 정말 이렇게 한 번 만날까 말까 한 작품 속 캐릭터를 만나는 게 배우로서는 엄청난 행운이에요.

정식으로 앨범을 내기도 하셨어요. 음악가이시기도 하죠.

참 아픈 손가락 같은 앨범인데. 항상 딜레마가 있어요. 박준면이 앨범을 냈다는데, 사람들이 생각하는 선입견이 있잖아요. 어, 박준면이 왜 노래를 저렇게 불렀지? 신나는 거 할 거 같은데 되게 블루지하잖아요. 신나는 거, 다른 데에서 충분히 하면 되고요. 정말로 내가 아끼는, 나만 알고 싶은 맛집 같은 거예요. (웃음) 솔직히 모르겠어요. 대중에게 기쁨과 아픔과 외로움 같은 온갖 감정을 전달해야 하는 사람임에도 불구하고 나는 음반 활동만큼은 내 마음대로, 이기적으로 하고 싶어. 어차피 돈도 안 되고, 히트도 못 칠 거 내가 하고 싶은 거 실컷 할래. 난 그럴래요. 음반만큼은 현실과 타협 안 하고 낼 거예요.

그렇게 결심하신 이유가 있나요.

올해로 26년 차고, 한국에서 계속 예술인으로 사는 게 쉬운 일은 분명 아니었어요. 아티스트라는 말을 듣고 싶었는데, 오랫동안 사람들이 저를 아티스트라고 봐주지 않았죠. 그렇게 불리고 싶은 소망을 담아서 앨범 활동을 계속하고 싶은 거예요. 사실 한국에서 흔히 생각하는 아티스트로 살려면 실제로 많은 걸 포기해야 해요. 일단 금전적으로 가장 큰 포기가 이루어져야 하죠. 제가 앨범을 한 장 만들려면 다 빚이에요. 음악 활동은 다 빚이고, 연기해서 번 돈으로 다 밀어 넣는 거예요. 그렇게라도 해서 아티스트라는 소리를 듣고 싶은 거지…….

'아티스트'라는 말을 왜 그토록 듣고 싶어 하시는 걸까요?

오랫동안 연기를 하면서 깨달은 건데요. 사람들이 나의 어떤 모습을 좋아하는지, 어떨 때 내가 쓰이고, 어떨 때 내가 돈을 많이 버는지를 보면 배우 할 때, 웃길 때거든요. 조연으로 잘 쓰였을 때고. 그런데 음악에 대한 동경이 너무 컸어요. 사실 배우 쪽으로 재능이 있는 건 부모님께 받은 거라고 생각하는데, 싱어송라이터로서 창작하는 건 그냥 제가 너무 하고 싶어서 하는 거예요. 창작하면서 고뇌하고, 번뇌하고, 막 종이 찢어버리고 싶은 기분! 나는 음악을 너무 사랑하는 사람이에요. 그걸 뮤지컬에서만 풀기는 아쉽고요.

조규찬 씨의 '무지개'라는 곡을 어떻게 리메이크하시게 된 건지 궁금했어요. 참 좋았어요.

정말 좋아했던 곡이라서요. 제가 피아니스트 전용준 선생님한테 피아노 레슨을 받은 지 1년 정도 됐거든요? EBS 〈스페이스 공감〉 팀에서 재즈에 관한 스터디 프로그램을 한 번 했는데, 이 음반을 냈기 때문에 가능한 일이었어요. 그때 전용준 선생님이 피아니스트로 출연해주셨거든. 알음알음 연락을 하다가 제가 피아노를 배우고 싶다고 했죠. 그렇게 1년 정도 되니까 완성품을 내고 싶더라고요. 그런데 조규찬 씨가 너무 까다로우신 분인 거예요. (웃음) 리메이크를 하려는데 도통 연락이 안 닿는 거야. 그러다 겨우 연락됐는데 거절을 하시더라고요. 다른 곡은 몰라도 '무지개'만큼은 리메이크되는 걸 원하지 않는다고요. 그런데 며칠 있다가 연락이 왔어요. 리메이크해도 된다고. 허락받기 어려운 걸 아니까 더 기뻤고 감사했죠.

예술인으로서 가장 힘드셨던 때의 기억을 여쭤봐도 될까요.

음반 활동을 했던 2014년 즈음, 이 음반을 냈을 때가 인생에서 제일 힘들었을 때예요. 그때 갑자기 일이 없었어요. 정말 일이 싹 끊기고 돈도 없는 거예요. 사랑도 잘 안 풀렸고. 아무튼 인생이 바닥을 치고 있을 때였어요. 사람이 나락으로 떨어지는 순간 있잖아요. 그때 곡을 쓰면서 나를 내가 치료했어요. 그 당시 홍대에 주로 가던 아지트가 있었는데, 뮤지션들이 다 거기로 와요. 밥도 주고 술도 공짜로 주고 그러니까. 거기가 우리 집 바로 밑이었거든. 가면 배우들은 없고 뮤지션 친구들만 잔뜩이었죠. 그 친구들이 이 음반에 참여해준 거예요. 그러면서 나도 할 수 있구나, 나도 창작이라는 걸 할 수 있네. 그런 약간의 희망을 스스로 봤어요. 그렇게 앨범을 내고 알음알음 다시 방송 활동도 하고……. 전환기였죠.

오다 메 역할을 맡게 되신 순간도 저는 중요한 순간이었다고 생각해요. 정말 반응이 좋았어요.

그 역할을 맡은 건 배우 생활의 전환이라기보다는 인생의 전환에 가까워요. 〔고스트〕 초연이 올라갔던 7년 전에는 제가 〔레미제라블〕 부산 공연을 하고 있었어요. 그때 서울에서 〔고스트〕 오디션이 있었거든요. 그런데 도저히 오디션을 볼 체력이 안 되는 거야. 원서를 넣긴 넣었는데 못 갔죠. 이번에는 두 달 동안 레슨을 받았어요. 그냥 한 번 듣고 부를 수 있는 노래가 아니더라고. 목숨 걸고 준비해서 됐어요. 그러니까 그때는 내 거가 아니었던 거고, 이번에는 내 거인 거고. 사실 7년 전에는 이 역할을 맡았어도 제대로 못 했을 것 같아요. 30대 중후반……. 그때는 제일 거만할 때였어요. 나 잘난 맛에 살 때였어. 되게 좋은 작품인데 "됐어요. 안 할래요" 그랬을 정도로 잘난 척하고. 만약 그 시절에 제가 오다 메를 했다면 지금과는 완전히 달랐을 거예요. 아니, 잘 못 했을 거예요.

제가 아까 무대에서 굉장히 행복해 보이신다고 했잖아요. 하지만 어려움도 있으실 것 같아요.

솔직히 신나게 보이려고 얼마나 아등바등하는지……. 초연 멤버가 아니기 때문에 쉽지가 않아요. (최)정원 언니가 오다 메 브라운으로서 일궈놓은 게 있기도 하고요. 재연이다 보니까 아무래도 앞선 그림자들을 깨부수고 내 입맛에 맞게 대사도 바꿔보고, 동작도 바꿔봐야 하는데 그 과정이 쉽지만은 않았죠. 그대로 하기에는 또 텍스트가 워낙 오래된 극이다 보니 바꿔야 할 부분들이 있었고. 아무튼 뭐든지 초연을

해야 돼. 재연이 쉽지가 않아. 정원 언니가 딱 내 나이 때 이걸로 여우조연상을 받았단 말이에요. (웃음)

그래도 행복하신 거 맞죠?

뭐가요?

무대도 그렇고, 음악도 그렇고, 결혼 생활이라든가…….(웃음)

글쎄요? (웃음) 아, 솔직히 결혼은 그냥 한번 해본 거예요. 능력 있으면 안 해도 돼요. 하고 싶은 거, 누릴 거 다 누리고 하면 돼요. 그런데 이 사람이랑은 한번 살아볼까, 싶은 때가 오기도 하더라고요. 그럴 때 해보면 되죠.

언제가 가장 배우로서, 음악가로서 일하기 좋았다고 생각하세요?

일하면서 느낀 건데, 서른 중반이 참 좋아요. 가장 활발하게 일할 수 있는 나이이기도 했고, 사람을 많이 만날 수도 있고요. 그러다 마흔이 됐을 때 힘든 시기를 겪었지만, 정말로 서른 중반은 아주 멋진 나이예요.

그 시간이 지났어도, 이후에 힘든 시기를 보내셨어도 여전히 배우를 하고 계세요.

아유, 다른 거 딱히 할 게 없잖아요. 제가 결혼을 하고 나서 공연하고, 방송도 하다가 남편 때문에 세종시에서 1년을 있었어요. 그때 아이를 유산했어요. 지금 와서 생각해보면 사실은 일을 더 하라는 계시였던 것 같죠. 계류 유산을 했는데, 그때 만약에 순산을 했으면 배우로서의 커리어는 쌓지 못하고 있었겠죠. 물론 아이를 낳아도 엄마로서 행복했을 거예요. 하지만 당시에, 한 달 반 정도 아이를 품고 있을 때 솔직히 미치겠더라고요. 이건 아니다 싶었어요. 내가 없어지더라고요. 한 달 반 동안 박준면이 없어져. '그래도 생겼으니 낳아야지' 했지만 잘 안 되더라고. 그런데 유산이 되자마자 일이 막 들어왔어요. OCN 〈신의 퀴즈 : 리부트〉도 들어갔고, 일이 쭉 진행되면서 마음을 빨리 회복할 수 있었어요. 결국 나는 일을 해야 하는 사람이라는 걸 그때 너무 크게 깨달았어요. 결혼한 지 5년 차인데 이제야 안정기에 접어들었다고 느끼는 것도 그래서인 것 같고.

토크 쇼에서 준면 씨의 모습을 보신 분들의 반응을 봤어요. "정말 즐겁게 사는 것 같다"라는 댓글이 대부분이었어요.

사실 결혼해서 재미있게 사는 것처럼 보여도, 제 나름대로 일련의 과정들을 겪었잖아요. 게다가 남편도 소설가가 돼서 회사를 때려치웠어요. 나도 〔고스트〕 이후에 어떻게 될지 모르기 때문에 우리는 그렇게 안정적이지 않아요. 누군가 나를 선택해주지 않으면 작품도 못 하는 거예요. 그래서 지금 하고 있는 이 인터뷰나 음악 작업이 너무 좋은 거지. 우리는 늘 선택받아야 하는데, 그러지 않아도 되니까요.

아마 인터뷰를 읽으시는 분들은 조금 놀라실 거예요. '이렇게 편하게 얘기를 한다고?' 같은 생각을 하시면서. (웃음)

결혼, 유산, 2년의 공백 같은 것들을 거치면서 '아, 난 배우로서 우

뚝 서야지'와 같은 꿈이 아니라, '계속 일했으면', '계속 나를 찾아줬으면'
하고 사람이 소박해지더라고요. 어릴 때는 야망이 엄청났죠. 그런데 다
내려놨어. 다 내려놓게 되더라고요. 40대 중반이 되니까 조금씩 마음을,
욕심을 내려놓고 살게 돼요. 오히려 30대에 내가 일을 쉬지 않고 열심
히 했던 게 다행이죠. 그래서 지금은 그냥 감사해요. 팬데믹 시대에 공
연할 수 있다는 것도 감사하고, 요즘은 물을 틀었을 때 온수가 나오는
것만으로도 감사해요. 게다가 배우는요, 참 좋은 직업이에요. 나이를 먹
어도 할 수 있으니까. 노인 역을 할 수 있어서 괜찮아요. 노인 역할 안
에서도 카테고리가 많으니까요.

어떤 바람이 있으세요?

그냥 계속 배우로서 일할 수 있으면 좋겠어요. 아니, 사실은 내년에
내가 어디서 뭐 하고 있을지 모르겠어요. 대신에 2집은 내고 싶죠. 2집
을 내야만 3집으로 넘어갈 수 있다는 숙제 같은 마음이 있어서. 저는 앞
으로도 배우가 음반을 냈다는 프레임에 갇히지 않을 거예요. 지금은 어
디 가서 "안녕하세요, 싱어송라이터 박준면입니다" 이렇게 말을 못 하고
요. "배우 박준면입니다"라고도 못 하겠어요. 아, 그나마 이제는 조금 붙
일 수 있겠다.

왜 그렇게 호칭을 부끄러워하시는지…….

아직은 미완성이니까요. 원래는 "안녕하세요, 박준면입니다"였죠. 저
는 그렇게 거창한 사람이 못 돼요. 배우로서의 사명감까지 얘기할 만한
사람도 아니고요. 아직 내 것도 갖고 가기 어려운 사람이에요. 지금은

저를 보고 사람들이 행복했으면 좋겠다는 생각을 해요. 하지만 나 자신이 남들 앞에서 늘 행복해 보이려고 노력하는 건 어려운 일이에요. 그래서 피아노를 놓지 않는 거고. 연습하다가 '어, 이 코드 좋은데?' 하면서 영감으로 연결되기도 하니까 짜릿하게 좋은 순간들이 있거든요. 사실 뮤지컬 같은 건 계속 오디션을 봐야 하잖아요. 오디션이 제일 어려워요. 관객들 앞에서 연기하는 게 더 나아요. 근데요, 볼멘소리예요. 사실은 좋아요. 다 좋아.

그러면 연기 말고, 음악 말고, 가장 좋아하시는 일이 뭔가요?

제가 쉴 때 좋아하는 게 딱 두 가지가 있어요. 하나는 수영장 가는 거, 다른 하나는 도서관 가서 책 보는 거. 두 개를 다 못 하는 거예요. 제가 생각보다 정적인 사람이에요. 책 소리, 책 냄새 다 너무나 좋아하는데 거길 못 가니까. 아, 수영장은 동적이구나. (웃음) 물속에 있는 걸 좋아해요. 그런데 물속에서 울어봤어요?

아뇨. 물속에서도 울 수 있나요? 어떤 일 때문에 우신 거예요?

그냥 울고 싶어서요. 물안경 쓰고 그냥 우는 거예요. 그러면 속이 풀려요.

이 책의 인터뷰를 처음으로 수락해주신 분이기 때문에 첫 페이지 아니면 마지막 페이지에 넣을 생각으로 이 자리에 왔어요.

됐어요. 사양할게요. 편집 기준에 맞게 하세요. 그리고,

네?

잘 살아남아야 해요. 아시겠죠?

"네"라고 힘차게 답했다. 그는 자신이 갖고 있던 영양제를 나눠 주었다.

끊을 수 있을때

끊을 수 있는 사람이

되고 싶다.   배우 박준면

02

WM엔터테인먼트 소속으로, 2011년 보이그룹 B1A4 「Let's Fly」 앨범을 통해 데뷔했다. B1A4의 앨범 여러 장을 비롯해 솔로 앨범 「그렇게 있어 줘」, 「날씨 좋은 날」, 「생각집」 등을 발매했으며, 뮤지컬 무대에도 섰다. 그러나 산들은 이런 소개보다 이정환이라는 본명을 가진 소탈하고 꾸밈없는 사람이라는 한 줄의 소개가 더 잘 어울리는 사람이다. 그가 출연한 예능 프로그램을 단 한 편만 봐도 알 수 있을 정도로, 그는 자신이 만드는 노래만큼이나 따뜻하고 정다워서 좋은 사람이기도 하다.

음악가 겸 배우
B1A4 산들

"저보다 잘하는 사람이 많기 때문에
심장이 뛰는 거예요."

산들 씨는 끊임없이 뭔가를 하고 계세요. 노래를 내고, 예능에 출연하고, 부지런하세요.

그런데 '게으른 나'를 내고 나서 사람들이 오해를 너무 많이 하셔서요. "넌 게으르지도 않은데 왜 게으르다고 하냐?" 이러시는 거예요. 아니, 그런 뜻이 아닌데⋯⋯. 개인적으로 진짜 게을러서 '게으른 나'를 쓸 사람은 아무도 없다고 생각해요. 그냥, 그런 날도 있다. 그런 날이 나한테는 너무 인상 깊어서 쓰게 된 거예요. 좀 억울했네요, 그때. (웃음)

실제로 게을렀던 적이 있기는 하신가요?

솔직히 계속 일하면서 제가 큰 어려움을 못 느꼈던 것 같아요. 적성에 맞는 일을 하고 있는 거죠. 오히려 데뷔 초에 슬럼프가 심하게 찾아왔었어요. 데뷔하고 나서 한 2년 정도 음악을 못 들었거든요. 굉장히 충격적이었어요. 모든 것들이 분석적으로 다가와버리니까. 그냥 편안하게 음악 들으면서 '이건 이래서 좋아', '이건 내가 한번 불러보고 싶다' 이렇게 얘기하고 즐기고 싶은데 이런 게 안 됐어요. "아, 어떻게 부르는 거야?" 계속 이런 상태인 거 있잖아요. 늘 악에 받친 사람처럼요. 음악을 들을 때 자꾸 그런 식으로 듣게 되더라고요. 그러고 있는 제가 너무 싫었어요. 재미도 없었고요.

조금 심각했네요. 어떻게 빠져나오셨어요?

어느 날 '내가 지금 뭐 하는 거지?' 싶어서 어머니한테 전화를 했어요. "어머니, 왜 이렇게 재미가 없지? 나 데뷔했는데? 나 이제 가수인데, 왜 이렇게 재미가 없지?" 그러니까 어머니가 한마디 하시더라고요. "야,

인마! 니는 일이 재밌으면 되나?" 진짜 뒤통수를 세게 맞은 느낌이었어요. 어, 그렇네. 사실 아이돌 생활 자체가 빠르게 흘러가잖아요. 패턴이 바뀌는 것도 순간이고, 시간도 훌쩍 가고. 아마 그래서 스스로 조바심을 많이 내지 않았나 싶어요. 그래서 데뷔를 한 순간에 갑자기 모든 것이 다 그렇게 느껴졌던 게 아닐까 싶죠. 그러다가 혼자 경연 프로그램에 나가야 하는 순간이 왔어요. '야, 이제 진짜 살려면 다시 노래를 들어야 된다' 느낌이 왔죠. (웃음)

저는 산들 씨가 부른 '잊혀진 계절'을 아주 좋아했어요.

와, 그때가 딱 그 시기거든요. 8년 전이니까. "아, 못 듣겠다!"가 끝나갈 때 즈음. 아마 노래를 부르다가 음 이탈이 나는 순간에 손을 내리면서 화가 머리끝까지 올라가 있는 모습이 보였을 거예요. 그런 순간이 있어요. 노래를 하면서 생각을 할 수 있을 때가 있고, 본능적으로 몸이 움직일 때가 있는데, 그때는 본능적으로 나 자신을 못 참아주겠다는 생각이 들더라고요. 용서할 수가 없었어요. 그런데 신기한 게, 웃긴 게 뭔지 아세요? 손도 벌벌 떨다가 음 이탈이 한 번 나고 나서 모든 것들이 갑자기 차분해졌어요. 여전히 그런 순간들이 있어요. 정말 딱 한순간에 실수를 해서 화가 났다? 그냥 지나가야 돼요. 계속 그 감정을 담고 있으면 노래를 더 할 수가 없어지는 거죠.

스트레스도 금방 푸는 타입이실 것 같아요.

저는 이 생활을 하는 게 정말 좋거든요. 그런데 '잊혀진 계절' 때처럼 스스로에게 화가 난 걸 계속 가지고 있으면 끝까지 노래를 부를 수가, 그 즐거움과 행복감을 느낄 수가 없단 말이에요. 왜 스트레스 안 받겠어요. 화나는 순간도 많죠. 분명히 있는데, 길게 생각을 안 해요. 못해요. 다음 날 일어나서 어제 내가 왜 화가 났는지 생각하다가 다시 화가 나고 (웃음), 그랬다가 다시 잊고. 딱 그 일만 생각 안 하면 되잖아요. 나쁜 것들을 굳이 다 꺼내서 오늘의 내가, 내일의 내가 할 일에 집중을 못 하게 놔둘 수는 없으니까요.

오랫동안 연예계 활동을 하시면서 깨달은 점이네요.

사람들이 연예계에 대해 환상을 갖고 있을 수도 있어요. 하지만 친구들이 하는 회사 생활 이야기를 들어보면 굉장히 비슷해요. 좀 다를 줄 알았는데, 너무 똑같은 거죠. '얘가 왜 나와 비슷한 고민을 하면서 이런 뒷담화를 하고 있지?' (웃음) 그러면서 스스로가 갖고 있던 편견도 깨졌어요. 사람 사는 게 다 똑같다는 걸 알게 됐으니, 그럴 바에야 내가 좋은 거 하고 살자는 마음을 먹게 됐고요.

그런 고민이 있었던 후로 음악에 대해서만큼은 좀 집요해지셨을 것 같기도 해요.

당연히 그래야 한다고 생각해요. 어떻게 보면 멋있다고 칭찬을 들을 수도 있을 것 같은데, 내가 응당 해야 할 일을 하고 이런 이야기를 듣는 게 맞는 건가 싶기도 하거든요. 내가 만족하는 수준까지 안 채워지니까 계속 연습을 할 수밖에 없는 거예요. 연습을 하기 어려웠던, 음악을 듣기 어려웠던 그 시간이 너무 괴로웠기 때문에요. 음, 사람들은 가수들이 노래를 부르면서 무슨 생각을 할지 궁금해하잖아요. 개인적으로는 노래를 부르는 도중에 정말 수만 가지 생각을 하게 되거든요? 하지만 그 수만 가지 생각을 안 하려고, 최소화해서 한 꼭짓점으로 모이게 만들려고 노력을 하는 거죠. 감동이 여기서도 오고, 메시지가 저기서도 오고, 중구난방으로 오면 얘가 무슨 이야기를 하는 건지 모를 거예요.

메시지를 하나의 꼭짓점으로 모으는 작업이라니, 어떤 느낌인지 단번에 와닿아요.

머릿속에 드는 수만 가지 생각들을 한 개의 구성으로 만들려고 노력하는 거고, 연습을 하면서 그 구성에 이르기 위해 주변 것들을 좀 쳐내는 거죠. 그런 과정을 계속 거치는 거예요. 저는 연습을 할 때, 단어 한 개라도 틀리면 처음부터 다시 불러요. 그렇게 단순하게 연습을 계속할 때 진한 무언가가 나올 거라고 믿거든요? 그리고 그 곡에 대해서 머리도 깨끗하게 비워지고요. 예를 들면, 처음에는 이 노래가 3D, 4D처럼 입체적으로 느껴지다가 어느 순간에 '어? 그냥 네모였네?' 하게 돼요. 그때가 됐다, 라고 느낄 때고.

그러니까 10년 동안 자기 색깔이 더 확고해지셨겠죠. 존경해요.

와, 저는 제가 이 바닥에서 제일 잘한다는 이야기를 듣게 되면 '어우, 이 바닥 망했구나' 싶어요. (웃음) 진짜요. 진심으로 그렇게 생각해요. 그리고 실제로도 저보다 잘하는 사람이 너무 많고요. 저보다 너무 잘하는 사람이 많기 때문에 심장이 뛰는 것 같아요. 그래서 더 좋은 거고, 그래서 그 사람들한테 너무 고마운 거고. 제가 나갔던 예능 프로그램에서 고등학생들이 노래 부르는 걸 듣다가 실소를 터뜨렸어요. 너무 좋으니까 그런 웃음이 나는 거예요. 애들이 고등학생인데 그런 소리를, 감정을! 나는 고등학교 때 상상도 못 했던 건데!

맞아요. 실력을 키워야겠다는 생각을 하게 만드는 고마운 사람들이 많아요.

멋있는 선배님들이 계속해서 자리를 빛내주고 계시고, 무대를 계속해주시는 거에 대한 감사함이 커요. 지금 제 또래의 친구들이 열심히 활동하는 것도 마찬가지고, 후배들이나 아까 말했던 학생들이 그런 놀라운 모습을 보여주는 것에도 감사해요. 내가 상상도 못 한 것들을 마주하게 됐을 때 '와, 너무 고맙다' 이런 마음들이 겹쳐져서 '이 생활을 하길 잘했다'라는 생각을 매번 하게 되는 것 같아요. 가끔은 이런 자극이라는 게 없으면 너무 힘들지 않을까 싶기도 하고. 저는 그게 있어야 되는 사람이거든요. 좋은 자극만 계속된다면 만들어서라도 운명을 개척해나갈 수 있다고 생각해요.

가수라는 직업 말고 다른 걸 상상하신 적도 있었나요?

'내가 노래를 못 하게 되면 나는 어떻게 해야 할까?' 그런 상상은 해봤죠. 진짜 치열하게 그런 상상을 할 때가 있었어요. 내가 타의에 의해서 못 하게 됐을 때라면 어쩔 수 없겠지만, 자의에 의해서 이걸 안 하게 됐을 때는 뭔가 살아남을 방법이 있어야 하지 않을까 싶었죠. 그래서 재봤어요. 내가 여기서 받는 스트레스와 나가서 받을 스트레스를 생각해본 거죠. 에이, 똑같더라고요. 그럴 바에야 내가 조금이라도 더 좋아하는 거 하면서 살자. 스스로에게도 이 깨달음의 순간이 좀 충격적이었던 거고.

그런 게 음악으로도 다 표현되죠?

적어도 성격은 곡으로 확실히 나오더라고요. 저는 그건 확실히 믿어요. 노래를 딱 들어보면 '아, 저 사람은 이런 성격이겠구나'라는 게 나와요. 노래를 화려하게 꾸미는 사람들도 있는데, 그건 딱 보면 알아요. 겉멋이라는 거. (웃음) 그런데 제가 음악을 하면서 정말 다행이고 정말 행복한 게 뭐냐면요, 자기를 그런 식으로 포장하는 사람들보다 진심으로 노래하는 사람들이 더 많다는 거예요. 지금까지 봤을 때는 그래요. 이게 얼마나 행복한 일인지 아세요? 그런 사람들과 함께, 같은 세대에 같은 시간대에 노래를 할 수 있다는 것 자체가 저에게는 너무나 큰 축복이에요.

'작은 상자'라는 곡이 산들 씨의 이런 생각들을 다 넣어둔 노래가 아닐까 싶은데.

맞아요! 그 곡에 저의 인생 모토까지 모조리 들어 있는 느낌이에요. 저는 무교인데, 많은 사람들이 사후세계가 있다고들 하잖아요. 거기서부터 고민을 하기 시작했어요. '세상을 내가 보고 싶은 대로 볼 수 있을까?'라는 질문을 던졌고, 우리가 영원히 돌고 돌아서 또 삶을 산다는 얘기에 궁금증이 일었어요. 대체 무슨 의미일까? 그러다가 내린 결론이 뭐였냐면, 만약에 누군가가 그런 시스템을 만들어놓았다면 그 사람이 천국과 지옥을 그냥 나라는 사람 안에 만들어놓지 않았을까 싶더라고요. 저는 세상을 색깔로 바라볼 때가 많거든요. 세상이 그저 깜깜하고 회색으로 보일 때가 있잖아요. 그럴 때가 사람들이 말하는 지옥이라고 생각하고, 세상이 너무나 맑고 초록색으로 보이는 순간은 천국이라고 생각하고. 이렇게도, 저렇게도 볼 수 있는 세상을 굳이 한 가지 색깔로만 보면서 살 필요는 없지 않을까…… 그 질문에 대한 이야기를 담은 곡이었어요. 그래서 저에게는 그 곡이 무척 소중해요.

인상적이에요. 그럼 산들 씨가 곡에 늘 담고 싶으신 가치는 뭔가요.

사소한데, 소소한데 사람들이 어느 정도 공감할 수 있는 것. 그게 안 되면 이런 생각부터 들어요. 내가 왜 이걸 만들었지? 그러고 스트레스를 받죠. (웃음) 진짜 그런 생각이 든다니까요. 그러지 않기 위해서 내가 왜 이걸 하는지 큰 의미를 두지 않고 오히려 미니멀하게 생각을 정리하면서 그 안에 내 생각을 담으려고 해요. '철학'이라고 하면 단어가 너무 저와 어울리지 않아서 소름이 끼치는데, 어쩔 수 없이 이 단어를 써야 할 것 같아요. 가사를 쓰다 보면 평소에 내가 생각하는 모든 것들이 들어갈 수밖에 없고, 그게 어떻게 보면 나의 철학인 거니까.

산들 씨의 가사가 좋은 이유는 누군가를 가르치려고 들지 않기 때문이에요.

어, 정말인가요? 진짜로 저는 가사를 통해서 사람들에게 '이렇게 살면 더 좋아요'라고 절대 이야기 안 하거든요. 사실 나도 이게 최선인지 잘 모르는데, 그냥 이쪽이 좀 더 낫더라. 너는 어때? 가사로 물어보는 거예요. '작은 상자'를 예로 들면 (노래를 흥얼거리며) '세상은 내가 보고

싶은 대로 볼 수 있지 않을까' 이렇게 물음표가 들어가 있어요. 저는 정
답을 알려주는 사람이 아니기 때문에 소소하게 제 노래를 즐겨주셨으
면 하는 마음이 커요.

요즘에 쓰고 계신 글은 뭔가요?

잠에 못 들어서 썼던 글이 있어요. 제목은 '내일 아침 내가 할 일'
인데요. 이게 뭐냐면, 아, 이거 우리 집 병력까지 이야기하게 될 것 같
은데. (웃음) 유전적으로 안 좋은 것들이 있잖아요. 저는 심장 쪽이 그
래요. 그런데 자기 전에 갑자기 내가 언제 어떻게 될지 모르겠다는 생
각이 드는 거예요. 하필이면 왼쪽으로 돌아누워 있었더니 심장이 두근
대는 게 딱 느껴지는 거죠. 갑자기 생각이 확 들더라고요. 내가 숨 쉬
고 있는 게 정말 고맙고. 그럴 수 있잖아요. 얘가 뛰어주는 게 고마운
거. 나는 아무렇게나 살고 있는데, 그런데도 얘가 제자리에서 뛰어주니
까 고마웠어요. 그래서 그 느낌을 적어보다가 가사가 됐죠. (가사를 읽어
준 뒤) 원래는 이 가사 안에 더 시시콜콜한 이야기를 넣고 싶었어요. 내
가 진짜 눈을 못 떴을 때를 상상하면서, 진짜 눈을 못 뜨면 이게 다잖
아요. 그럼 나한테 얼마나 절실하겠어요. 이 글 한 편이. 그래서 '내 묘
비에는 지금까지 내 경력과 이력을 다 적어주세요' 이 말이 들어갔죠.

**산들 씨가 그 묘비명을 위해서 하고 계신 노력은 무엇인지 궁금해졌
어요.**

이건 진짜, 너무나 진심인데요. 저는요, 이 생활을 부끄럼 없이 하고
싶어요. 내가 부끄러울 짓은 절대 하고 싶지 않아요. 묘비에 내 이력과

경력들을 쓰고 싶은데, 만약에 티끌 같은 부끄러움이라도 있으면 얼마나 민망하겠어요. 거기에 쓰는 게. 그래서 저는 오점을 남기지 않으려고 노력해요. 그 순간을 위해서요.

명확한 목표가……. (웃음)

그것만 보고 가고 있거든요! 묘비에 그거 쓰는 것만 보고 있다고요. 이건 꼭 기록으로 남겨둬야 해요. 우리 가족들도 알아야 돼. 왜냐하면 가족들한테는 민망해서 말을 못 하겠거든! 묘비에다 나는 쓸 거야. 내가 어떤 사람이었고…….

묘비에 자신이 했던 일을 줄줄이 나열하겠다는 그의 말이 처음에는 농담인 줄 알았다. 하지만 그동안 자신이 해온 일들에 대해 차근차근 설명하고, 때때로 즐거웠던 순간과 억울했던 순간을 함께 토로하는 그를 보면서 진담이라는 것을 깨달았다. 그만큼 솔직하게 자신의 음악이 사람의 마음 깊숙한 곳으로 파고들기를 늘 바라는 예술가. 숨이 멈추는 순간 부끄러움이 없는 사람으로 남길 원하는 예술가의 음악은 분명 앞으로도 건강하리라는 생각이 들었다. 산들산들, 눈을 감고 느끼면 기분이 절로 좋아지는 바람의 건강한 내음이 그에게서 풍겨왔다.

내일 아침에도 나는 나이고 싶다.

- 산들 -

03 _____

〔젠틀맨스가이드 : 사랑과 살인편〕, 〔드라큘라〕, 〔안나 카레니나〕, 〔키다리 아저씨〕, 〔타이타닉〕, 〔브로드웨이 42번가〕, 〔레베카〕, 〔미스 사이공〕, 〔젊은 베르테르의 슬픔〕 등에 출연하며 20년에 가까운 시간 동안 무대에 올랐다. 늘 사랑스럽고 예쁘다는 수식어가 어울리는 배우로 기억돼 있지만, 스스로는 "내가 이상한 사람처럼 느껴질 때 행복하다"고 말한다. 의외의 말을 뱉어낸 임혜영이라는 예술가의 동그란 눈은 이야기하는 내내 빛이 났고, 나는 때때로 그 눈으로 자신이 살아온 지난날을 말하는 소리를 들었다.

배우
임혜영

"내가 이상한 사람처럼 느껴질 때

행복해요."

팬데믹 때문에 몇 차례 쉬다가 공연을 재개하니 어려운 점이 있으실 것 같더라고요.

〔드라큘라〕 때부터 그랬잖아요. 그때 경험을 해서 〔젠틀맨스가이드 : 사랑과 살인편〕은 큰 부담이 없었어요. 그런데 〔드라큘라〕 때 생각하면……. 당시에 3주 쉬고 재개를 했는데, 다시 연습을 시작하니까 처음 하는 기분이더라고요. 당일 저녁 공연 전에 조금 일찍 모여서 다 같이 체크를 하는데, 순간 가사가 생각이 안 나는 거 있죠. '어?' 하고 멍해지더라고요.

〔젠틀맨스가이드 : 사랑과 살인편〕 때는 객석을 자리 띄우기로 오픈 해서 배우분들 입장에서는 그게 어떤 느낌일지도 궁금하더라고요. 워낙에 인기 공연이었는데, 허전하시지는 않았을까…….

처음에는 굉장히 당황했어요. 당황하지 않으려고 했는데, 막상 상황을 보니까 당황하게 되더라고요. 객석이 그렇게 비어 있는 채로 공연을 했던 적이 없어서 더 그랬어요. 사람이 꽉 찬 공연장에 익숙해져 있다가, 저희끼리는 "빨간색이 보인다"고 하는데요. 빨간색 의자, 그러니까 빈 곳이 더 많이 보이는 공연은 정말 오랜만에 해봤죠. 아마 그 정도로 관객 없이 공연을 한 건 처음이지 않았나 싶어요.

참 재미있는 코미디인데요. 초연 때부터 혜영 씨의 새로운 모습을 기대하게 만들었던.

사실은 이렇게 코믹한 극을 안 했었죠. 그래서 애드리브도 나오고 하는데, 상대방이 새로운 시도를 한다고 해서 크게 당황하는 스타일이 아니어서요. 오히려 재밌어하는 스타일이라, [드라큘라] 할 때도 (김)준수와 하는 날은 준수가 특정 신에서 매번 대사를 다르게 쳤어요. 재밌었죠. 장면의 범주 내에서 변화하는 것들은 아주 흥미로워요. 애드리브가 적재적소에 쓰였을 때는 굉장히 좋은 효과를 볼 수 있거든요.

사실 맡으셨던 역할들이 참 다양한데, [레베카] 초연의 '나(I)' 역할 이미지가 워낙 강하게 남아 있어요.

그게 벌써 몇 년 전이지? (웃음) 그런데 그때 이미지가 정말 강하게 남아 있기는 한가 봐요. '나'는 아주 사랑스러워야 하는 역할은 아니었고, 사실 소화하기 어려운 역할이었거든요. 굉장히 색깔이 명확하고. [지킬 앤 하이드]의 엠마와 루시를 분류하는 것과는 또 다른 영역에서 특별한 성질을 가진 캐릭터였어요. 그래서인지 그 작품 속 모습이 사람들에게 각인되어 있는 것 같아요.

초연이라 더 그랬던 것 같기도 해요.

맞아요. 어쨌든 한국에서는 제가 제일 먼저 '나'를 만난 거잖아요. 감사하게 흥행도 했고. 그 부분 때문에 강하게 기억에 남아 있는 게 아닐까요? 저보다 그 역할을 더 잘했던 배우도 분명히 있을 수 있는데, 초연의 특권이라는 게 있는 것 같아요. 진짜 내 자식 같아요. 내 것! (웃음)

대신에 재연에 합류할 경우에는 부담감이 더 커지고요. (웃음)

와, [키다리 아저씨] 할 때는 진짜 무서웠어요.

늘 대극장에서 머물던 배우가 소극장에 왔을 때, 특별한 의도가 있을 거라고 생각했는데.

있었죠. 분명히 다 같은 연기인데, 대극장에 있을 때는 뭔가 하나의 가림막이 있는 느낌이었어요. 대극장이기 때문에 꼭 해야 하는 연기적인 부분이나 액션들이 있잖아요. 공간의 크기 때문에 에너지를 크게 쓸 수밖에 없는 것들이 있는데, 정말 내 안에서 리얼한 무언가를 찾아내고 싶은 거예요. 그리고 정말로 관객들을 가까이에서 만났을 때 내가 얼마나 두려워할지 시험해보고 싶었죠.

대극장이 관객 숫자는 훨씬 많잖아요.

오히려 1,000명, 3,000명 앞에서 하는 게 덜 떨려요. 100명, 150명 이런 식으로 정말 가까이에서 (자신과 인터뷰어 사이를 가리키며) 이렇게 보고 하는 게 제일 어렵더라고요. 이 정도 거리에서 노래하고 이야기를 하려면 절대로 거짓말을 할 수 없거든요. 사실 대극장에서는 제가 들어가지 않은 장면에서 잠깐 다른 생각을 해도 티가 안 나죠. 그런데 소극장에서는 고스란히, 온전히 그 캐릭터여야만 해요. 어느 쪽이 더 좋다, 별로다 이야기할 수는 없는데, 대극장을 오래 하다 보니까 소극장에서 알차고 좋은 작품들을 하는 배우들이 정말 부러웠어요.

사람들은 오해할 수도 있어요. 배부른 소리라고.

솔직히 이야기해서 사람들이 이렇게 생각해요. '페이가 차이 나니까 소극장 안 하겠지?' 사람들은 저에 대해서 잘 모르니까, '안 하겠지?', '안 맞겠지?'라고 생각한대요. 친한 연출가 친구와 이야기를 하다가 알

았어요. 심지어 제가 [키다리 아저씨]로 시도를 했잖아요? 그것도 제작
사 대표님을 원래 알았기 때문에 가능했던 거거든요. 원래 하기로 했던
(이)지숙이가 임신을 하면서 자리가 비게 된 상황이었는데, 다른 화제로
이야기를 하다가 "제가 하면 안 돼요?"라고 툭 여쭤봤는데 놀라시더라
고요. "정말 생각이 있니? 그런데 너 오디션 봐야 해" 그러시기에 "볼게
요!" 했죠. 이제는 연극도 하고 싶고, 배우로서 좀 더 강하게 인상을 남
길 만한 작품들을 해보고 싶다는 게 제 바람이에요. 생각이 많죠. 대극
장에 선 것은 눈에 띄고 기억에 남는데, 소극장에 섰던 사실은 상대적
으로 기억에 남지 않으니까 아쉬워요.

**새로운 시도를 하는 게 배우에게나 제작사에게나 쉽지 않은 일인 것
같아요.**

계속 슬쩍슬쩍 제가 할 수 있을 만한 작품들이 있는지 보는데요.
이것도 인연이 닿아야 하는 건가 봐요. 예전에 연극이 들어온 적이 있
는데, 그때는 또 뮤지컬이 더 하고 싶었고. 새로운 시도라는 게 쉽지
가 않아요. 계속 쓰임이 있던 자리에 다시 불려가게 되고요. 제작사들
도 마찬가지일 거예요. 작품에 있어서 새로운 시도를 하는 것보다 새로
운 배우를 기용하는 걸 더 겁내는 것 같을 때도 있죠. 저는 그렇게 보
면 신뢰를 얻은 배우인 건데, 그게 너무 감사하면서도 한편으로는 거기
에 순응하면서 또 다른 시도를 할 기회가 사라지는 거라 아쉬운 부분
이 생기는 거고요. 복합적인 이유예요.

'사랑스러운 느낌의 배우'라는 인식까지 강해져서 더 고민이 많으셨을 것 같기도 하고.

맞아요. 다들 그렇게 말하니까요. 항상 그 이미지로만 봐주시는 것에 대한 답답함이 있어요. 그래서 (키다리 아저씨)의 제루샤를 맡았을 때도 최대한 메이크업을 안 했어요. 막 주근깨도 그려보고! (신)성록이한테 "야! 나 주근깨 그리면 좀 괜찮을까?" 이러면서. 그런데 막상 그려보니까 그게 제루샤와 어울리는 게 아니라 약간 못돼 보이는 인상으로 변하더라고요. 성록이가 "야, 너는 주근깨를 그렸는데 왜 못돼 보이냐? 지워!" (웃음) 항상 제 이미지에 대한 고민을 할 수밖에 없어요. 지금은 그나마 어느 정도 내려놨지만. 제 입장에서도 작품을 보면 그 사람의 전반적인 성격이나 느낌이 보이잖아요. 그걸 감출 수 있는 방법은 거의 없는 것 같아요. 희한하죠. 그 사람이 보여요.

배우는 감출 수 있을 줄 알았어요.

매체는 감출 수 있을 것도 같아요. 그런데 공연은 안 되는 것 같아요.

그러고 보니 요즘에는 드라마나 영화도 하고 계시잖아요.

아직 어려워요. 거기 가면 신인이거든요. 또 매체 배우분들 중에서는 뮤지컬에 전혀 관심이 없는 분들도 있잖아요. 그러면 이제 '쟤는 누구지?'……. 제가 여기서 몇 년을 했는지, 무슨 작품의 어떤 역할을 했는지 전혀 모르시니까 정말 신인 대하듯, 완전히 신인 대하듯이 그렇게 행동하시는 분들도 있어요. 그런데 거기다가 "저 15년 차예요" 이럴 수도 없고. (웃음) 그냥 묵묵히 해요. 제가 잘하는 날에 '아, 내가 너무 혜영이에게 그랬나?' 이런 생각을 하실 수 있는 순간이 오기를 바라면서요. 이해해요. 저도 매체 쪽에서는 잘 모르는 대선배님들을 뵙게 되고, 그분들만의 세계가 있는 거니까요. 그런 식으로 버텨나가는 거죠.

15년이나 하셨는데 또 버텨야 한다니.

그러게요. 이 괴리감이 어마어마해요! (웃음) 촬영장 갔다가 공연장 오면 '난 누구지?' 이런 생각이 들 때가 있어요. 그리고 [젠틀맨스가이드 : 사랑과 살인편]의 시벨라라는 역할 자체가 주눅 들거나 그럴 여지가 없는 애잖아요. 완전히 직선적인 성향을 가진 친구인데, 드라마 촬영장에서 수만 가지 생각을 가지고 혼란스러워하는 나와 무대에 서 있는 시벨라는 정말 너무나 다른 인물인 거죠.

인생에서 중요하게 생각하시는 건 뭔가요?

나이에 따라 바뀌는 것 같아요. 그렇지 않아요? 20대 때, 30대 때, 30대 중반, 지금……. 다 다른 것 같은데요. 20대 때는 뮤지컬이었어요. 저는 뮤지컬의 뮤 자도 몰랐고, 클래식을 전공한 사람이었는데요. 우연찮게 체코 버전 [드라큘라] 오디션을 봤어요. 앙상블 겸 주인공 커버를 하면서 그때부터 뮤지컬을 보러 다니기 시작했죠. 그때 한창 국립극장에서 [지킬 앤 하이드]를 (조)승우 오빠가 하고 계셨어요. 당연히 전석 매진이라 티켓이 없잖아요? 그런데 친한 앙상블 오빠가 거기 무대 감독님과 잘 아는 사이여서 저를 몰래 데려가 소개를 시켜줬어요. 이게 되게 영화 같은 장면으로 아직도 기억에 남아 있는데요. 살짝 구경을 할

수 있게 해주셨는데, 그러다가 다른 분이 "누구세요?" 하셔서 바로 쫓겨 났죠. (웃음)

정말 영화 같네요. 그때는 그렇게 직접 보는 것 말고는 뮤지컬을 볼 방법이 없었잖아요.

지금 배우를 시작하는 친구들이 부러운 건 그거예요. 유튜브도 있고 남아 있는 자료들도 많잖아요. 그때는 없었어요. 저는 성악만 하던 애니까 [지킬 앤 하이드]가 있는 줄도 몰랐었고, 아는 작품은 [오페라의 유령]뿐이었어요. 그것도 "서울대학교 김소현 씨가 그걸 한대!" 이렇게 성악가들 사이에 소문이 나서 제대로 인지하게 된 거였고, 그때만 해도 뮤지컬이 클래식계에서는 좋은 평을 받던 때가 아니라서 굉장히 센세이션이었거든요. 그런데 [지킬 앤 하이드]를 보고 제가 바뀐 거죠. '우와, 나 이거 꼭 하고 싶어.'

20대의 전부가 뮤지컬이었던 이유를 알 것 같아요. 얼마나 새로웠을까요.

저는 오디션에서 잘 안 떨었어요. '떨어지면 다른 거 하지 뭐' 이런 마음이었으니까요. 그래서 [미스 사이공] 오디션을 볼 때도 킴 역할을 하고 싶었던 게 아니었어요. 그저 오리지널 판권을 가진 외국인들 앞에서 나는 어떤 배우일지가 궁금했어요.

그날 오디션, 기억하세요?

그럼요. 그날은 제 인생에서 가장 아름다운 순간으로 남아 있어요.

'I'll give my life for you'를 무대에서 불렀을 때보다 오디션장에서 불렀을 때가 훨씬 잘했던 것 같아요. 그 자리에서 연출가분에게 박수를 받았거든요. 다시 생각해도 울컥하려고 해요. (웃음) 그때 디렉션이 "우리 안 봐도 된다. 그냥 네 안에 집중해" 이거였어요. 심사위원들을 한 번도 안 보고 노래를 부르다가 딱 끝났는데, 거기가 조용한 거예요. 계속 고개를 숙이고 있다가 문득 정신이 들어서 '어? 내가 잘못했나? 왜 아무 말 안 하지?' 하고 무서워서 고개를 들었더니 연출가분이 벽에 기대서 팔짱 끼고 서 있더라고요. 그러더니 박수를……

어떤 기분이셨어요.

그 기분은요, 음, 배우로서 말하자면 그건 수천 명의 기립 박수보다 저에게 더 큰 의미로 다가왔어요. 잊을 수가 없는 기억이에요. 거기에 킴에 대해서 "여자가 겪을 수 있는 모든 고통을 다 겪는다"는 설명을 듣고 작품에 임했는데, "눈물 보이지 마"가 디렉션이었어요. 보통 슬프고 아프면 울어야 하잖아요. 그런데 "울지 마, 다 참아내. 그랬을 때 진짜가 나올 거고, 그게 정말 큰 감동으로 다가올 거야" 이러시더라고요. 그때 정말 커다란 종이 울리는 기분이었어요. "모든 걸 눈으로만 얘기해"라는 말까지도. 그래서 무대 위에서 숨을 못 쉬었어요. 저나 초연부터 했던 (김)보경이나. 이 작품을 기점으로 정말 좋은 배우가 되고 싶다는 갈망이 커졌던 것 같아요.

그러면 지금은 인생에서 무엇을 중요하게 여기게 되셨나요.

선배들이 그랬거든요. "연기를 잘하려면 사람이 진짜 좋아야 해."

어렸을 땐 그 이야기가 잘 안 들렸어요. 이제 나이 드니까 보이더라고요. 그게 무슨 말인지. 좋은 사람일 때 좋은 연기가 나오는 거. 물론 아닌 경우도 있어요. 하지만 그 말이 맞다고 생각해요. 좋은 사람이 되고, 좋은 배우가 되는 게 지금의 저에게는 가장 중요하죠. 그러려면 뭐가 더 필요한지 생각하게 돼요. 연예인은 아니라도 뮤지컬 배우로 산다는 게 일반적인 삶은 아니잖아요. 그런 삶 속에서 무엇이 행복인지도 계속 고민하게 되고요.

사소한 것에 행복해하는 좋은 사람, 좋은 배우. 이게 바로 목표이신 거네요.

제가 강릉 출신인데, 거기 친구들이 물어봐요. 키스 신 하면 좋냐고요. 다들 애 엄마고 평범하게 살고 있거든요. 그럼 얘기해줘요. "야! 아무 감정, 아무 생각 없어!" (웃음) 우리는 서로를 부러워하는 거예요. 목표가 특별하다기보다는 이렇게 서로가 서로를 부러워하면서 행복을 찾아가는 과정에 놓인 게 지금이 아닐까 싶어요.

일을 하면서 가장 행복하실 때는 언제예요?

스스로가 이상한 사람처럼 느껴질 때요.

무슨 뜻인가요?

〔드라큘라〕를 할 때는 항상 마음이 아팠어요. 공연 끝나고 집에 오는 길에 혼자 차에서 그냥 눈물이 날 때가 많았죠. 마지막 장면에서 감정을 토해낸다고 토해내지만 다 토해낸 건 아니니까. 저도 사람인지라

완전히 깊은 감정에 빠질 때가 있어서, 그런 날은 집에 들어가는 길이 되게 괴로워요. 괴로운데 희열을 느끼죠. 이게 행복하다고 하면, 맞을까요? 내가 이렇게까지 집중하고 있었다는 걸 바라보는 나 자신을 알게 된 거니까. 내가 제대로 연기를 하고 있구나, 하고.

"거울에 휴지를 붙여놓고 연습했어요. 무대에 들고나오는 거울도 뿌연 거울이에요." 자신의 얼굴을 똑바로 쳐다보며 예쁘다고 호들갑을 떠는 연기가 너무 힘들다고 했다. 외모에 대한 칭찬을 많이 듣는 그가 정작 연기를 할 때는 자신의 외모가 방해된다고 느낀다는 점이 의아하면서도 흥미로웠다. 우리는 계속 그렇게 입으로, 눈으로 대화를 했다. 가끔은 시원시원하게, 가끔은 눈물을 닦으면서.

" 당신은 나랑 참 비슷해요..
소박한것에서 아름다움을 찾지만
세련된것을 좋아하구요 "

배우 엄 현 경.

04

1993년 EOS 1집 앨범 「꿈, 환상, 그리고 착각」으로 데뷔했다. 토이의 '좋은 사람'을 불러 큰 인기를 끌었고, 2003년 발표한 솔로 앨범 「Kim Hyung Joong 1」의 타이틀곡 '그랬나봐' 또한 아직까지 많은 이들이 사랑하는 발라드로 꼽힌다. 하지만 현재 그는 발라드를 부르는 대신 다시 EOS를 결성해 배영준, 조삼희와 함께 「Shall We Dance」, 「The Greatest Romance」, 「Survivor」 등을 발표하며 이전보다 더 행복한 시간을 보내고 있다.

음악가
EOS 김형중

"가장 화려했던 순간이

가장 힘든 순간이었어요."

이제 곧 30주년 기념 앨범을 내실 수 있는 때가 와요.

1993년 데뷔인데 벌써 그렇게 됐네요. 초반에 10년은 정말 정신을 못 차리고 지나갔던 것 같아요. 처음부터 가수의 꿈을 가지고 있던 사람이 아니라서 더 그랬겠죠.

정말로 전혀 생각하지 않으셨던 거예요?

전혀요. 사람들 앞에 나서는 걸 굉장히 쑥스러워하는, 굉장히 수줍음이 많은 애였거든요. 사람들 앞에 나와서 노래를 한다는 건 상상도 못 했어요. 그래서 꾸던 꿈이 성우였죠. 성우는 목소리만 나오고 모습은 뒤에 가려져 있잖아요. 그게 내 세상인 것 같았어요.

그러다가 우연히 오디션을 보신 건가요.

노래하는 걸 좋아해서 학교 다니면서 음악 동아리 활동을 했거든요. 그때 우연히 기획사에서 가수를 찾으러 온 거예요. 선배 추천으로 재미 삼아, 경험 삼아 오디션을 봤는데 거기서 합격을 했죠.

데뷔가 굉장히 화려하셨잖아요. 당시 앨범 크레디트에 한국에서 내로라하는 음악가, 제작자 이름이 상당히 많았어요.

지금 돌아보면 가수를 할 운명이었던 게, 연예인으로서의 기질이 정말 없었거든요. 가수가 가요계에서 살아남기 위해서는 굉장히 다양한 재능, 운 같은 여러 가지 조건들이 필요하단 말이에요. 그런데 성공할 가수로서 필요한 조건을 다 무시해도 될 정도로 초반부터 너무나 뛰어난 제작자를 만난 거죠. 국내에서 가장 대단한 히트 메이커라고 할 수 있는 그런 제작자를 만나서, 제가 가진 것에 비해서 너무 대단한 수준으로 데뷔를 한 거예요. 그러다 보니까 데뷔하고 한 10년 동안은 그 제작자분이 만들어줬던 과분한 이미지 덕분에 버틸 수 있었던 것 같아요. 주변에 너무나 훌륭한 선배들이 많았고, 그 선배들을 통해서 내 능력 이상의 결과물들을 얻게 된 10년이었어요. 등 떠밀려서 정신없이 활동하고 그랬죠.

그렇게 10년을 보내셨고, 다음 10년의 시작은 어떠셨어요?

그때가, 2001년이었을 거예요. 데뷔하고 8년 정도 됐을 때를 다시 시작점으로 잡을 수 있을 것 같네요. 가수 활동에 고비가 온 시점이었는데, 저에게 은인이 된 사람이 또 등장해요. 그게 바로 (유)희열이 형이죠. EOS(당시는 E.O.S)를 준비할 때였고, 금융 위기가 거의 끝나갈 무렵이었어요. 그 시기가 가요계에도 굉장히 힘든 시기였어요. 하지만 EOS의 앨범은 상업성과는 좀 거리가 있는 음악이었거든요. 그 당시 상업성이라고 하면 발라드 아니면 트로트, 그때도 트로트는 스테디셀러였고, 발라드가 대세였죠. '발라드 음악은 일단 내면 기본은 한다'는 인식이 있었어요.

그러면 유희열 씨가 '좋은 사람'을 제안하셨을 때 굉장히 반가우셨겠어요.

사실은 조금 부담스러웠어요. 희열이 형은 곡을 만들 때 이 곡을 누가 부를 건지까지 생각해서 만드는 사람이에요. 토이의 '좋은 사람'을 만들면서는 제가 부를 거라고 생각해서 자연스럽게 연락이 왔죠. 그런데 저는 그게 약간 부담이었거든요. 잘 부르고 못 부르고의 문제가 아니라, 그 곡이 토이 앨범의 타이틀곡이어서 활동을 해야 하는데 저는 이미 소속된 회사에 묶여 있는 상황이라 미안했어요. 저야 묶여 있는 상태에서 토이 새 앨범의 타이틀곡을 부르면 그것대로 좋지만, 희열이 형에게 민폐가 될 것 같은 거죠. 결국 너무 부르고 싶은데 내가 이런 상황이다, 같이 활동도 못 해주니까 형의 새 앨범에 도움이 안 될 거다……. 나보다 더 잘하는 가수들 많으니까 다른 사람 찾아봐라. 이건 내 진심이라고. 그래서 희열이 형이 한 달 동안 다른 가수를 찾았다니까요? 그런데 한 달 뒤에 연락이 왔어요. 진짜로 딱 한 달 뒤에. 희열이 형이 이렇게 말해주는 거예요. "형중아, 활동 안 해도 되니까 이거 그냥 불러만 줘. 이 노래 다른 사람이 못 불러. 안 맞아. 그냥 네 목소리에 맞춰 만든 곡이라서 도저히 다른 사람으로 못 하겠어. 네가 해야 해." 거기서는 제가 거절을 못 하죠. 희열이 형이 그렇게까지 생각을 해주는데. "그럼 형, 형이 그렇게 이야기하니까 노래는 불러놓을게. 하지만 다른 더 괜찮은 보컬을 찾게 되면 그 사람한테 부르게 해." 그렇게 나온 곡이 '좋은 사람'인 거죠. 운명적이었다고 생각해요.

그리고 그 앨범은, 굉장한 성공을 거뒀죠.

앨범이 발매되자마자 노래가 완전 대박이 났죠. (웃음) 노래가 대박이 나면서 EOS 앨범만 생각하던 저한테 발라드 앨범의 제작자들이 러브콜을 보내기 시작했어요. 당시에는 발라드 앨범을 낼 생각이 없었는데, 너무 고민이 많아진 거예요. 결국은 하기로 했어요. 그래, 일단 발라드를 해서 다시 좀 더 이름을 알리고 돈도 좀 벌면 EOS 앨범을 제작할 수 있지 않겠나. 진짜 그런 생각이었어요.

그 앨범에서 '그랬나봐'가 나온 거고요.

곡이 나온 게 2003년도니까 정확하게 제가 데뷔한 지 10년이고, 11년째 되던 해에 '그랬나봐'라는 곡이 실린 앨범이 나온 거죠.

신기하게도 정말 10년 단위로 많은 변화를 겪으셨어요. 인기가 정말 많아지셨고.

아, 정말 기대하지도 못했던 그런 반응이었고, 살면서 그런 느낌은 처음이었죠. 그런데 '그랬나봐'를 내면서 회사에서는 앨범이 좀 약하다, 타이틀곡이 너무 약하다면서 뮤직비디오 제작을 따로 안 했어요. 제작비 아낀다고요. 앨범이 잘 안 될 거 같으니까 회사에서는 돈을 더 들여서 투자하기가 힘들었던 거죠. 그 회사는 영화를 제작하는 회사였고, 처음으로 음반 사업을 해본 회사였기 때문에 그랬던 것 같아요. 결국에는 곧 개봉을 앞둔 영화의 영상을 가져다가 거기에 노래를 믹스해서 발매했어요.

영화 〈클래식〉.

덕분에 '그랬나봐'가 아직도 〈클래식〉 OST인 줄 아시는 분들이 있어요. 그만큼 '그랬나봐'는 홍보를 전혀 안 한 곡이에요. 당시에는 PR비라고 해서 홍보비가 들어가는 시기였고 홍보비로 꽤 많은 돈이 책정이 될 때였는데요. 앨범이 잘 안 될 것 같아서 뮤직비디오도 제작을 안 했는데 홍보비 집행을 했겠어요? (웃음) 그랬는데 그 노래가 자기 혼자서,

회사에서 버린 자식 같은 노래였고 앨범이었는데…….

갑자기 1위를 해버렸죠.

심지어 앨범을 내고 2주 만에 MBC 음악 순위 프로그램 쪽에서 연락이 온 거예요. 첫 진입이 3위라고, 방송 출연을 해야 한다고요. 당시에 저도 마음이 상해 있었거든요. 이럴 거면 왜 내 앨범을 낸 건가 싶고. 그런데 그 상황에서 회사에 연락이 온 거죠. 부랴부랴 방송 출연을 준비해서 나갔는데 정신을 못 차리겠더라고요. 카메라 자체에도 익숙하지 않은 사람인데다가 갑자기 매스컴의 스포트라이트를 받으니까 '이게 뭐지?' 싶었어요. 그렇게 덜덜 떨면서 했는데 다음 주에 바로 1위를 했죠.

기분이 좀 묘하셨겠어요. EOS 때와 너무 다른 반응에.

EOS로 데뷔할 때도 준비되지 않은 상태에서 당대 스타들만 출연한다는 그런 TV 프로그램들은 다 출연했었거든요. 그만큼 크게 데뷔했는데도 10년 동안 계속 내리막길을 걸어서 '이제 바닥이다' 그런 생각을 했는데, 10년 만에 '좋은 사람', '그랬나봐'로 뜬 거죠. 제 음악 인생을 그래프로 그려보면 정말 극적이에요. 그 바람에 문제가 생겼어요. '그랬나봐'를 발표하고 나서 부담감 때문에 앨범 작업이 힘들어졌거든요. 너무 심하게 노래가 잘돼버리니까 힘들더라고요. 힘들게 작업한 것들이 꼭 좋은 결과물로 나오는 게 아니라서. 음악은 마음을 편하게 내려놓고 해야 좋은 작업물이 나와요. 그래서 '그랬나봐' 이후에 그보다 잘된 곡이 없었어요. '그녀가 웃잖아' 같은 곡이 잘되긴 했는데 '그랬나봐'를 이

길 순 없었잖아요. 그래도 다행히 '좋은 사람'과 '그랬나봐'를 했던 탄력으로 꽤 오랜 시간 동안 남부럽지 않게 음악 활동을 했죠. 좋은 뮤지션들과 다 작업해보고.

사실 성격에는 안 맞으셨을 것 같아요.

그랬죠. 솔로 활동에 약간 회의를 느꼈고, 나중에는 무대 공포증이 생기더라고요. 무대에 서는 게 되게 힘들었어요. 두렵고, 힘들고, 그게 막 스트레스였어요. 방송이 잡히면 일주일 전부터 몸이 안 좋아지는 거죠. 그러다가 방송 하루 전, 이틀 전에 갑자기 목감기에 걸리고……. 그런 어려움을 1년 정도 겪다 보니까 더 이상은 내가 솔로 가수 김형중으로 무대에 서기가 힘든 거예요. 회사와의 계약도 조기 종료가 됐죠. 회사 입장에서도 가수가 무대에 서는 걸 힘들어하는데 앨범을 만들 의미가 없었던 거예요. 제 입장에서는 이게 내 문제에서 비롯된 건데 회사에 피해를 주면 안 되겠다 싶어서 계약을 종료했어요.

그다음은 지금껏 이어오고 계신 EOS 활동인 거네요.

이제 다시 내가 원래 하고 싶어 했던 음악을 하자. 대중적인 반응이라든가 상업적인 그런 기대치 이런 건 다 버리고 하자. 그렇게 마음먹고 다시 EOS를 준비하기 시작했어요. 참 공교롭게도 딱 20년째 되던 해가, 김형중 솔로와 작별을 고한 해네요. (웃음) 마지막 솔로 앨범이 2013년이었으니까. 저는 선언을 해버렸어요. 이제 솔로 김형중의 이름으로 음반을 내지 않겠다고요. 그걸 선언하지 않으면 계속 유혹이 따라올 것 같았거든요. 경제적으로도 EOS보다 솔로 발라드 앨범이 더 나은 건 맞았을 테니까.

그런데도 EOS를 선택하셨어요.

EOS에 새 멤버들을 데려와야 하는데, 어떤 사람들과 EOS 음악을 하면 좋을까를 고민하던 차에 계속 예전부터 생각하던 지금의 멤버들이 떠올랐어요. 제가 되게 음악적으로 존경하는, 인간적으로도 아주 존경하는 형들인데 '저 형들이랑 음악하면 내가 되게 행복하게 할 수 있겠다'라는 생각이 들어서 그때부터 본격적으로 형들한테 러브콜을 보내서 성사가 된 게 2017년이에요.

생각보다 무척 오래 걸리셨네요.

형들 입장에서는 각자의 회사가 있다거나 하는 상황이었으니까요. 그렇게 시작해서 2018년도에 EOS의 25주년을 맞아 새 앨범을 냈어요. 하면 할수록 '내가 이 사람들이랑 음악을 하겠다고 고집 피우길 잘했구나' 그런 생각이 들어요. 기대했던 것보다 훨씬 더 만족스러운 음악들이 나오고 있어서 내가 생각했던 이 조합이 틀린 조합은 아니었다는 확신이 자꾸 생기죠. 덕분에 지금 새로 작업하고 있는 곡들이 점점 더 기대가 되는 거고. 이게 팀에 있어서 정말 중요한 거거든요. 팀을 하고 있는데, 결과물이 멤버들한테 만족스럽지 않으면 그 팀은 오래가지 못해요. 우리 팀에 있는 문제는 단 하나예요. 아직은 EOS로 돈을 벌기 참 힘들다는 거. 겨우겨우 새로운 앨범을 만들 수 있는 정도로만, 지금은 꾸역꾸역이란 말이 맞을 정도로 굉장히 타이트하게, 가난하게 음반을 만들고 있어요.

다른 사람들이 보면 이해가 안 될 수도 있어요. (웃음)

가요계의 현실을 잘 모르시는 분들은 아마 이해가 잘 안 가실 수도 있을 거예요. 김형중이? 그런 히트곡이 있고, 오랜 기간 활동을 했던 뮤지션인데 앨범 제작비를 두고 '가난하게'라고 얘기를 한다고? 더군다나 W의 배영준이라는 뮤지션은 히트곡도 많고. W의 히트곡 대부분은 영준이 형이 작업한 거거든요. 그리고 영준이 형은 코나라는 팀에서 '우리의 밤은 당신의 낮보다 아름답다'라는 엄청난 히트곡을 만든 분이기도 하고. 이런 뮤지션들이 모여서 앨범 제작비를 걱정한다는 게 이상하실 수도 있죠. 하지만 이게 가요계의 현실이에요. 이제 우리가 중요하게 생각하는 건 그래도 굶진 않는다는 거예요. 굶지 않으면서 우리가 좋아하는 음악을 할 수 있잖아요.

그러니까 계속 음악이 나올 수 있는 것 같고.

그럼요. 안 그러면 음악 못 해요.

하지만 많은 분들은 잘나가던 솔로 가수가 왜 밴드로 돌아갔는지 여전히 궁금해해요.

저에 대해 정확하게 잘 모르는 주변 사람들도 그래요. "야, 김형중 너 발라드 해야지. 무슨 EOS야? 무슨 전자 음악이야? 무슨 밴드야?" 객관적으로 보면 맞아요. 김형중은 발라드를 해야만, 솔로 발라드를 해야만 그나마 조금 더 기회를 만들 수 있고 대중분들에게 더 어필할 수 있고 생활도 더 안정적으로 할 수 있을 거예요. 하지만 내가 하루하루 일을 하면서 행복하지 않으면 이게 무슨 의미가 있을까요. 저는 그 마음이 더 크더라고요. 조금 굶어도, 넉넉하지 않아도, 내가 하고 싶은 걸 하면서 행복하게 살고 싶어요. 그러지 않은 시간을 20년 가까이 보내고 나니까 이제 그 반대가 나에게 어떤 의미인지 알게 된 거죠. 솔로 활동을 하면서 겪은 10년 동안의 경험, 그때의 기억들이 내가 이런 생각을 하게끔 만들어준 것 같아요. 아이러니하게도 김형중한테는 그 시간이 가장 화려했던 시간이지만.

가장 화려했고 필요했던 시간인 거죠.

맞아요. 가장 화려했던 시간이 이제 나에게는 가장 힘든 시간으로 기억에 남은 거예요. 그래서 과감하게 그걸 버릴 수 있고, 과감하게 다른 선택을 할 수 있게 된 거고.

서운할 땐 없으세요? 사람들이 계속 과거를 이야기할 때.

단 한 번도 서운하다고 생각해본 적이 없어요. 김형중이라는 가수에게 '그랬나봐'나 '좋은 사람' 같이 과분한 노래가 주어진 게 행운이었어요. 그 덕분에 어쨌든 지금 내가 좋아하는 음악을 할 수 있게 된 거고, 솔직히 말해서 그런 히트곡이 없었으면 지금까지 내가 감히 김형중이란 이름을 걸고 음악을 계속할 수 있었을까요? 그렇게 생각을 하면 난 정말 고마워요. 지금도 '좋은 사람', '그랬나봐'만 듣고 싶어 하는 팬들이 있죠. 그것만 불러주길 바라는 무대도 있어요. 어느 쪽이든 상관없어요. 모두 고맙고 감사해요.

오랫동안 활동하신 분 특유의 여유로운 느낌이 참 좋아요.

우리 와이프가 나한테 항상 하던 이야기가 있어요. 오빠는 뭐가 그렇게 행복하냐고. 와이프는 굉장히 냉정한 친구거든요? 바른 소리만 하는 친구예요. 오빠는 가요계에 큰 획을 그은 가수도 아니고, 지금도 뭐그렇게 존재감이 엄청난 가수도 아니고, 그렇다고 돈을 많이 벌어놓은것도 아니고, 심지어는 굉장히 가난한 가수인데 뭐가 그렇게 행복하냐묻더라고요.

이제는 두 분의 생각이 비슷해지셨나요?

비슷해졌다기보다, 요즘에는 와이프도 생각이 많이 바뀌어서 저를이해해줘요. 같이 현재를 즐기려고 노력해주고. 생각이 다른 걸 서로 이해하려고 노력하다 보니 지금에 이른 것 같아요. 지금도 저는 눈앞의행복이 제일 중요하다고 생각해요. 솔직히 한 번씩 생각해보면 스스로도 그러거든요. 뭐가 그렇게 좋을 수 있나. 내가 뭐가 그렇게 좋지? 내가지금? 이 현실에서? 아직도 EOS의 다음 앨범 제작비를 걱정하고, 와이프에게 다음 달 생활비를 줄 수 있을지 걱정하고 있고 그런데요. 팬데믹 때문에 공연도 다 취소돼서 정말로 와이프에게 생활비를 못 준 지좀 됐거든요. 그런데 뭐가 좋아, 너는? 나에게 물어보죠.

어떤 답을 찾으셨나요.

역시, 지금에 만족하자는 거. 세상 사는 이치라는 이야기를 하잖아요. 예술이든 인간관계든 뭐든 다 연결돼 있는 것 같지 않아요? 문제가생겼을 때 해법도 비슷하죠. 내가 행복한 것을 찾고, 남이 나와 다르다는 걸 받아들이면 된다는 거.

2년에 가까운 시간을 그의 라디오 프로그램에서 고정 게스트로 보냈다. 그 시간 동안 늘 그는 날이 맑아도, 궂어도 비슷한 온도로 라디오 부스 안에서 나를 맞아주었다. 이 개인적인 경험을 이야기하는 까닭은, 그런 사람의 곁에서 '행복'에 대한 이야기를 나누며 내가 그를 포함한 다른 예술가들의 음악과 예술관을 더 잘 이해할 수 있게 되었기 때문이다. "사람은 다 달라요. 그냥 받아들이면 돼요." 어떤 것도 강요하지 않고, 가르치려 들지 않았던 한 예술가 덕분에 나는 무척 큰 것을 얻었다. 감사를 전한다.

지금 한순간이 행복하다고 느끼는데
필요한 것은 단순하고 소박한
마음 뿐이다.
그리스인 조르바 中.

05

〔난쟁이들〕, 〔쓰릴 미〕, 〔여신님이 보고 계셔〕, 〔라흐마니노프〕, 〔세자전〕, 〔시데레우스〕, 〔쿠로이 저택엔 누가 살고 있을까?〕 등의 작품에 출연했다. 주변에 늘 웃고 있는 남자는 드문데, 유일하게 늘 웃고 있는 몇 안 되는 사람이라 더욱 궁금했다. 늘 자기가 재미있는 사람이라고 주장하기에, 대체 어떤 유쾌함으로 불시에 사람들을 웃게 만드는지 궁금했다. 그래서 물었다.

배우
정욱진

"내가 가진 가시로

남을 찌르면 안 돼요."

원래 개그를 하고 싶으셨다면서요.

고등학교 땐 정말 웃긴 사람이었어요. 사람들이 잘 안 믿는데, 개그 하려고 서울예술대학교에 들어간 거예요. 문제는 여기가 제가 살던 곳이 아니라 서울이었다는 거죠. 맨날 1등 했는데 3등을 해버리니까, 자존심이 좀 상했어요. 당시에 교수님이 저에게 말씀하셨어요. "넌 배우로서 참 좋은 걸 가졌는데 그걸 왜 모르냐"고요. 개그에는 재능이 없다는 말씀을 그렇게 돌려서 해주시니까 제가 또 그걸 믿어버렸어요. (웃음) 귀가 얇은 사람이라 "아, 그런가요?" 하면서 바로 방향을 틀었죠. 지금은 교수님께 정말 감사해요.

귀가 많이 얇은 편이신가 본데요. (웃음)

제가 몸 빼고 다 유연해요. 서울 사람들, 웃긴 사람들 많더라고요. 가끔 보면 정말 웃긴 사람들이 있어요. 말을 너무 재밌게 하고 그러면 심장이 뛰긴 뛰어요. 그런데 차마 거기 낄 수는 없고. 웃기려고 노력은 안 하는데, 주변에서 같이 웃어주면 심장이 뛰기도 해요. 뇌가 도파민을 분비하는 느낌.

그래서 초기에 작품을 하셨을 때는 연기가, 뭐랄까, 조금……

가벼웠죠. 연기를 그렇게 풀었던 게 사실이에요. 사람이 원래 성향이 그렇다 보니까 그런 부분들이 연기할 때도 나오더라고요. 그런데 그 시절부터 선배들이나 선생님들이 제 얼굴에 진중한 구석이 있다고 늘 말씀해주셨어요. 저만 그 반대가 더 매력적이라 생각하고 추구해온 거죠. 지금 와서 생각해보면 그게 맞는 말씀이었어요. 오히려 과묵한 쪽으로 캐릭터를 잡는 게 제 생김새와 더 잘 어울리는 것 같아요. 어릴 때부터 엄마가 가만히 있으면 절반은 간다고 늘 말씀하셨는데, 부모님 말씀 정말 틀린 거 하나 없더라고요. 하도 말이 많아서 잔소리를 많이 들었는데, 이제는 많이 줄었어요.

웃음이 나오려는 걸 제가 잘 참고 있는지 모르겠어요. (웃음) 계산하신 거 아니죠?

그러면 얼른 연기 이야기를 할게요. 사실 어렸을 때는 연기할 때 다 계산을 했거든요? 이제는 잘 안 해요. 평상시에, 연습 때만 좀 하고 어느 정도 감이 잡히면 계산하는 머리는 지워버려요. 어차피 연습 때 해봐서 다 몸에 익은 것들이잖아요. 공연 들어가기 전에 어떤 감정을 품을지, 공기를 어떤 상태로 만들지만 생각하죠.

연습을 많이 하신 결과네요.

아, 사실 요즘 공연할 때는 그날의 제 기분을 잘 살펴보려고 노력해요. 사람이 매번 똑같을 수가 없잖아요. 그날 좀 우울할 수도 있고. 그럼 이제 그 상태를 반영해요. 텐션을 최대한 올리되, 제가 너무 우울한데 거짓말로 기쁠 순 없다고 생각하기 때문에 그 감정을 어떻게 연기에 녹여낼지 고민하죠. 80% 정도는 텐션을 올려놔야 하는 인물이라고 치면 어떻게 해서든 최대한 맞춰요. 맞추기는 하는데, 그날그날 진짜로 내가 속에서 꺼내 보여주고 싶은 느낌이 있거든요. 지난번에 [시데레우스]를 하는데, 어느 날 '굳이 이렇게 텐션을 올려야 되나?'라는 생각이 드는 거예요. 그때 한창 날씨가 딱 쌀쌀해지는 가을 초입이었거든요. 생각이 많아지고 감정이 깊어지는 때였어요.

무대 위에서 어떠셨어요.

스스로 '내가 이럴 수도 있지' 하고 다독이면서 무대에 서봤는데, 안 되겠더라고요. 밝게 시작해야 하는데 처음부터 눈물이 나려고 해서 고생했어요. 요즘에는 이런 부분을 진지하게 생각하고 있어요. 현재 나의 심리 상태와 연기하는 인물의 상태, 그 가운데를 맞추는 작업을 어떻게 하면 될까. 그것도 나름 재미 들렸어요.

최근에는 TV 노출도 잦으셨어요.

회사에 들어간 지 한 1년 반 정도 됐어요. 그러면서 다른 매체 연기를 해보게 되고, 자연스럽게 연기적으로 많이 배우게 되더라고요. 그게 제가 배우로서 제 감정을 제대로 살펴보게 된 계기이기도 해요. 공연은 에너지가 정말 중요한데, 매체 연기를 해보니까 내 감정을 돌아보지 않고는 안 되겠더라고요. 예를 들어서 이 대사는 80 정도의 느낌으로 가면 좋겠다는, 제가 생각하는 이상적인 값이 있어요. 그런데 내 기분은 영 그럴 수준이 아닌 거죠. 공연에서는 에너지로 극복할 수 있다거나, 어쨌든 제가 원하는 만큼을 끌어내는 다른 방법들이 있어요. 하지만 방송에서는 너무 티가 나요. 너무 가까이에서 사람을 들여다보니까.

그걸 컨트롤하는 방법을 찾는 게 큰 고민이셨겠어요.

그렇죠. 요즘은 최대한 제 감정 상태를 원하는 대로 만들어내려고

노력하고 있어요. 저는 자기 전부터 뭘 보고 뭘 듣고 그러는지에 따라
서 다음 날 아침에 심리 상태가 다르거든요. 이게 굉장히 재미있는 작
업이에요. 연기란 게……. (웃음)

왜 그렇게 웃으시는 거예요?

좀 부끄러워요. 이런 이야기를 한다는 게. 연기 이야기는 항상 조
심스러운 게, 계속 내가 가진 생각이 바뀌거든요. 말할 때 되게 조심스
러울 수밖에 없어요. 예를 들어서 어릴 때 확신을 갖고 했던 이야기들
이 몇 년 지나고 나서 보면 조금 달라져 있기도 하고, 그러면 부끄럽거
든요. 제가 얼마 전에 정리를 하다가 데뷔할 때 써놨던 연기 노트를 발
견한 거예요? 읽어봤더니 그래 봐야 9년 전인데 열정이 넘치더라고요.
그 짧은 글들에 선배들을 보면서 느낀 '내공'이라는 단어가 되게 많이
나와요. 아, 손에 땀이 나더라고요. 부끄러워서요. 지금 이야기하고 있는
것도 몇 년 지나면 또 부끄러워질 것 같고 그래요.

배우로서의 자신과 인간 정욱진을 분리하는 편이세요?

예전에는 그럴 수 있다고 생각했어요. 연기하는 나와 정욱진이 다
른 거라고 생각할 수 있었는데요. 그래서 영화나 드라마를 봐도, 공연
을 봐도 무척 자극적으로, 예를 들면 변주가 많은 연기를 하는 배우분
들을 좋아했거든요. 연기 톤 자체가 다채롭고 재미있는 분들 있잖아요.
저도 그런 걸 추구하면서 계속 거기 집중했는데, 요즘에는 나이를 먹어
가면서 달라지고 있는 걸 느껴요. 예전에는 조금 재미없는 연기라고 느
꼈던 부분들, 그러니까 자극적이지 않고 힘 있게 끌고 가는 한 방을 갖

고 계신 분들의 연기 있잖아요. 어느 순간부터 그 사람에게서 뿜어져 나오는 아우라가 느껴지는 거예요. 선한 아우라라고 해야 하나? 연기로 는 안 되고 원래 그런 사람이기 때문에 나오는 모습들이 연기에서 보이 니까 스스로도 놀랐어요. 그런 연기가 더 어렵고 되게 희소성 있다고 생각하거든요.

자기 자신의 평소 모습이 연기할 때도 드러난다, 이 말씀이시죠?

그렇죠. 그런 연기가 가능한 배우분들은 그렇게 계속 살아오셨던 거겠죠? 음, 이런 생각이 들어요. 극단적으로 변화가 필요한 캐릭터를 맡은 경우가 아닌 이상은 어쨌든 배우 개인에게서 나오는 게 연기잖아 요. 그러니까 잘 사는 거, 나 자신을 잘 들여다보는 거, 그게 최근 1년 정도는 저에게 가장 큰 화두였어요.

저는 배우가 아니라 글을 쓰는 사람이지만, 이렇게 표현하는 일을 하는 사람들에게는 자기 자신을 들여다보는 게 꼭 필요하다고 생각 해요. 어려운 일이라서 더더욱.

계속 끊임없이 질문을 하는 것 같아요. 밝은 공연을 해야 하고, 밝 은 연기를 해야 하는데 생각이 많은 날이 있다고 했잖아요. 그런 날에 는 혼자 물어봐요. '욱진아, 지금 네가 가장 하고 싶은 게 뭐니?' 나아가 서는 저뿐만 아니라 사람에 대한 이해의 폭을 넓히려고도 하고. 어릴 때는 '저 사람이 왜 저런 행동을 하지?' 그런 생각을 했는데, 지금은 그 사람들이 좀 더 이해돼요. 그렇게 인간적으로 변해가고 있는 것 같아 요. 나를 보는 눈도, 사람들을 보는 눈도 달라져요.

욱진 씨는 평소에 뭘로 힘을 얻으세요?

책 좋아해요. 문학보다는 비문학에 가까운 책들을 더 재미있게 봐요. 살아가는 데 필요한 지식을 주는 그런 이야기들 있잖아요. 예전에는 자기계발서를 정말 좋아했거든요? 그때는 그게 정답인 줄 알았단 말이에요. 너, 이렇게 살아야 해. 그걸 계속 읽다 보니까 답을 정해주는 것에 대해 거부감이 생기더라고요. 요즘에 자기계발서를 보게 된다면 '아, 이 부분에 있어서는 내가 잘 살아오고 있었구나' 하고 확인받는 정도? 자존감 떨어졌을 때 보면 도움이 돼요. 그런데 지금은 세계적으로 다이내믹한 변화가 일어나는 시기라 그런지, 『언컨택트』를 인상 깊게 봤어요. 어차피 넷플릭스, 유튜브, 배달 문화 등에서 볼 수 있듯이 언택트 사회는 계속 진행되고 있었고, 여기에 코로나 사태가 발생하면서 그 경향이 더 심해진 거잖아요. 공연을 하는 사람으로서도 관심을 갖지 않기가 참 어렵죠.

여러 가지 책이 욱진 씨에게 도움을 주고 있는 것 같아요.

맞아요. 최근에 봤던 책 중에 『매우 예민한 사람들을 위한 책』이 있었는데요. 예민도를 체크하는 페이지가 있는데, 제가 스물여덟 항목인가 중에 스물한 개를 체크했더라고요.

웃고 계셔서 몰랐어요. 그 정도로 예민하신 줄.

고등학교 때 허리를 다쳐서 디스크가 왔고, 그때부터 예민한 부분이 좀 생겼어요. 허리가 아프니까 의자에 앉아 있기가 어려워서 공부하는 것도 시간에 쫓기고, 수업도 서서 듣고, 시험도 그러고 보곤 했죠.

아직도 생각나는 장면이 하나 있는데, 시험이 얼마 안 남아서 공부를 하다가 문득 뒤를 돌아봤어요. 어떤 애들은 놀고 있고, 어떤 애들은 열심히 공부하고, 어떤 애들은 책상에 엎드려서 자고 있더라고요. 저는 그런 거 꿈도 못 꿨거든요. 그게 너무 서글퍼서 엉엉 울었어요. 친구들이 놀라가지고……. 그때 조급해했던 게 그 이후에 연기하면서도 드러났던 것 같아요. 연극 영화과 처음 들어가서는 대사 하나하나 다 이건 누구를 보고 읊고, 이 문장은 이렇게 말하고, 이런 식으로 다 계산을 해가면서 살았어요.

그게 깨진 순간이 있으셨을 것 같은데.

필드에 나와보니까 안 되더라고요. 똑같은 걸 서른 번, 마흔 번씩 해야 하니까 계산이 중요하지 않다는 걸 알게 됐고, 허리도 점점 나아지면서 여유도 찾아갔죠. 하지만 2013년에 디스크가 재발하면서 굉장히 절망에 빠졌었어요. 인생이 무너질 것 같고……. 그때가 딱 그때였거든요. 정욱진이라는 사람이 무척 계산적이고, 정답은 있다고 생각하고, 자신만만할 때. 하지만 2018년에 또 한 번 아팠을 때는 조금 익숙해진 내가 보였어요. 6개월에서 1년 정도면 다시 괜찮아질 걸 아니까요.

세 번의 아픔을 겪으신 후로 가장 크게 달라지신 점은 뭔가요.

첫째는 사람이 너무 계산적으로 살면 그게 얼굴에 드러난다는 걸 알게 됐어요. 사람들이 느낄 거라고 생각하니 무서운 거예요. 그래서 요즘에는 일정 기간 열심히 매달렸다가 어느 정도 몸에 익었다 싶으면 오히려 더 편하게 대본도 안 들고 다녀요. 너무 매여 있다 보면 거기에 갇히고, 제 상태 그대로 연기하기가 어려워지죠. 그럼 거짓말이 되는 거잖아요. 그건 싫어요.

나름대로 조금은 무디게 세상에 반응하는 방법을 찾으신 거네요.

중요한 순간마다 한 번씩 꺾인 거잖아요. 엉엉 울고, 연습하다 말고 빠지게 되고, 연락드려서 죄송하다고 쉬어야 할 것 같다고 하고……. 그 세 번의 과정을 겪으면서 사람이 성장했고, 연기도 조금씩 나아졌다는 걸 느꼈어요. 하지만 절대, 내가 예민해졌다고 해서 내가 가진 가시로 남을 찌르면 안 돼요. 제가 봐왔던 선배들 중에 연기를 굉장히 잘하시는 분들은 종종 예민한 부분이 보이거든요. 그게 가시로 히스테리를 부린다는 뜻이 아니에요. 작은 디테일 하나에 목숨을 건다는 뜻이죠. 대충 넘어가는 것이 아니라 열띤 토론으로 그 작품을 완성시켜나가는 모습, 그런 모습을 지닌 분들이 연기를 정말 잘한다는 생각이 들어요.

가시를 세울 수밖에 없는 순간들이 있을 거예요. 내 일을 완벽하게 해내기 위해서.

맞아요. 저도 완벽하게 해내고 싶어서 그래요. 하지만 이런 예민함을 지니고 있는 게 옳은 거라고 해도 남을 찌르면 안 되는 거예요. 가시로 어떤 정의를 보호하는 것은 멋진 일이지만, (몸을 흔들면서) 이러고 다니면 온갖 사람을 다 찌르고 다니는 거니까. 아마 제가 말한 선배도 그런 고민을 하지 않을까요? 그리고 이 과정을 통해 나이를 먹고 경험이 쌓이고, 제 연기도 좋아지겠죠. 제 나이보다 더 성숙할 필요도 없다고 생각해요. 그냥 나이에 맞게 잘 익어갔으면 좋겠어요.

늘 웃는 얼굴을 지닌 분이라, 궁금했어요. 요즘에는 뭐가 재밌으세요?

제가 배우를 한 지 9년 정도 됐는데, 요즘에는 쉴 때가 제일 재밌어요. 얼마 전에 공연을 하다가 끝나갈 때 즈음 기분이 좋은 거예요? '아, 나 이래도 되나?' 싶으면서 생각을 해봤죠. 다른 사람들도 일하다 퇴근 시간이 가까워지면 기분이 좋을 테니까. (웃음)

조용히 말하고, 조용히 웃는 사람. 그런데 조용히 웃기기까지 한 사람. 가끔 농담을 섞어 말하는 그의 태도가 너무 진지해서 나는 여러 차례 웃음을 터뜨렸다. 이 유쾌한 젊은 예술가는 자신이 가장 예민해진 순간 조차도 최대한 가시를 숨기려고 노력했다고 말한다. 이제는 더 나아가 그 가시를 활용할 때와 활용하지 않아야 할 때를 안다고까지도. 정욱진 이라는 이름은 그래서 기억에 남는다. 진지한 이야기를 들을 때는 웃지 말아야 하는데 자꾸만 가시로 간지럽히니까. 찌르는 게 아니라, 간지럽 히니까 난감했다.

진짜로 하자!

배우 정욱진

06

〔더 픽션〕, 〔리틀잭〕, 〔빈센트 반 고흐〕, 〔세종, 1446〕, 〔미아 파밀리아〕, 〔미드나잇 : 앤틀러스〕, 〔블러디 사일런스〕 등의 작품에 함께했다. 그의 공연을 볼 때면 늘 우는 눈이 눈에 띄어서 무엇이 그리 가슴을 뜨거워지게 만드는 것인지 묻고 싶었다. 해맑게 웃는 얼굴을 지닌 소년 같은 이 배우는 그 이유를 말해주면서도 당시가 떠오르는지 유독 말을 천천히 이어갔다.

배우
황민수

"누군가는 늘

나를 봐주고 있어요."

뮤지컬 팬들 사이에서 '막내'라고 많이 언급되시더라고요.

회사에서 막내여서 그런가 봐요. 집에서도 그렇고. [블러디 사일런스]를 할 때도 동생이 두 명 있긴 있었는데, 제가 막내나 다름없었어요. 그런데 저는 막내가 정말 편하고 좋아요. 이것저것 시도해볼 수 있잖아요. 제가 선배이고 형이면 뭘 하든 부담이 있을 것 같은데, 계속 막내라고 생각하다 보니까 연습실에서도 해보고 싶은 걸 마음껏 해보는 쪽이에요. 실제로 배우를 하겠다고 했을 때 집에서 반대도 덜했어요. 누나는 공부하라고 했던 반면에 저는 뭘 하든 응원해주는 막내여서 누나가 질투를 많이 했어요. (웃음)

민수 씨 공연을 보러 가면 커튼콜 때마다 늘 눈물이 그렁그렁하셔서⋯⋯.

원래 눈물이 많아요. 그래서 어릴 때부터 많이 울었대요. 아니, 실은 팬데믹이 시작될 때쯤에 [미드나잇 : 앤틀러스]라는 작품을 하고 있었거든요. 사람이 누구나 이기적으로 생각하는 부분이 있는 것처럼, 저도 그때는 최악의 상황을 피해서 운이 좋게 작품을 계속하고 있다고 생각했어요. 내가 돈을 벌려고 뮤지컬을 하는 것도 아니고, 그냥 좋아서 하는 거니까 이 정도만 해도 감사하다고. 그런데 그다음 작품들에서 정면으로 맞닥뜨린 거죠. [블러디 사일런스]도 한 주 쉬어간다고 하고, [미아 파밀리아]도 일찍 폐막한다고 하더라고요.

좋아하는 일을 억지로 못 하게 될 때의 감정은 말로 설명할 수 없이 슬프죠.

[미아 파밀리아]는 정말 애정이 깊었던 작품이에요. 땀을 많이 흘려가면서 연습을 굉장히 재미있게 했거든요. 그런데 그런 소식들이 들려오니까 기분이 이상하더라고요. 좋아하는 일을 내 선택이 아닌 다른 이유 때문에 억지로 못 하게 된다는 게 너무 속이 상했어요. 그래서 매번 무대에 서기 전부터 끝날 때까지 눈물이 났던 것 같아요.

당시 분위기가 어땠나요.

이번 주가 마지막이라는 공지가 오기 전이었는데, (장)민수 형과 (문)경초 형까지 셋이 세미 막공(마지막 공연)이라면서 거의 3주 만에 만난 거였거든요. 다음 주에 우리가 막공이 한 번 더 있다. 오랜만에 만났지만 그만큼 더 행복하게 하자면서 분장실에 있었는데요. PD님이 "어떻게 될지 아직 상황은 모르는데 마지막 공연이 될 수도 있다"는 말씀을 하시더라고요. 그 얘기를 듣는 순간 셋 다 아무 말도 안 했거든요. 분장실에 삼각형 모양으로 셋이 앉아서 그냥 멍하니 있었어요. 무슨 생각을 했는지도 기억이 안 나요. 그러고 나서 무대에 올라갔는데, 제가 맡은 리차드의 첫 대사가…….

"우리들의 공연도 오늘이 마지막."

맞아요. 그때부터 막 감정이 올라왔죠. 너무 속상했어요. 일상에게 속았다는 생각이 들었죠.

"일상에게 속았다"라, 어떤 의미인가요?

무대에 서기 전에 파이팅 콜을 하고, 분장실에서 각자 10~15분 정도 준비하는 시간이 있거든요? 그때 대본을 보는 사람도 있고, 휴대폰을 보고 있는 사람도 있고, 수다를 떠는 사람도 있어요. 어떤 작품이든 파이팅 콜 이후에 보통 밝은 분위기인데, 유독 (미아 파밀리아)는 시끌벅적했거든요. 하지만 어느 순간부터 정적이 느껴졌어요. 형들의 분위기도 그렇고, '오늘이 마지막 무대일 수도 있겠다'는 생각을 하면서 작품에 들어가다 보니까 여러 가지 생각이 들더라고요. 오늘 공연하는 날이니까 무대, 내일 공연하는 날이니까 무대, 이런 식의 당연함에 속아왔던 거죠. 마지막일 수도 있겠다는 생각이 드는 순간부터 그 무대의 1분 1초가, 대사 한 줄 한 줄이 더 소중해지더라고요.

좋아서 하는 일이라는 게 종종 마음을 더 무거워지게 만들어요.

사실 좋아서 하는 일이다 보니까 금전적으로는 좀 불편한데요. (웃음) 시작할 때 애초에 돈을 벌기 위해서 한 일이 아니라서요. 그때만 해도 저희 집이 굉장히, 아주 굉장히 어려웠어요. 그런데 저는 그걸 끊임없이 부정하면서 이 길을 가겠다고 고집을 부렸거든요. 사실은 이기적이었던 거죠. 다행히 지금 소속돼 있는 HJ컬처라는 회사를 만났고, 대극장에서 연기를 하게 된 것도 좋았고……. 이 모든 게 좋아서 하다 보니까 된 일이라고 철저하게 믿고 있어요. 돈 보고 일할 거였으면 이 일 안 했을 거예요. 좋아서 시작한 게 아니었으면 못 버텼을 거예요.

데뷔한 지 그리 오래되지 않았는데도 꽤 많은 작품을 하셨어요.

스케줄이 더 빠듯해지면 좋겠어요. 하고 싶은 게 너무 많아서요. 그런데 처음 이 일을 시작하고 얼마 되지 않았을 때는 이런 생각도 들더라고요. '너무 빠른 시간 안에 많은 캐릭터를 했나?' 나중에는 뭘 하나 싶었죠.

지금은 생각이 바뀌셨나요?

그럼요. 바보 같은 생각이었죠. 이 세상에는 수많은 작품들이 있잖아요. 평생 쉬지 않고 작품을 해도 다 해보지 못하고 떠날 만큼 많은 작품들이 있더라고요. 계속하고 싶어요. 단 1%라도 더 도전할 수 있다면 하고 싶어요.

여러 작품들을 하시면서 자신과 맞는 캐릭터를 찾아가는 재미가 있었을 것 같아요.

캐릭터와 제 평상시 성격에 접점이 많으면 그게 소위 잘 맞는 캐릭터라고 하는 것 아닐까 싶은데요. 성격은 (미아 파밀리아)의 리차드가 가장 잘 맞았고, 무척 재미있어서 좋은 고민거리들만 안고 스트레스 없이 해냈던 캐릭터는 (세종, 1446)의 양녕과 장영실이었어요. 이 세 캐릭터가 저와 가장 잘 맞지 않았나.

아무래도 이런 캐릭터들을 연기하실 때는 조금 더 편안할 것 같은데, 반대의 경우도 있겠죠?

(빈센트 반 고흐)의 테오 반 고흐가 정반대의 경우였어요. 테오는

신체적으로도, 정신적으로도 상태가 고르지 못한 인물인데다가, 시점도 과거와 현재를 계속 왔다 갔다 하거든요. 그렇다 보니 저라는 사람을 투영해서 연기하기에는 너무 비현실적인 거예요. 〔블러디 사일런스〕의 준홍이 같은 경우에도 뱀파이어이기 때문에 비현실적인 부분이 있었고. 이 캐릭터들에 비하면 리차드와 양녕, 장영실은 주어진 상황만 가지고 연기를 할 수 있었던 경우예요. 이런 경우가 편하다고 말할 수 있는 사례죠. 물론 상대적으로요.

테오 반 고흐 역 같은 경우에는 처음 이 역할을 맡으셨다고 했을 때 다소 의외이긴 했어요.

진짜 어려웠던 역할이에요. 저와 함께 뉴 캐스트로 들어왔던 배우가 (박)정원이 형이었는데, 둘이 맨날 머리 꽁꽁 싸매고 고민을 많이 했어요. (송)유택이 형 같은 경우에는 성격이 워낙 꼼꼼해서 알아서 잘해와요. 그런데 저랑 정원이 형은 그리 꼼꼼한 성격이 못 되어서, 둘이 머리 맞대고 이것저것 시도해보면서 캐릭터를 만들어갔어요. 제 나이가 좀 더 많았다면 그 캐릭터를 좀 더 잘 소화할 수 있었을 것 같아요. 테오가 동생인데 형 같은 모습을 보여줘야 하는 부분이 많았거든요. 평소 제 성격과 많이 다른 부분인 거죠. 여러모로 참 어려웠어요. 그래도 어려운 작품에 대한 열망은 늘 있어요. 해보고 싶은 작품들이 정말 많죠.

점점 선배가 되어가시는 느낌인데요.

언젠가는 되겠죠? 지금 당장 선배 역할을 하라고 하면 못 할 것 같은데, 계속 이렇게 살다가 세월이 지나서 40대가 되고 50대가 돼서…….

그전에 선배는 되실 것 같은데요……. 막내를 되게 오래 하고 싶으신가 봐요. (웃음)

막내가 참 좋아요. 아니면 중간에서 좀 밑. 그래도 막내 라인. 형들이 맛있는 것도 많이 사주고. 학교 다니면서는 후배들이 잘 따라줬는데, 일하면서는 후배들을 만나본 적이 거의 없어요. 이제 막 우르르 나오겠죠? (웃음) 저는 막내가 아니고 선배여도 제가 동생이나 친구인 것처럼 아래로 가서 친하게 장난치며 지내는 게 좋아요. 반대로는 일할 때 형들이 먼저 다가와주면 정말 좋지만, 사람마다 다르죠. 제가 먼저 다가가서 장난칠 때도 있어요. 어쨌든 누군가 나를 챙겨주고 있다는 느낌을 받는 걸 좋아하는 것 같아요. 누구나 그렇잖아요? 사랑, 관심 다 받고 싶어요.

승부욕이 꽤 있는 편이실 것 같아요.

없지 않죠. 하지만 배우에게 승패는 없다고 생각해요. 학교 다닐 때 정말 이해가 안 갔던 게 있는데요. 예술고등학교에서 더블 캐스팅이면 선생님들이 항상 경쟁을 붙이셨어요. 그러다 대학교를 갔는데 같은 역할을 맡은 사람들끼리 암묵적으로 경계가 생기는 거예요. 그게 너무 싫더라고요. '내가 공연할 때 넌 없는데 왜 너와 내가 경쟁을 해야 하지?' 그런 생각이었죠. 같은 캐릭터면 함께 만들어서 하면 좋잖아요. 그런데 상대방은 제가 하는 모습을 뚫어져라 보면서 뭘 막 적고 있는 거예요. 친하던 앤데 갑자기 대화도 끊기고. 그때 '아, 이런 게 경쟁인가? 밖에 나가도 이럴까?' 싶었죠. 하지만 정작 밖에 나와보니 그런 게 없더라고요. 다들 친하게 잘 지내고. 서로 좋은 게 좋아요. 누구 잡아먹고

싶은 생각 전혀 없어요. (웃음)

자신감이 묻어나요. 그러려면 계속 연습을 하셔야 하겠죠.

레슨은 계속 받아야 하는 것 같아요. 혼자 하는 데는 분명 한계가 있어요. 확실히 필요성을 매번 느끼는데, 지금은 거의 혼자 연습하고 있어요. 시간과 돈이 필요하기 때문에. 현실에 치이는 거죠. 이게 진짜 현실이에요. 그래도 배우라는 직업이 정말 좋은 게, 고생 끝에 보상을 받을 수 있어요. 한 명이라도 나를 위해 고생했다고 박수를 쳐주는 것 자체가 참 감사하죠. 다른 직업은 이런 경우가 별로 없으니까요.

첫 공연 때 생각나세요? 그때도 지금처럼 눈가가 촉촉하셨을 것 같은데.

처음 공연……. 커튼콜 때 많이 울었죠. (라이어 타임)이라고, 대학로 소극장 공연이었는데 학교 공연과 달리 저를 처음 보는 사람들이 앞에 있으니까 기분이 좀 이상하더라고요. 그런데 사실, 저 데뷔라서 그렇게 울었던 건 아닌 거 같기도 해요.

역시나시네요.

(존 도우)도 그렇게 울었고, (파가니니)도 첫공(처음 공연) 하고 나서 엉엉 울었어요. (박)규원이 형이 안고 달래주면서 "근데 우리 이제 들어가야 돼"라고 속삭이는 거예요. (웃음) 박수받는 순간에 많이 울컥해요. 관객분들의 에너지가 느껴지거든요. 요즘에는 마스크를 써서 표정이 잘 안 보이는데, 빛나는 눈은 보이잖아요. 최근에도 부천에서 공연을 했는

데 커튼콜 때 나와서 인사할 때 기립을 해주시는 거예요. 정부 지침상 한 칸씩 띄어 앉기를 하고 있는데도, 다들 일어나서 카메라로 찍으면서 기립해주시니까 눈물이 나더라고요. 그런 거에 놀라는 거죠. 커튼콜 전까지만 해도 장난치고 있다가, 딱 등장해서 박수를 받는 순간에 관객분들의 빛나는 눈과 박수 소리에 제가 놀라고 말아요.

선배가 되면 눈물이 좀 줄어들까요?
글쎄요. 아닐 것 같아요……. (웃음) 누군가는 늘 나를 봐주고 있으니까요.

대부분의 사람들은 타인의 관심을 필요로 한다. 과도한 관심 아래에서 비뚤어져버리거나 꺾이는 가지도 있지만, 다수가 그 관심을 자양분으로 삼아 쑥쑥 자라나 꽃을 피운다. 황민수는 아직 다 자라지 않은 나무와 같아서, 뿌리를 뮤지컬이라는 흙에 단단히 박고 그 관심을 기다리고 있다. 암전의 시간이 지나고 쏟아지는 스포트라이트가 오늘의 그를 한 뼘 더 자라도록 만들어줄 것이다.

힘 들지 않을 순 없어?

지치지 말고 지금처럼..
현재를 즐기자?

배우 홍민수.

07

걸그룹 원더걸스의 멤버로 합류한 뒤에 큰 인기를 얻었다. 「The Wonder Begins」, 「The Wonder Years」, 「2 Different Tears」, 「Wonder Party」, 「Wonder World」, 「REBOOT」 등의 앨범 및 싱글을 발표했고, 현재는 직접 르 엔터테인먼트를 차려 운영 중이다. 가장 뜨거운 인기를 끌었던 시기의 원더걸스부터 팬들의 아쉬움을 뒤로하고 그룹 활동을 마무리한 원더걸스까지 유빈은 늘 그 자리에 있었다. 조금 늦게 합류했지만, 그것이 유빈의 정체성을 결정하지는 않았다.

음악가
유빈

"함께 일하는 사람들이

모두 즐거웠으면 좋겠어요."

르 엔터테인먼트를 설립하시기까지 참 많은 일이 있었어요.

원더걸스 때부터 따져보기만 해도 굉장하죠. 원더걸스는 어떻게 보면 우연히 합류하게 된 거였는데, 이전까지는 그냥 음악이 좋고 무대가 좋아서 열심히 연습만 하던 연습생이었어요. 어떤 분들이 기억하시는 것처럼 오소녀라는 걸그룹이기도 했고요. 어쨌든 다른 회사에 있다가 원더걸스에 합류하게 되면서 JYP엔터테인먼트로 갔고, 그렇게 데뷔를 했는데 너무 감사하게도 크게 잘된 곡이 'Tell Me'였던 거죠.

흔한 경험은 아니에요. 메가 히트곡을 갖게 되신 거잖아요.

솔직히 그때는 거기에 대해서 아무 생각이 없었어요. 내가 운이 좋은 건지도 몰랐고, 또 워낙 바빴으니까 그런 걸 느낄 새가 없었던 것 같아요. 무엇보다 항상 꿈만 꾸던 게 갑자기 훅 이뤄지니까 이게 꿈인지 생시인지, 느낌조차 받지 못했죠. 그때는 그런 상황의 연속이었던 것 같아요. 미국도 마찬가지였어요. 거기도 꿈을 그리는 시장이었죠. 팝의 본고장이다 보니까 제일 유명하고 큰 시장이었고, 모든 가수들이 한 번쯤 가고 싶어 하는 그런 곳인데 저희가 갈 수 있게 된 거였잖아요. 정말 열심히 했고, 재미있었어요.

사실 굉장히 힘들 수밖에 없는 환경이었거든요. 지금처럼 케이팝을 환대하는 분위기였던 것도 아니고요.

힘들기도 했죠. 그래도 보람은 확실히 느꼈어요. 내가 이만큼 하면 진짜 발로 뛴 만큼 반응이 오더라고요. 그런 거에서 재미를 찾았어요. 한국과는 다른 시장에서 활동하다 보니까 개인적으로 많이 성장할 수도 있었고요. 아마 그때 저뿐만 아니라 다른 멤버들도 그랬을 거예요. 가장 많은 음악을 들었고, 가장 다양한 장르를 접했죠. 공부를 정말 열심히 했어요.

프로듀서인 박진영 씨가 그런 부분을 강조하셨다고 들었어요.

영어 공부도 열심히 했는데, 일단은 음악이 먼저였죠. PD님께서 다양한 시대의 음악을 들어보라고, 다양한 시대의 다양한 장르를 모두 접해보라고 강조하셨고, 일단은 그 시대마다의 명곡을 많이 추천해주셨어요. 그때 음악적으로는 많이 성장했죠. 또 미국은 문화가 다르다 보니까 확실히 제 시야가 넓어진 게 느껴졌어요. 취향이 다양해진 것도 그 시절 덕분이에요. 아, 나는 이런 걸 좋아하는 사람이구나. 나에 대해서 많은 걸 알게 된 시기였어요.

참 기억에 남는 순간들이 많으실 것 같아요. 미국에서나, 한국에서나. 평범한 걸그룹의 행보는 아니었으니까요.

너무 많죠. 진짜 많죠. (웃음) 저 같은 경우는 데뷔한 순간부터 'Tell Me'로 신인상도 받았고, 'Nobody'로 바로 다음 해에 대상도 받았으니까요. 지금 생각해보면 참 놀라워요. 그러면서 미국에 건너가서는 굉장히 유명한 조나스 브라더스라는 보이밴드와 같이 투어도 할 수 있었던 거고요. 7만 명을 수용할 수 있는 그런 장소에서 공연을 했다는 사실은 아직까지도 실감이 안 날 정도예요. 지금 생각해도 말이 안 되는 것 같죠. 그때 했던 경험들이 지금의 저를 만들었을 거고요.

그런 비현실적인 순간들에 원더걸스 멤버들끼리는 어떤 이야기를 하셨나요.

사실 일로 간 거잖아요. 그런데 일을 한다는 걸 알면서도 우리는 친한 친구들끼리 유학 온 것 같다고 말하면서 웃었어요. 같이 공부도 하고, 일도 하고……. 나이가 어린 친구들도 있었으니까, 뭔가 복작복작 재밌는 그런 순간들이 참 많았던 것 같아요.

이렇게 말씀하시니까 정말 힘들었던 순간들을 재미있게 극복한 과거의 유빈 씨가 감히 대견하게 느껴져요.

솔직히 말해서 다들 그 정도의 어려움은 겪는 거잖아요. 꼭 우리가 미국을 가서도 아니고, 다른 일들을 겪어서도 아니고요. 그냥 살아오면서 누구나 겪는 어려움과 좌절과 기쁨, 그런 게 다 섞여 있던 게 그 시절인 거예요. 지금 보면 그 시절이 참 소중하게 느껴지고, 그때 겪었던 모든 일들이 나에게 정말 많은 도움이 된다는 걸 느끼거든요. 지금에야 할 수 있는 소리처럼 들릴 수도 있지만, 정말 저는 그때가 제 인생에 큰 도움이 됐다고 생각해요. 그리고 힘든 것도 잘 모르면서 그냥 재밌었던 것도 사실이고. 뭐 힘들어봤자 잠을 좀 못 자고 몸의 피로도가 높았던 것? 이 정도였죠. 심적으로 힘든 부분은 전혀 없었어요.

멤버들과 회사의 도움도 있었을 거고요.

그럼요. 저 혼자였으면 당연히 못 갔죠. 그룹이었고, PD님도 계셨고, 회사라는 큰 울타리도 있고. 다양한 조건들이 충족돼 있었으니까 가서 그렇게 열심히 할 수 있었던 것 같아요. 한편으로는 그 나이대니까

할 수 있었던 것 같기도 해요. 그때는 진짜 꿈만 보고 막 달렸거든요. 현실적인 부분들을 조금 미뤄놓고 그냥 뛰어들 수 있었어요. 그런 조건들이 다 갖춰졌기 때문에 미국에서도 잘 지낼 수 있었던 것 같아요.

요즘의 유빈 씨는 어떠세요? 사실 꿈만 보고 달릴 수 있는 나이는 금세 지나가버려요.

대신에 주위를 돌아볼 수 있는 시야가 넓어졌죠. 그때는 경험이 별로 없으니까 진짜 앞만 보고 달리는 게 가능했어요. 하지만 이제는 수많은 경험을 가진 내가 있으니까 꿈을 향해 달려가면서 옆도 돌아보고, 뒤도 둘러보고 그러는 거죠. 그럴 수 있도록 시야가 좀 넓어져서 불안함이 덜한 것 같아요.

어떤 불안을 말씀하시는 거예요? 인기에 대한?

아뇨. 음, 불안함이라는 표현이 적절하지 않은 것 같기도 하네요. 사실 저는 옛날에도 그런 게 없었거든요. 앞만 보고 달려가는 패기 하나로 활동했던 시절이 있었는데, 지금은 분명 여유가 생겼어요. 단, 현실에 안주하는 스타일은 아니어서 일은 다 해야만 해요. 성격이 그래요. 재미있는 걸 좋아하고, 하고 싶은 걸 꼭 해야만 직성이 풀리는 성격.

기획사 대표 유빈과 가수 유빈이 하는 일은 많이 다른가요.

그런데 제가 가수 활동을 계속하고 있다 보니까 크게 다른 건 못 느껴요. 계속 새 음악 준비하고, 앨범 준비하는 과정이 제 일이니까요. 하지만 이제는 여기에 추가된 게 있죠. 신인분들을 발굴하려고 여기저기서 찾아보고 있거든요. 이 과정이 정말 재미있어요. 이게 사실 어렸을 때부터 제가 마음 한편에 꿨던 꿈이기도 했거든요.

아, 제작자가 되시는 게.

네. '나와 같은 꿈을 꾸는 좋은 친구들이 있다면 도와줄 거야' 이런 마음이 있었어요. 그래서 지금 이 일을 시작하게 된 게 너무나 재미있고 기쁘죠. 빨리 저희와 맞는 친구를 만나고 싶어서 설레요. 오디션 메일을 받기도 하고, 제가 영상을 직접 찾아보기도 하는데 지금 아쉬운 건 대면 오디션을 할 수 없다는 거예요. 최대한 영상이나 메일로 많은 원서를 받으면서 그 안에서 함께할 친구를 찾는 거죠.

지원자들의 모습을 보면 어떤 생각이 드세요?

옛날의 제 모습이 생각나요. (웃음) 나는 어땠을까? 다른 분들이 봤을 때 내가 어땠을까? 그런 궁금증도 생기고, 또 열심히 하는 친구들의 영상을 쭉 보다 보니까 아쉬운 게 생겨요. 만약에 만나서 오디션을 진행할 수 있다면 조그마한 조언이라도 해줄 수 있을 텐데, 비대면이다 보니까. 아, 직접 만나면 그래도 아주 작은 것이나마 전해줄 수 있는 게 있을 텐데요.

제작자로서의 일이 자신과 잘 맞으실 것 같나요? 제가 보기에는 굉장히 그러실 것 같아요. 충분한 경험, 확고한 철학이 있으시니까요.

빨리 시작했다면 빨리 시작한 걸 수도 있는데요. 그룹 활동을 하고 있을 때 멤버들이 솔로로 먼저 나왔잖아요. 그룹 앨범을 준비할 때도 다른 친구들이 뭘 하면 좋을지 아이디어를 내고 공유를 해주는 게 개인적으로 되게 재밌었어요. 그때 많이 느낀 것 같아요. 분명 나는 내가 하는 것도 좋아해. 하지만 다른 사람들에게 뭔가를 나눠 주고, 또 그걸로 인해서 성과가 나오면 내가 더 기쁠 수도 있구나. 아니, 내가 하는 것보다도 더 기쁠 수 있네? 그래서 이 일을 하고 싶다는 생각을 여러 차례 했던 것 같죠.

유빈 씨의 동력은 뭔가요.

글쎄, 모르겠어요. 그냥 저는요, 같이 뭔가를 했을 때 긍정적인 힘이 발휘되고 서로 행복하고 재밌는 순간순간이 좋아요. 그게 원동력을 만들어주는 것 같아요. 저와 일하는 사람들이 모두 행복했으면 좋겠어요. 당연히 혼자서 할 수 있는 게 있긴 하지만, 모든 걸 혼자 할 수는 없는 일이잖아요. 회사부터도 솔직히 저 혼자 경영할 수 있는 게 아니고, 앨범도 그렇고요. 노래 한 곡만 생각해봐도 혼자 할 수 있는 게 없거든요. 프로듀서분이 계시고, 같이 작곡하는 분도 계시고, 작사가분도 계시고, 댄스곡이면 안무가분도 계시고, 무대를 꾸미는 댄서분들도 계시고, 그 뒤에서 같이 조력해주시는 스태프분들에…….

그런 분들에게 느끼는 고마움이 유빈 씨의 동력인 것 같기도 한데요.

그런가 봐요. 솔로 가수로 무대를 설 수는 있지만, 그 음악은 누가 같이 만들고 녹음은 누가 받아주나요? 엔지니어분이 필요한 일이 있기도 하죠. 와, 이거 혼자 할 수 있는 일이 없네. (웃음) 그런 생각이 많이 들어요. 그리고 아무래도 그룹을 했기 때문에 그 사실을 좀 더 어렸을 때부터 많이 느꼈던 것 같기도 하고요.

이제는 대표시라, 어려운 점도 많아지고, 두렵지는 않으신가요.

노력하는 거죠. 예전에는 제가 하고 싶은 게 있으면 주장만 하면
됐어요. 그런데 이제는 그 주장에 곁들일 내용을 취합해서 결과까지 다
만들어내야 하니까 어려움이 생기더라고요. 여기서 내가 '최대한 객관
적으로 보자'는 마음이 생기는 것 같아요. 그 부분을 제일 노력하는 것
같긴 하네요. 내가 A라는 걸 너무 하고 싶은데 그걸 진짜 하고 싶어서
하는 건지, 이유는 뚜렷한지 다시 한번 돌아보게 되고요.

예전과 참 많이 달라졌지만, 유빈 씨 말씀대로 그동안 쌓아온 경험
이 답을 줄 거라고 생각해요.

처음에 회사를 하려고 할 때는 "아, 그거 쉽지! 그냥 하고 싶은 거
하면 되잖아?"였거든요. (웃음) 예전에는 주장을 하면 51% 정도는 회사에
서 정해주시니까 "네, 그래요. 믿고 가겠습니다" 이럴 수 있었는데, 지금
은 그 한마디를 제가 마지막에 해야 하는 거예요. 쉬운 일이 아니네요.

새로운 성장을 꿈꿀 시기가 찾아온 것이 아닐까 싶어요.

맞아요. 그 시기에 열심히 도전하고 있는 것 같아요. 부모님과 함께
살 때, 미성년자일 때, 스무 살이 됐을 때, 그리고 지금에 이르러서 회사
가 생기고 나는 또 성장해야 하는 거죠. 평생 성장은 해야 하겠지만, 저
는 이게 재미있어요. 나이를 먹어가면서 게으름도 없어지는 거 있죠? 미
루면 내가 힘들다는 걸 알게 돼서. (웃음)

이렇게 만나 뵙고 나니 원더걸스가 한창 인기를 끌던 시절의 추억이 새록새록 떠올라요.

원더걸스 첫 번째 콘서트 때요, 저희가 원더걸스는 10년 후에 어떻게 될지에 관해 영상을 찍은 적이 있었어요. 그때 내용과 결과는 좀 달라졌지만, 다들 각자의 분야에서 자기 일을 하고 있는 게 너무 신기해요. 음악을 계속하고 있는 친구들끼리 색깔이 다 다른 것도 신기하고. 시간이 지나니까 다 아련해지는 것 같네요. 참 좋았어요.

이제 새 회사에서 또 추억이 쌓이시겠죠?

다들 즐거웠으면 좋겠어요. 당연히 매 순간이 즐거울 수는 없겠지만, 그래도 좋아서 일했으면 좋겠어요. 개인적으로는 도전하는 게 너무 무섭고, 너무 두렵고, 너무 하기 싫은데요. 이상하게 또 너무 도전하고 싶단 말이에요. 그렇게 기억되고 싶어요. 매 순간 두려움을 떨쳐내고 도전하기를 좋아했던 아티스트로, 그걸 멋지게 해낸 사람으로.

"편안하게 이야기를 털어놓을 수 있는 사람이 되었으면 좋겠어요." 유빈은 인터뷰가 끝난 뒤에 말을 덧붙였다. 차가운 겨울의 공기를 느끼며 만난 인터뷰 자리에서, 원더걸스로 활동하는 시간 동안 이상하리만치 일면식도 없었던 나에게 주변 사람들에 대한 사랑을 천천히 고백했다. 그 모습을 보며 웃음이 났다. 그리고 확신했다. 예술의 한 조각은 이런 사랑과 웃음을 먹고 자라나는 게 분명하다고.

진심을 다하자

유빈

08

〔고스트〕, 〔레미제라블〕, 〔레베카〕, 〔어쩌면 해피엔딩〕, 〔시라노〕, 〔아리랑〕, 〔빨래〕, 〔맘마미아〕, 〔원스〕, 〔드라큘라〕 등의 작품을 통해 무대에 섰다. 선량하고 건강한 여성 캐릭터를 보여주는 그에게 매력을 느끼지 않기란 어려웠고, tvN 〈비밀의 숲 2〉에 출연해 비밀을 가득 품은 듯한 검사를 연기할 때는 그가 마음껏 몰입할 수 있도록 저 인물에게 더 깊은 이야기가 있기를 바랐다.

배우
박지연

"경계선을 그을 줄도,

없앨 줄도 아는 삶."

그동안 지연 씨가 맡으셨던 역할들은 대부분 씩씩하고 명랑했어요. 굳세고요.

초창기부터 5, 6년 차까지 사실 운이 좋게 그런 역할들을 만났던 것 같아요. 제가 강인하게 표현하고자 스스로 노력했다기보다는 주변에서 캐릭터를 잘 만들 수 있도록 응원해주시기도 했고요. 그런데 최근 들어서, 예를 들어 〔시라노〕의 록산 같은 경우에는 재연의 캐릭터가 초연과는 많이 달라졌거든요. 그러다 보니까 '아, 내가 이걸 만들어냈구나'라는 느낌이 들더라고요.

많이 뿌듯하셨겠어요.

제가 혼자 할 수 있었던 일은 절대 아니에요. 작가님과 연출님 모두 요즘 시대가 원하는 여성상을 예술 작품 안에서 더 잘 보여주고자 노력하셨고, 동시에 우리가 원하는 록산의 역할을 시대에 맞춰서 잘 녹여내려고 했던 것 같아요. 〔고스트〕의 몰리도 마찬가지예요. 제가 초연 때 연기했던 몰리는 좀 더 연약한 모습이 많이 비춰졌던 것 같거든요. 조금 더 쉽게 무너지고, 조금 더 쉽게 슬퍼하고. 그렇게 하는 게 잘하는 거라고 생각했었죠. 그런데 지금은 똑같이 슬퍼해도 슬픔이라는 개념 자체를 받아들이는 태도가 많이 달라지지 않았나 싶어요. 슬픔을 표현할 때 강하고 용감하게 표현하는 것과 말 그대로 연약하고 바로 무너질 듯이 표현하는 것 사이에 차이가 꽤 크더라고요. 감정의 개념을 배우 자신이 어떻게 받아들이느냐가 중요하다는 생각이 들었어요.

조금 더 이야기를 듣고 싶어요. 실제로 초연의 몰리와 재연의 몰리가 많이 다르다고 느꼈거든요.

슬픔을 내가 어떻게 받아들이는지에 따라 몰리가 바뀌었어요. 초연 당시에는 그저 너무 슬프고, 힘들고, 괴로운 거였다면, 지금은 슬프지만 이겨내고자 하는 마음을 더 강하게 가지고 있는 사람인 거예요. 그러니까 슬퍼도 좀 더 강한 태도를 견지하는 사람의 모습으로 몰리가 만들어지는 거죠. 지금 생각해도 저는 운이 좋았나 봐요. 앞으로 10년은 제가 어떤 역할을 만나더라도 그렇게 배운 캐릭터의 모습을 통해 또 다른 캐릭터를 표현할 수 있을 거예요. 밑거름이 되어준 시간이었던 것 같아요.

몰리를 다시 하시기까지 7년 정도의 시간이 있었잖아요. 그 시간 동안 지연 씨도 변하셨겠죠?

7년이 흐르면서 다른 사람들과 똑같이 변한 것 같아요. 20대에서 30대가 되면 누구나 달라지는 것만큼, 저도 자연스럽게 딱 그 정도만. 조금 특별한 건, 작품을 받아들이는 모습이 많이 달라진 거죠. 20대에는 캐릭터에 저를 이입하려고 노력했어요. 몰리가 슬프면 제가 가지고 있는 슬픔을 가지고 와서 쓰는 거죠. 몇 없는 경험을 통해서 그 복잡한 인물을 표현하려고 했었던 것 같아요. 근데 지금은 그냥 몰리를 몰리로 받아들일 수 있어요. 내가 나의 것을 억지로 끼워 맞춰서 인물을 만들지 않아도 돼요.

tvN 〈비밀의 숲 2〉에서 검사 정민하를 연기할 때는 어떠셨어요.

사실 정민하는 바깥에 드러나지 않은 부분이 훨씬 많은 인물이었죠. 제가 매체에서는 아직까지 기승전결이나 서사가 가득 차 있는 인물을 만나보지 못해서, 오히려 주어진 대본에만 충실하게 연기하려고 노력했던 것 같아요. 후반부를 모르는 상태에서 초반 분량을 소화할 때 제가 너무 많은 것들을 넣어버리면 안 되니까 조심했던 것도 있고요. 특별한 연출상의 요구가 있지 않은 이상 담백하게 하려고 많이 애썼어요.

좀 답답하실 것 같아요. 서사가 주어지지 않은 인물을 단편적으로 연기하는 게 쉬운 일은 아니라고 생각해요.

정말 그 인물이 너무 궁금해요. 너무 궁금한데, 사실 현장의 여건상 제가 이걸 가지고 누군가와 이야기할 수 있는 시간도 없어요. 그렇기 때문에 최대한 혼자 상상해보고 연기를 하는 거죠. 그게 배우가 할 일이기도 해요. 수많은 사람들이 투입되는 작업의 일원으로서 스스로 해나가야 하는 문제이기 때문에 답답하고 궁금해도 해내야 해요. 왜 이런 말을 했을까? 과거에 이런 일이 있었나? 이런 질문 정도를 던져놓고 답을 찾아가죠.

확실한 것을 좋아하시는 성격인 것 같아요.

경계선을 중시해요. 경계선의 유무가 상황에 따라서 적절하게 쓰여야 하는데, "선 넘는다"고 말하는 경우가 있잖아요? 일할 때나 평소 일상에서나 가장 조심하는 부분이에요. 예를 들어서 다른 배우에게 "더 좋은 공연을 위해서 너는 이렇게 해야 해"라고 말을 한다고 할 때, 사실은 이게 제 연기를 위해서 포장한 말이라든가, 이런 저만의 경계가 있어요. 반대로 경계선을 없애야 할 때도 있어요. 선을 없애고 하나가 돼야만 가능한 일들, 그러니까 그런 선을 제가 적재적소에 잘 그릴 줄도, 없앨 줄도 아는 삶을 살아야겠다는 생각을 하죠.

저는 몰리가 그런 인물이라고 느꼈는데. 실제로 지연 씨와 좀 닮았나요?

아뇨. 몰리처럼 되고 싶어요. (웃음) 몰리는 쿨해요. 행동도 마음도 큼직큼직하고. 섬세하지만 큰 사람이에요. 그런데 저는 창피하게도 눈앞의 것과 작은 것에 집착하는 사람이에요.

음, 그래서 더 경계라는 개념을 마음에 품고 계시는군요.

그런가 봐요. 내가 선배라는 이유로 후배에게 어떤 선을 넘으면 안 된다고 생각하고, 사랑하는 연인에게도 사랑이라는 이름으로 선을 넘어서 그에게 하면 안 되는 행동이 있다고 생각하고, 가족도 마찬가지고……. 그래도 일터에서는 이 다짐이 잘 지켜지는 편인데, 가까운 사람일수록 잘 안 되는 것 같아요.

이런 생각을 하게 된 계기가 있으신가요.

제가 [맘마미아]의 소피로 데뷔했을 때 남경주 선배님이 정말 잊을 수 없는 말씀을 해주셨어요. 사실 소피를 할 당시에 너무 어렸기 때문에 연출적인 부분 이외에도 저에게 어떤 요구가 쏟아지는 날이 많았어요. 무대 위에서나 아래에서나. 그런데 어느 날 갑자기 남경주 선배님께서 그런 말씀을 하시더라고요. "배우는 배우에게 칭찬도 조심해야 한다." 제가 선배가 되더라도 함께하고 있는 선후배들과 그 선을 잘 지켜야 한다고 말씀해주셨거든요. 그 말씀이 아직도 잊히지를 않아요. 당시에는 참 큰 힘이 되는 말이었어요. 그 연장선으로 경계라는 것을 지금껏 중요하게 여기게 된 것 같고요.

배우로서의 삶은 어떤 삶인가요.

예전에는 제 삶과 공연이 전혀 연관이 없다고 생각했어요. 영향을 받지도 않고요. 공연이 끝나면 철저하게 나 자신으로 돌아와서 나의 삶을 살았죠. 그런데 지금은 좀 달라요. 배우로서의 삶 또한 제 삶의 영역에 들어오게 된 것 같은 느낌이에요. 메소드 연기를 한다는 뜻은 아니고요. (웃음) 퇴근하고 나서 박지연으로 사는데도 계속 일에 대한 생각이 나는 그런 느낌이죠. '아, 내가 이 부분에서 이런 실수를 했나?' 쭉 고민하고, 후회하고. 캐릭터의 감정을 삶으로 끌고 오지는 않지만, 개선해야 할 부분들에 대해서는 많이 생각해요.

하루하루 배우로서 살아가시는 시간이 늘어나고 있어요.

이 직업을 너무 사랑해요. 힘든 점도 분명히 있지만, 그건 어느 직업이나 마찬가지잖아요. 대신 장점만 놓고 봤을 때는 '내가 정말 이렇게 누려도 되나?' 싶을 정도로 감격스러운 것들이 너무 많아요. 예를 들어서 많은 사람들을 만나고, 많은 감정들을 느끼고, 좋은 것들을 많이 보고, 좋은 음악을 듣고. 저는 감성을 정말 중요하게 생각하는 사람인데, 이 감성을 가장 풍부하게 해줄 수 있는 것들을 배우를 하면서 얻으니까요. 계속 시험대에 올라야 한다는 건 참 힘든 일이지만, 사회가 감성을 메말라가게 하는데 그 톱니바퀴 같은 삶 속에 살고 있지 않을 수 있다는 것에 감사해요. 배우는 인간이 어떤 것을 추구해야 하냐는 질문에 가장 가깝게 다가갈 수 있는 직업이라는 생각이 들어요.

벅차하시는 게 느껴져요.

아직도 믿기지 않아요. 제가 지금 이런 일을 하고 있다는 게요.

인간이 어떤 것을 추구해야 하는가. 그 질문에 가장 가깝게 다가갈 수 있는 직업이라는 말씀이 인상적이에요.

무척 다양한 인물들을 만나니까요. 모든 작품이 사실은 더 좋은 세상을 위해 만들어지고 있다는 말이 맞는 것 같아요. 예술 작품은 어떤 인간의 파멸을 위해 만들어지는 게 아니잖아요. 어떤 인간의 파멸을 통해서 어떻게 살아가야 하는지 말해주는 작품들이 있는 거지. 제가 지금까지 했던 모든 작품들도 마찬가지예요. 우리가 어떤 삶을 살아야 하는지에 대해서 분명하게 이야기해주고 있는 작품들이었다고 생각해요.

사실 우리가 힘겨운 삶을 살다 보면 쉽게 잊는, 혹은 잊어버리기를 원하는 질문이기도 해요.

그래서 작품을 할 때마다 감사해요. 잊을 만할 때 작품이 오면 다시 깨달음을 얻게 되니까요.

본질적으로 지연 씨가 예술이란 것에 매달리시는 이유가 될 수도 있겠어요.

그만할 수 없는 이유인 것 같아요. 예술을 하기 위해서 연기를 하고 있는 게 아니라, 연기를 하면서 이렇게 많은 인물들을 만나고 깨달음을 얻기 위해 예술을 하고 있는 거죠. 그리고 뮤지컬을 하면서 얻는 성취감이 커요. 마지막 공연이 끝나는 순간에 '아, 내가 뭔가 하나를 해냈다'는 생각이 들거든요. 어떤 일을 하면서도 느낄 수 없던 감정을 그때 느껴요. 평소에 칭찬을 못 받아들이는 성격인데, 딱 한 번, 공연이 다 끝났을 때, 그제야 저를 좀 내려놓는 것 같아요.

늘 완벽하려고 노력하시니까.

완벽하지도 못하면서 왜 그러는지 모르겠어요. 꼴 보기 싫은 모습이에요. (웃음) 그래서 함께 일하는 실장님이나 주변인들이 항상 그런 이야기를 해주세요. 좀 더 편하게 생각하라고, 잘하고 있으니까 걱정하지 말라고.

계속 그런 말을 들으면 조금 안심이 되시나요.

그들의 위로를 통해 저의 불안함 안에 균형이 생기는 거죠. 불안이 사라지는 건 아니지만, 주변에서 용기를 주고 지켜주는 사람들이 있어서 어느 정도 정서적인 균형을 맞추고 사는 게 아닌가 싶기도 해요.

이제는 어떤 메시지를 주는 작품들을 만나고 싶으세요.

제 삶과 가깝다고 느껴지는, 우리의 삶과 가깝다고 느껴지는 작품들에 대한 열망이 늘 있어요. [시라노]나 [레베카]는 인물 하나하나를 들여다보면 우리의 삶과 가까운 것 같지만, 정작 소재 자체는 삶과 동떨어진 부분이 많거든요. 그런데 [빨래]나 [레미제라블], [고스트] 같이 우리의 삶과 밀접하게 맞닿은 작품들이 있어요. 이런 작품들을 앞으로도 계속해보고 싶어요. 그게 저의 결과도 맞고, 제가 잘할 수 있는 부분인 것 같아요.

결국 지연 씨의 삶과 맞닿은 이야기들을 찾고 계신 거네요.

자신의 삶과 연관된 이야기를 듣거나 볼 때라야 사람들은 조금이라도 더 몰입하고 위로를 받으니까요. 개인적으로는 제 목소리가 화려함과는 거리가 멀다는 생각도 들고. 그래서 조금 더 진솔한 이야기를 할 수 있는 넘버들이 담긴 작품을 계속 만났으면 좋겠다 싶어요.

예술이란 게, 대체 뭘까요. 누군가는 화려함을 얘기하고, 누군가는 소박한 일상을 얘기하고…….

저는 한 가지 생각은 분명히 가지고 있어요. 예술은 사람을 살린다. 한 영화에서 나치가 피아노 소리를 듣고 그 피아니스트를 살려주는데, 사람을 살릴 수 있는 건 의사만이 아니라는 생각이 들더라고요. 살아 있는 사람을, 또 한 번 살리는 것. 그게 예술 같아요.

지금처럼 갈등이 잦아서 차가운 시대에는 우리 모두에게 더더욱 유효한 이야기네요.

이렇게 차가운 시대에 예술이 없다면 전쟁터에 가깝지 않을까요.

저는 그래서 제가 하는 일을 놓지 않을 거예요. 이런 이야기를 하니까 살짝 눈물이 나는데, 그만큼 굳건히 이 자리를 지키고 있을 거예요. 육하원칙 중에서 '왜?'에 대한 답을 알려주는 게 예술이라고 생각하고, 저 또한 그 답을 찾을 수 있도록 노력하면서요.

시간이 흐를수록 자신이 맡은 캐릭터의 색깔이 달라지는 것을 자연스럽게 받아들이는 배우는 시대의 흐름에도 잘 적응할 수 있는 예술가이자 예민한 개인일 것이다. 그렇다면, 예술이 '왜?'에 대한 답을 알려줄 때 나머지 다섯 개의 질문에 대한 답은 어디에서 찾을 수 있을까. 우리는 박지연과 함께 성큼성큼 그 답을 찾아 나설 수 있을지도 모른다. 각자의 경험을 토대로, 각자 삶의 방향성을 가지고.

god의 '길'...

배우 박지연

09 _____

〔고스트〕, 〔최후진술〕, 〔랭보〕, 〔미드나잇 : 앤틀러스〕, 〔팬레터〕, 〔테레즈 라캥〕, 〔팬텀〕, 〔록키호러쇼〕, 〔드라큘라〕, 〔마마돈 크라이〕 등에 출연했다. 마냥 밝지도, 마냥 어둡지도 않은 독특한 아우라를 지닌 그와 마주 앉아 이야기하면서 자꾸만 그가 연기했던 랭보의 치열했던 모습이 떠올랐다. 30대가 되어 더욱 치열해진 그의 삶에 대해 들었으니 자연스러운 일이었을 것이다.

배우
백형훈

"목표를 위해서 가는 것,

그게 목표예요."

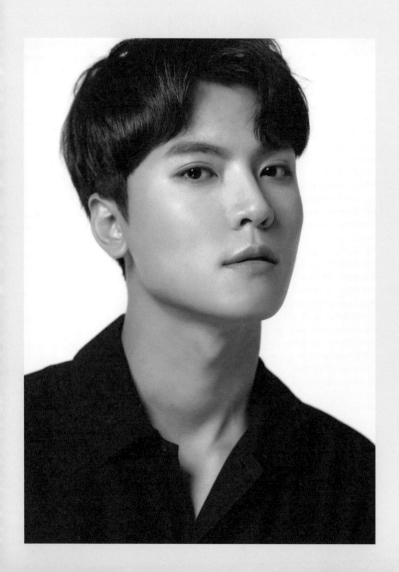

공연이 중단과 재개를 반복하면서 많이 힘드셨을 것 같아요.

아무래도 그렇죠. 1년이 넘다 보니까 심적으로 피로도가 높아진 것 같고. 연습했던 것들이 취소되고, 공연이 연기되는 상황이 계속 반복되다 보니까 뭔가를 할 때마다 끊임없이 긴장을 해요. 언제 어떻게 될지 모른다는 마음이 드니까⋯⋯. 공연 업계뿐만 아니라 다들 힘드니까 이해하실 거예요. 2020년 이후로도 계속 이렇게 될 거란 전망을 보면 마음이 너무 아프죠.

배우를 하면서 늘 안정적인 위치에 계셨기 때문에 더 그런 기분을 느끼셨을 수도 있겠어요.

글쎄, 저는 위치라는 단어를 별로 좋아하지도 않고 제가 어느 정도의 위치인지는 잘 모르겠지만⋯⋯. 워낙 타격이 컸던 해였으니까요. 배우라는 직업을 갖고 난 뒤에 늘 좋은 일만 있었던 건 아니거든요? 하지만 굳이 생각해보면, 지금 제 위치 정도에 있는 배우들이 다들 불안한 상황을 많이 겪는 것 같기는 해요.

음, 그러면 말을 조금 바꿔서 형훈 씨의 상황에 놓인 배우라면, 어느 정도의 인지도를 지닌 배우일까요?

스스로를 객관화해서 보려고 굉장히 노력하는 편이거든요. 누군가에게는 건방진 소리처럼 들릴까 봐 걱정이긴 한데, 저 같은 배우라고 하면 뮤지컬 쪽, 그러니까 이쪽 장르에서는 열심히 하고 나름대로 저만의 커리어도 잘 쌓아왔지만 대중은 전혀 모르는 그런 배우? 뮤지컬을 하면서도 대중이 아는 배우가 있고, 모르는 배우가 있잖아요. 그렇게 따졌을 때 저는 후자인 거죠.

말씀하신 인지도, 그 정도를 지닌 배우들이 겪는 어려움도 있을 텐데요.

맞아요. 뮤지컬 쪽에서는 제가 무명이 아닌데, 다른 쪽으로 가면 저도 저를 소개하는 게 어렵거든요. 그런 애매한 위치에 있다 보니까 사실 마음은 단련이 많이 됐죠. 10년 동안 그런 일들을 반복해서 겪어왔으니까. 당연히 저만 겪는 일은 아닐 거고요. 하지만 종종 상처받는 일도 생기는 와중에 팬데믹으로 물리적인 타격까지 받으니까 2020년이 가장 힘든 해가 됐던 것 같아요. 속수무책이라는 생각이 들더라고요. 방역 수칙을 철저하게 지키고 있는 극장들이 많은데도 불구하고 막을 수 없는 일들이 벌어지는 걸 보면서 '이 직업을 가지고 언제까지 살 수 있을까?' 싶었죠.

아직도 활발히 활동할 때인데요. 그런 생각을 하셨군요.

그러게요. 여전히 멀쩡하고 열정이 넘치는 사람인데, 상황이 나 자신을 그렇게 놔두지 않을 수 있다는 걸 배웠어요. 지금도 그 고민을 계속하고 있어요. 마음이 힘들죠, 실은. 최근까지도 제가 좋고 싫고를 떠나서 외부 스케줄까지도 무작정 열심히 했어요. 성향상 하기 힘든 일이 있는데, 그것도 물불 안 가리고 했다는 말이 딱 맞을 정도로. 그런데 약간 회의감이 생기더라고요. 생각이 조금씩 정리되면서 태도도 좀 차분해졌어요. 사람들이 물어보더라고요. "너 무슨 안 좋은 일 있니?" 아닌데. 스스로 변화를 조금 겪어나가는 중일 뿐인데. (웃음)

원래 형훈 씨의 성격에 더 가까워지고 있으신 것 같기도 하고요.

맞아요. 원래 차분한 사람인데, 안 그런 사람처럼 보이려고 노력을 했던 제 모습이 보이더라고요. 팬분들과 SNS를 통해서 소통하려고 한창 노력하던 시기가 있었어요. 그런데 그게 알고 보니 제가 감당하기 어려운 부분이었더라고요. 막상 라이브 방송을 할 때는 즐겁게 했는데, 딱 끄고 나면 '아, 괜히 했다'는 생각을 매번 했어요. 즐거운 찰나에도 하지 말았어야 할 얘기를 했던 것 같아서. 사실 SNS 라이브 말고도 신경 쓰면서 해야 할 일이 굉장히 많은데, 그것까지 신경이 쓰이니까 조금 마음이 무거웠어요. 팬데믹 사태 이후로도 온라인으로 소통을 할 수 있을 줄 알았지만 그것마저도 싹 놓게 되더라고요.

팬분들 입장에서도 신경이 쓰일 것 같아요. 걱정이 될 수 있죠.

인터뷰를 보실 팬분들이 계신다면 사실 진심으로 양해를 구하고 싶은 부분이에요. 서로 이해해줄 수 있는 상황이지 않을까 싶기도 하고. 오래된 팬분들은 서운하실 수 있거든요. 하지만 제가 워낙 누군가에게 먼저 연락을 하거나 적극적으로 만남을 추진하는 성격이 아니다 보니 그게 이런 상황에서도 영향을 끼치는 것 같아요.

처음 배우를 시작한 후로 10년 동안 여러 가지 생각을 하면서 살아오셨겠죠?

제가 뮤지컬계에 발을 들인 게 스물네 살 거의 끝자락이었거든요? 딱 10년이 된 건데, 분명 사람은 성숙해졌고 성장도 했어요. 성숙한 사람이 되겠다고 마음을 먹었던 것도, 어른답게 나이를 먹어야겠다고 굳이 다짐까지 해가면서 살아왔던 건 아니에요. 하지만 아까 말씀드렸던 애매한 위치에서 생긴 굳은살이나 제가 만난 작품들, 그 속에서 만난 사람들과 했던 경험 같은 것들이 늘 조금씩 나 자신을 정돈시켜줬어요.

좀 더 구체적으로 예를 드신다면요?

나라는 사람이 앞으로 여기서 어떻게 활동을 하고, 어떻게 사는 게 행복한 건지 생각해볼 수 있게 된 거죠. 남들이 볼 때는 우스울지 몰라도 저만의 신념이나 철학도 조금씩 생겨나는 것 같고. 제가 원래 누구에게 조언하고 그런 타입이 아니거든요? 그냥 지켜보는 타입이에요. 그렇다 보니까 딱히 제가 지닌 신념 같은 것들을 얘기할 기회가 별로 없기는 한데, 가끔 물어보는 후배나 동생들이 있어요. 그럴 때 '나는 이런 생각을 갖고 여기서 이렇게 활동하면서 살고 있다' 이런 식으로 얘기해줄 수 있는 알맹이들이 조금은 생기지 않았나.

어떤 신념이 생기신 건가요.

10년 동안 하면서 쌓인 제 신념은 그거예요. '협업'. 뮤지컬은 무조건 협업이에요. 간혹 그런 경우들이 있죠. '와, 어떻게 저렇게 연기를 하고 노래를 하고 춤을 추지?' 이런 생각이 들게 하는 사람이 있어요. 이게 같이 일하는 배우들 입장에서는 느껴져요. 상대 배우가 나와 이 작품을 위해서 그렇게 해줬다는 게. 그럴 때 그 배우가 정말 위대해 보여요. 배우라는 존재가 가장 빛나 보인다고 해야 할까요?

〔고스트〕 같은 경우가 협업이 정말 중요한 작품이잖아요.

맞아요. 아주 중요한 작품이에요. 그런데 어떤 작품은 어떤 캐릭터, 어떤 배역이 좀 더 빛날 수 있게 아예 몰아주기도 해요. 작가님의 의도나 텍스트 자체가 그렇게 나온 작품에서는 그 역할을 맡은 배우의 개인 역량에 따라서 작품과 배우가 같이 빛이 날지 말지가 결정되는 거거든요. 그런 역량을 가지고 있는 배우들이 정말 존경스럽고, 그런 배우들 덕분에 뮤지컬 배우 지망생들이 생겨나는 거라고 생각해요.

형훈 씨는 배우를 계속하시는 이유가 무엇인가요?

단순한 이유예요. 어쨌든 제가 제일 잘하는 거라서요. 조금 더 나아가 백형훈이라는 사람의 개인적인 관점에서 보자면 이 일을 함으로써 제가 안정을 찾을 수 있기 때문에. 삶을 살아가면서 이 일만큼 나를 안정시켜줄 수 있는 직업이 있을지 생각해봤는데, 결국 없더라고요.

그만큼 치열하게 일을 해오셨다는 뜻이기도 해요.

스스로에게도 칭찬해주고 싶은 부분이에요. 무조건 열심히 했으니까요. 변명하지 않고, 핑계 대지 않고. 20대 때는 놀러 간 기억도 거의 없어요. 사람들이 어디 놀러 갔는데 되게 좋았다고 말할 때, 어느 나라의 어떤 풍경이 정말 아름다웠다고 말할 때도 일만 했어요. 심지어 어떤 차가 좋은지, 어떤 액세서리가 예쁜지도 모르고 살았죠. 20대 때는 오로지 꿈을 위해서 열심히 달렸고, 30대 때부터는 20대에 꾸던 막연한 꿈을 섬세하게 조각내서 좀 더 명확한 모양을 잡는 과정에 놓여 있어요. 너무, 너무, 힘들고 조각칼이 너무, 너무, 안 들지만. (웃음)

즐기지 못한 시간들, 쉬지 못한 시간들이 후회되지는 않으세요?

후회되지 않아요. 그렇게 해서 지금의 제가 있으니까. 왜냐면요, 간혹 눈에 보이거든요. 잘 안 된다고 부정적인 이야기를 하는 친구들을 유심히 관찰해보면 사실 열심히 안 해요. 이 부분은 제가 유일하게 냉철한 시각을 유지하는 부분인데요. 저 정도로 해서는 안 된다는 게 눈에 보이거든요. 그 와중에도 어쨌든 즐길 거리를 찾고 있는 모습을 보면……. 물론 즐기면서, 쉬면서 잘하는 친구들도 있어요. 하지만 저는 계속 치열하게 해왔기 때문에 오히려 지금 여유를 조금 가질 수 있는 거고요. 적어도 20대 때보다는요.

음악을 좋아하신다고 들었어요.

취미랄 것은 딱히 없는데 음악은 참 좋아해요. 가끔 궁금한데, 정말 천재적인 사람들을 보면 저런 재능을 누가 준 건가 싶어요. 그런 사람들은 본인이 그걸 잘하는지, 좋아하는지도 모르는데 이미 어릴 때부터 몸이 거기에 가 있잖아요. 저는 가지고 태어난 재능은 얕은 편인데 그 조금의 재능으로도 몸이 이끌려서 결국 이 일을 하고 있는 사람이라 더 그게 궁금한가 봐요.

좋아하는 것을 일로 하면 사실 힘들 때 기댈 곳이 없어져서 어렵더라고요. 저는 그랬어요.

저는 일로 해도 좋더라고요. 부담감도 있고 책임감도 생기지만, 꼭 그런 걸 느끼는 순간만이 전부는 아니니까.

아, 맞아요. 그렇죠. (웃음)

그러니까요. 노래 부를 일이 생기고, 새로운 무대가 생겼을 때 부담이 아니라 '아, 어디선가 또 노래할 수 있는 기회가 생겼다' 이런 기쁨이 먼저 오니까요.

무대에서 가장 쾌감이 컸을 때는 언제였는지 궁금해요.

희한하게도 아직 그런 순간이 오지 않은 것 같아요. 제가 아까 뭔가 모양을 잡아가는 과정, 조각을 해나가는 과정에 있다고 말씀을 드렸잖아요. 그게 아직 쾌감을 맛보지 못한 이유가 아닐까 싶어요. 스스로가 봐도, 남들이 봐도 그 정점을 인정하는 순간이 왔을 때, 그때가 딱 '아, 내가 배우로서 쾌감을 느끼는 순간이 이런 거구나'라고 이야기할 수 있지 않을까요?

그러면, 뮤지컬을 하시면서 다소 어렵다고 느끼는 점은 무엇인가요?

계속 반복이 되는 것. 아무리 적어도 30회 이상 같은 공연을 올려야 하는데, 그 회차를 매번 다르게 할 수 없어요. 사실 여러 번 보러 오시는 관객분들은 특별한 디테일을 발견하고 좋아하실 수도 있지만, 매번 다르게 하면 동료들과 스태프분들이 힘들어해요. 그래서 저는 공연에 변화를 주는 걸 좋아하는 편이 아닌데요. [최후진술] 같은 소극장 작품의 경우는 그래서 더 어렵죠. 애초에 텍스트와 작가님의 의도가 그렇게 변화를 주길 원하는 작품이면 괜찮은데, 정극인데도 불구하고 변화를 기대하는 상황이 온다? 그러면 힘든 부분이 꽤 많아요. 제가 너무 솔직했나 싶은데. (웃음) 스스로가 이겨내야 하는 부분이겠죠.

성격이 침착하셔서 애드리브나 위기 상황에도 대처를 잘하실 것 같은데.

(손바닥을 아래로 내려놓으며) 여기에서부터 시작해서 점점 감정을 쌓아나가는 타입이라서요. 업된 상태로 시작하는 성격은 아닌 거죠. 흥분하면 경주마처럼 돼요. (웃음) 그래도 사고가 났을 때 배우가 조금만 기지를 발휘하면 '어, 잘못된 건 줄 알았는데 아니었나?' 이런 생각을 관객분들이 하실 수 있거든요. 그런 상황에서 제가 대처를 잘했을 때 공연이 끝나고 나면 다들 칭찬을 해주세요. 그런데 그게 저를 뿌듯하게 만들어주는 부분은 아니에요. 그건 그냥 공연의 일부인 거예요. 감사한 하루의 순간일 뿐이죠. 만약에 그날은 잘 대처했지만, 어느 날에는 못 했다면……. 자책을 해야 하는 건가요? 그건 아니잖아요.

가장 바라는 게 있으시다면요.

저는 목표 자체가 목표를 향해서 가는 거예요. "어떤 작품의 어떤 캐릭터를 꼭 해보고 싶어요"라는 말을 안 한 지가 꽤 오래됐는데요. 부정적으로 바라보시는 분들도 있어서 어느 날부터는 그냥 이야기를 잘 안 해요. 대신에 원론적으로 목표를 향해 차곡차곡 제 경험을 쌓아나가는 것이 더 중요하다는 이야기를 하게 됐어요. 목표는 늘 바뀌는 거니까, 그 바뀌는 목표를 향해 가는 것 자체가 저의 목표라는 거죠.

……승부욕 없는 편이시죠?

네. (웃음) 그런데 뮤지컬 배우로서는 아니에요. 여기서 칼 뽑았으니까 뭔가 썰고는 가야죠. 썰기까지 시간이 좀 걸릴 것 같기는 하지만. 지금으로서는 갈증이 커요. 여전히.

"잘하는 배우"라는 이야기를 늘 듣지만, 스스로 만족하는 무대를 만나려면 아직 먼 것만 같다. 쉼 없이 달려온 시간들을 뒤로하고 이제는 쉬어갈 법도 한데, 그는 여전히 더 좋은 배우가 되기를 갈망한다. 말로만 갈망하는 것이 아니라, 행동으로 보여주고 있기에 여전히 사람들은 그의 작품을 선택하는 것이다. 그게, 백형훈이라는 배우의 존재 가치다.

행복하자 우리,

아프지 말고..

배우 백형훈

10

「비선형」, 「이상한 계절」, 「먹구름을 향해 달리는 차 안에서」, 「Trivia」, 「재와 연기의 노래」, 「재의 기술」 등의 싱글과 앨범을 '못(Mot)'으로 발표했다. '이이언'이라는 이름으로 낸 「슬픈 마네킹」, 「Guilt-Free」, 「Realize」, 「Mad Tea Party」, 「어쩌면」, 「Fragile」 등이 있고, '나이트오프(Night Off)'로 발표한 「Take A Night Off」, 「우린 매일매일」, 「예쁘게 시들어 가고 싶어 너와」, 「마지막 밤」, 「반짝이는 순간들은 너무 예쁘니까」 등이 있다. 앨범 소개만으로 그에 대한 소개가 끝났다.

음악가
이이언

"표현하지 않고서는 버틸 수 없어서,

그래서 예술을 해요."

오랜만에 '못'의 음악을 들으면서 이 자리에 왔는데요. 햇빛이 쏟아지는 낮에 의외로 잘 어울려서 조금 놀랐어요. 묘한 느낌이 있네요.

저는 여러 제보를 통해 축적된 데이터로 알고 있었습니다. (웃음) 낮에도 잘 어울린다고 하더라고요.

사실 어두운 정서가 이이언 씨 음악의 핵심이었던 것 같아요. 방금 제가 들으면서 온 첫 앨범은 더더욱 그랬고요. 학창 시절에는 어떤 분이셨어요?

어렸을 때부터 그즈음까지 저는 되게 콤플렉스의 결정체 같은 사람이었어요. 정말 마른 몸을 가지고 있었고, 심지어 살을 찌우려 검사를 받아봤을 만큼 콤플렉스였죠. 청소년기에는 뭐랄까, 제가 남자 중고등학교를 나왔는데요. 남자 중고등학생들 사이에서는 사춘기에 새롭게 발현되는 소위 '남성성'을 자기들끼리의 유대감 형성에 있어서 상당히 중요하게 여겨요. 그런 쪽에 제가 잘 속할 수가 없었죠. 지금도 그런 성향과는 거리가 먼데, 예전에는 더 그랬어요. 스포츠에도 관심이 없고, 왜소한 체격에 외모에도 불만이 많고. 주류에 속한 아이들과 잘 섞이지 못하는 나 자신에 대한 불만, 그리고 소외감을 많이 느꼈어요.

그때 내향적인 성격이 만들어지신 것 같아요.

맞아요. 거울을 한번 잘못 보면 하루의 기분을 망칠 정도였으니까요. 그 정도로 열등감이 심했어요. 그렇다 보니까 스스로를 자주 성찰하게 됐고, 안 좋은 점이 뭐고 좋은 점은 그나마 뭐가 있는지 계속 반복해서 들여다보게 되더라고요. 그러다 대학교에 들어갔는데, 50명 정원인 공대에서 세 명 있던 여자애들하고만 다녔어요. 그 친구들이 저를 끼워준 거죠. 요즘 표현으로 치면 '무해하다'고 느끼지 않았나. (웃음) 친해진 남자 친구들은 공통적으로 전형적인 '남성성'에서 거리가 좀 있었어요. 요즘도 가끔 모이면 카페 가서 케이크 같은 거 먹고 그러죠. 이런 여러 가지 성향들이 음악에서 복잡하게 얽혀 표출됐던 것 같아요.

개인적으로는 첫 번째 앨범 「비선형」에서 '나의 절망을 바라는 당신에게'라는 곡이 정말 인상적이었어요. 이 곡에서 '당신'은 누구인 걸까…….

그 곡을 쓸 당시에는 아버지였어요. 아버지가 정말 독특하신 분인데, 엄격하기도 하셔서 제가 음악하는 걸 많이 반대하셨죠. 그랬던 때에 쓴 가사였지만, 지금은 오히려 아버지를 이해하게 된 상태예요. 제가 몇년 전에 공황 장애를 겪었거든요. 당시에 어떤 생각을 했냐면, 갑자기 그동안 공연을 하면서 사람들 앞에 섰던 게 나와 어울리지 않는 일을 꾸역꾸역한 게 아니었나 싶더라고요. 사실은 제가 생각하는 제가, 진짜 저는 아니었던 거죠. 공연을 멋지게 해내고, 사회성도 갖춘 나의 모습을 통해 유머러스하게 농담도 던질 수 있는 내 모습을 이상적으로 그리고 있었는데, 알고 보니 그건 제가 맞춰놓은 이상적인 형상에 끼워 넣은 것에 불과했던 거예요. 그걸 아버지가 미리 알아보셨던 거죠. 처음으로 그런 생각을 해봤어요. 그때는 음악을 그만둘까도 했지만, 지금은 그래도 내가 제일 잘하는 게 음악이라는 생각이 들어서……. (웃음)

사람에게는 여러 가지 면이 있는 거잖아요. 아버님 생각도 맞고, 이 이언 씨의 생각도 맞다고 생각해요.

특히나 어두운 측면들이 있는 건 부인할 수 없어요. 저의 어떤 속성이죠. 저는 가만히 놔두면 슬퍼지는 편에 속하는 사람이에요. 그것 때문에 많은 노력을 하죠. 농담을 좋아하고, 우스운 영화나 만화를 좋아하고, 나를 즐겁게 해줄 것들을 계속 찾아다녀요. 그게 제 삶을 행복하게 유지할 수 있게 해주는 방법이라는 걸 아니까. 이걸 '일용할 즐거움'이라고 불러요.

역시 사람은 다양한 모습을 지니고 있어요. 그렇죠?

맞아요. 어떤 분들은 저를 만나보고 아주 쾌활하고 밝은 사람이라며 놀라기도 하시거든요. 그러니까 이건 다 어떤 한쪽 면들이 여럿 합쳐진 결과인 거죠. 한 가지 요소가 제 안을 몽땅 채우고 있는 게 아니라, 제 안에 존재하는 여러 가지 스펙트럼의 부분 부분이 서로 모여 있는 거라는 생각이 들어요.

사실 전, 이이언 씨의 음악에서 음악적인 성취와 현실적인 흥미가 철저히 분리돼 있다는 느낌을 받아요.

'분리가 되어 있다'라……. 어느 정도 맞는 표현인 것 같아요. 처음 앨범을 내기까지 제 인생의 목표가 앨범을 내는 거였어요. 앨범을 발표하는 것 자체가 꿈이자 인생의 목표였고, 그걸 발표하면서 사람들의 반응을 살피고 성취감을 느끼면서 내가 기대하는 것 이상을 얻길 바랐었죠. 그 꿈이 이루어지고 난 뒤에 어떤 일이 있을지에 대해서는 크게 생각해보지를 않았어요. 앨범을 냈다는 성취감만으로 평생을 살 수도 있지 않을까, 이런 막연한 기대가 있었던 거예요. 성취감을 야금야금 먹어가면서 인생을 살 수 있을 거라는.

낙관적인 편이셨네요?

또 막상 그렇다고 하기에는 불안한 요소가 있었어요. 원하는 만큼의, 사람들이 주목할 만큼의 성과가 나올 수 있을지에 대한 불안감이라는 게 존재했으니까요. 그런데 실제로 첫 번째 앨범이 무척 좋은 평가를 받았고, 상을 받으면서 성취감을 느낄 수 있는 계기가 생겼죠. 몇 달은 놀랍고 기뻤어요. 좀 더 길게 보면 1~2년 정도는 그 성취감으로 버틴 게 맞아요. 하지만 그것만으로 계속 살아갈 수는 없더라고요.

그럼 무엇이 지금까지 이이언 씨를 버티게 했나요. '일용할 즐거움'?

어, 그건 예술가적 성취감과 다른 영역에 있으니까. (웃음) 저를 매일매일 살아갈 수 있도록 만들어주는 건 '일용할 즐거움'이 맞지만, 저는 거기에서 어떤 영감을 받거나 하지는 않거든요. 음악을 만들 때는 훨씬 더 깊은 곳에서 뿌옇게 가려진 무언가를 들어 올리는 느낌이에요.

좀 더 아프고 고통스런 과정을 뜻하는 건가요.

예술을 하는 사람들 자체가 기본적으로 고통과 손해에 익숙한 사람들이라는 생각을 해요. 고통과 손해에 무디다는 뜻이 아니라, 오히려 더 예민하고 민감하면서도 그것을 이를 악물고 견디는 게 익숙한 사람들인 거죠. 예술가들은 자기 작업이 얼마만큼의 가치로 보상을 받을지

불확실한 상황에서도, 혹은 내가 되게 노력하고 공을 들인 것에 대해 낮은 가치가 매겨질 것이 뻔한 상황에서도 자기를 소모하고 희생하면서 그것을 표현하려고 노력하는 사람들이에요. 그래서 그 익숙함에 악용당하는 순간들이 많이 있는 거죠. 소위 '열정페이' 같은 것부터 해서, 음원 수익 분배 구조 같은 것들도 마찬가지예요. 분명 말이 안 되는 구조인데 그 와중에도 많은 음악가들은 자신의 음악을 기꺼이 음원 플랫폼에 공급하죠. 자신의 음악을 들려주고 싶다는 생각 하나만으로요. 그러니까 시스템은 고쳐질 이유가 없는 거고요. 저를 포함해서 자발적으로 이 불합리한 시스템에 스스로 공급을 하겠다고 나서는 사람들이 너무나 많이 있으니까.

나를 소모해서 예술을 한다는 것……. 너무 무섭네요.

사명감은 아닌데, 그냥 예술을 한다는 것, 음악을 만든다는 것 자체가 너무나 소중하고 큰 나의 일인 거예요. 그래서 그 하나를 위해 스스로를 갈아 넣는 거죠. 예전에 그걸 너무 당연하게 생각했다가 크게 한 번 고장 난 적이 있어요. 솔로 1집을 작업하는 과정에서 저를 너무 쥐어짜다 보니 도파민이 분비가 되지 않는 지경에 이른 거예요. 사람이 어떤 일을 의욕적으로 하려면 보상이라는 것이 있어야 하고, 그런 상상을 하면서 도파민이 분비돼야 하는데 그 어떤 것도 동기가 되어주지를 못했어요. 그때는 정말 관성적으로 매달려 있었죠. 너무 고통스러운 시기였고, '일용할 즐거움' 같은 게 전혀 통하지 않았고. 비유하자면, 굴러가지 않는 차를 억지로 힘으로 밀고 끌고 가는 느낌?

그런 상황을 겪고 나서 생각이 좀 바뀌셨나요.

많이 바뀌었죠. 스스로를 돌보지 않고서는 좋은 작품이 나오는 게 의미가 없어요. 무슨 예술가의 사명이라는 게 있는 것처럼 나를 갈아 넣고, 소모하고 그러면 남은 껍데기가 피폐해질 뿐이거든요. 이틀에 세 끼 정도 먹으면서 억지로 해결하는 삶이 무슨 의미가 있겠어요. 스스로에게 비윤리적인 일이었죠.

좋은 앨범이 나와도 그때로 돌아가시고 싶지는 않은…….

정말 당시에 저를 버티게 한 유일한 힘은 음악을 너무 사랑한다는 것뿐이었어요. 내가 어떻게 돼도 좋으니까 이게 잘 나오기만 하면 된다는 거. 너무 무모했죠. 어떤 면에서는 되게 치열했기 때문에 그 시간을 다 폄훼할 수는 없고요. 사실 그 음반이 갖는 유니크한 가치가 생기기는 했거든요. 하지만 다시는 되풀이하고 싶지 않아요. 이제는 완전히 다른 방식으로 전환했죠. 저한테 지속 가능한 방식을 찾았어요. 소소한 재미들을 찾아가는.

건강한 방식을 찾으신 거네요.

이런 말을 들으면 실망하시는 분들도 있을 거라고 생각해요. 이이언의 음악은 뼈를 깎아서 만드는 맛이라고 생각하시는 분들도 있을 테니까요. 그런데 그것을 원하시면 그때 음악을 들으시면 돼요. 저는 새로운 단계로 넘어온 거거든요. 지금의 제 작업물과 작업 과정에 대한 만족도가 무척 높아요. 이렇게 말하면 좀 재수 없지만 (웃음), 요즘이 최고의 전성기 같아요. 창작에 있어서 가장 만족스러운 것들을 만들어내고 있는 시기요. 예전보다 작업을 훨씬 수월하게 하고 있어요.

작업 시간은 줄어드셨나요?

아뇨. 오히려 늘어났어요. 예전에는 책상 앞에 앉아 있다고 해도 실제로 작업해서 진척을 이뤄내는 시간이 그렇게 길지 않았거든요. 사실 힘들 때는 책상 앞에 잘 앉지도 않고, 영감 같은 것이 오기를 기다리고. 안 오면 어떻게 해서라도 가사를 짜내고. 하지만 생활 루틴을 만들고 나서 상당히 편해졌어요. 작업할 때뿐만 아니라 여러 가지 삶의 질이 향상되는 것을 느낀달까? 작업의 질, 삶의 질 모두가 향상되니까 인생의 중요한 문턱을 하나 넘은 것 같다는 생각이 들더라고요.

과거에는 사람들의 환상 속에 갇힌 예술가의 모습이었다면, 지금은 사람 이이언으로 남고 싶어 하시는 모습이 보여요.

스스로에게 프로페셔널해졌다는 표현을 쓰고 싶어요. 처음 루틴을 만든다고 생각했을 때는 거부감이 들었던 게 사실이에요. 국내외를 막론하고 대가라고 불리는 작가분들 중에는 일정 시간 동안 원고를 쓰고, 남은 시간을 적절하게 여가에 배분하는 분들이 많았는데요. 그 모습을 보면서 약간 이상하다고, 심지어 배신감이 든다고까지 느꼈거든요. 그게 당시에 제가 예술가에 대해 갖고 있던 환상, 편견이었던 거죠. 하지만 공통적으로 그런 루틴을 만들어놓고 생활한다는 걸 깨달은 순간에 어렴풋이 알게 된 것 같아요. '아, 이게 진짜 프로페셔널한 예술가로 가는 길이구나.' 늘 어느 순간 불이 붙어서 화르르 타오르듯이 작업을 하는, 그런 순간이 오기만을 노심초사하면서 기다렸던 내가 달라지는 걸 느낀 순간이었죠.

새로운 성취가 이이언 씨를 기다리고 있네요.

몇 년 전에 음악을 정말 버리려고 했다고 말씀드렸잖아요. 그 경험이 있었기 때문에 지금의 제가 가능해진 것 같아요. 그때를 겪어낸 후에 나에게는 결국 음악밖에 없다는 걸 깨달았고, 예술가를 하지 않으면 얻을 수 없는 성취가 있다고도 확신하게 됐어요. 바꿔 말하면 이것을 하지 않고서는 배길 수 없는 무언가가 내 안에 계속 남아 있다는 거죠. 해결해야 하고, 이뤄야 하고, 표현해야 해요. 무언가가 안에서 계속 그 과정을 기다리고 있어요. 표현하지 않고서는 버틸 수 없는, 그 힘 때문에 예술을 해요. 오로지 그 힘 때문에 음악을 아직 하고 있는 거예요.

빛 속에서 어둠을 꺼내서 음악을 하는 예술가, 혹은 어둠 속에서 어둠을 꺼내서 음악을 하는 예술가. 누군가는 이이언에게 이런 모습만을 기대할 수도 있다. 그러나 거꾸로 빛에서 빛을 꺼내고, 어둠에서 빛을 끄집어내는 사람이라고 할 때 이해할 수 있는 그의 감각도 있다. 어둡다고 해서 이이언의 음악인 것이 아니라, 이이언의 음악 중에 어두운 삶의 면이 담겨 있기도 한 것뿐이다. 예술가의 삶을 고통과 고뇌로만 재단할 게 아니란 뜻이다.

끊임없이
새로운 것을
즐기고
배우는 것.

뮤지션 이이언

11

걸그룹 원더걸스의 멤버였다. 지금은 원더걸스 시절부터 솔로 활동을 할 때 쓰던 '핫펠트(HA:TFELT)'라는 이름으로 음악 활동을 하고 있다. 「Me?」, 「MEiNE」, 「Happy Now」, 「1719」, 「La Luna」 등의 앨범 및 싱글을 발표했으며, 이중 「1719」는 자신의 과거를 털어놓은 책과 함께 발매해 주목을 받았다. 해야 할 일 중 가장 크고 중요한 일을 다 끝낸 듯한, 그런 나른한 표정으로 사무실로 들어오는 그를 나도 모르게 멍하니 보고 있었다. 자리에 앉아 인사를 나눴다.

음악가
핫펠트

"저 별로 재밌는

이야기가 없죠?"

이제 소속사가 달라지셨잖아요. 생긴 변화들이 있으실 것 같아요.

가장 큰 변화는 원더걸스 예은이 아닌 온전히 '핫펠트'로 음악을 하는 부분일 것 같아요. 아메바컬처에 오면서 아티스트로서 스스로를 좀 더 편안하게 받아들이고 생각할 수 있었어요. 그래서 제가 하고 싶은 음악들에 대해서도 더욱 솔직하고 자유롭게 표현할 수 있는 것 같아요.

핫펠트라는 이름과 원더걸스 예은의 차이를 잘 모르시는 분들도 아직 계실 거예요.

원더걸스 예은으로 저를 더 익숙하게 생각하시는 어르신분들은 "요즘 활동 안 하세요?"라고 물어보시기도 해요. 어린 친구들은 핫펠트로 제 음악을 처음 듣게 된 경우가 많아서 원더걸스를 오히려 잘 모르는 경우도 있고. 저랑 비슷한 또래분들 중에서 원더걸스도 알고 핫펠트도 알고 계신 경우에는 "어? 핫펠트가 원더걸스 예은이라며?" 이렇게 놀라시기도 하더라고요.

낯설 때가 많으실 것 같아요. 세대에 따라 나를 보는 시선이 다르잖아요.

그렇죠. 그럴수록 사람들이 나를 어떻게 보느냐에 흔들리지 않으려고 하는 편이에요. 저를 원더걸스 예은으로 보는지, 핫펠트로 보는지, 인간 예은으로 보는지보다는 내가 나를 어떻게 보느냐가 더 중요하지 않을까, 라고 생각해서요.

내가 나를 어떻게 보느냐가 중요하다는 사실을 언제 가장 크게 깨달으셨나요.

그러게요? 나는 언제 이렇게 됐지? (웃음) 음, 다른 사람들이 나를 어떻게 보는지에 대해서 자꾸 신경 쓰다 보면 거짓말을 하거나 꾸며내게 되는 일들이 많아지잖아요. 제가 원래 거짓말을 하거나 꾸며내는 걸 좋아하지 않거든요. 진짜 싫어하는데, 그러다 보니 오히려 다른 사람들의 시선보다는 내가 나를 어떻게 보느냐가 더 중요했던 것 같아요. 지금 답변을 드리면서 왜 이렇게 유난히 거짓말을 싫어할까, 라는 생각이 잠깐 들었어요.

인생 최초의 기억에 대해 핫펠트 씨의 책 『1719』에 쓰셨잖아요. 그 기억이 영향을 끼친 거 아닐까 싶어요.

아마 그래서 제가 거짓말을 되게 싫어하는 거 같기도 하네요. 사람한테 상처받은 기억이다 보니, 싫어할 수밖에 없게 된 것 아닐까 싶죠.

아버지에 대한 이야기였죠? 음, 많이 놀랐어요.

아무래도 첫 챕터라 그렇게 느끼시는 분들이 더 많았던 것 같아요. 책을 준비하면서 챕터 순서에 대해서도 여러 가지로 고민했는데, 최종적으로는 시간순으로 배열하게 되었어요. 그게 뒤에 나오는 챕터들도 자연스러울 것 같아서요. 주변 지인들 중에는 인생에서 중요한 결정을 할 때 '아버지'라는 존재에게 이성적인 조언을 구하는 경우가 많더라고요. 저는 그래서인지 인생에서 상담하고 조언을 구할 만한 사람이 없었던 것 같죠. 아직도 그런 걸 잘 못 해요. 요즘은 이렇게 형성된 제 성격이 단점이 될 수 있다는 걸 느껴요. 나이가 들어갈수록 더.

그래서 남의 시선을 신경 쓰지 않게 되신 건가 봐요.

혼자 결정하고 나아가는 데 익숙해진 것 같아요. (웃음)

오히려 남의 말을 듣는 것에 대한 거부감이 크셨을 것 같기도 해요.

컸었죠. 지금은 그래도 선택지 중에 하나로 다른 사람의 말을 최대한 많이 들으려고 노력해요. 사람들이 저를 보면 되게 계산적일 거라고 예상하는 경우가 많은데, 저는 감을 많이 따르는 타입인 것 같아요. 머리로 열심히 계산하다가도 결국에는 그 순간에 마음이 당기는 대로 결정해버려요.

그래서 공부도 잘하다가 원더걸스가 되신 것 아닌가요.

네. 그런 선택들이 인생에 몇 번 있었는데, 후회하는 경우가 별로 없다 보니까 계속 이렇게 살고 있는 것 같아요. 요즘은 그래서 이런 생각도 들어요. '아, 이러다가 큰일 나면 어떡하지? (웃음)'

책 낸 거는 후회하신 적 없으세요? 보통 용기로 가능한 일은 아니었으니까요.

전혀 안 해요. 이게 사람들에게 충격적이냐 안 충격적이냐의 문제가 아니라, 저는 제가 알고 있는, 경험한 이 내용을 어떻게, 얼마나 제대로 글에 담아내느냐가 중요한 문제였어요. 거짓을 붙이지 않으려고 언니와 엄마에게 더블 체크도 했어요. 친구들에게 보여주면서 내가 너무

과장하고 있는 건 아닌지 물어보기도 하고. 최대한 담백하게 담아내는
게 목표였죠. 그런데 친구들이 놀라더라고요.

무엇 때문에요?

저도 몰랐었는데 저를 가까이 알던 친구들에게도 책에 담겼던 이
야기들에 대해서 깊이 얘기하지 않았더라고요. 그래서 막상 내용을 보
고 놀라는 사람들이 되게 많았어요. 그때 생각했죠. '아, 내가 너무 많은
사람들에게 갑자기 충격을 주는 건가?' 그래서 보완하려는 장치를 넣은
게 첫 페이지의 안내문이에요. 너무 무거운 이야기가 부담스러운 분들
이나 우울한 이야기가 보고 싶지 않은 분들은 책을 덮으셔도 좋다고.

되게 멋지네요. 후회한 적 없다고 하시니까.

후회라기보다는 조금 아쉬웠던 건 있어요. 이 이야기들을 소설로
풀었으면 어땠을까 하는 생각이 들더라고요.

그것도 멋지네요. 생각해보지 못한 대답이에요.

아마 소설로 풀어냈으면 더 적은 사람들에게 상처를 주면서 더 많
은 이야기를 할 수 있었을지도 몰라요. 책에는 챕터별로 짧게 풀어내다
보니 더 깊게 얘기하지 못한 것들이 있었거든요.

살면서 제일 중요하게 여기시는 가치가 뭔가요.

스스로한테 창피하지 않게 사는 게 제일 중요한 것 같아요.

페미니즘에 대한 이야기를 하시는 것도 그런 생각의 일환인 거죠?

그렇죠. 제가 옳다고 믿는 가치에 대해서 주변의 시선 때문에 숨기거나 거짓말을 한다면 훗날 나를 돌아봤을 때 부끄러워질 테니까요.

예술에 있어서 페미니즘을 이야기하는 몇 안 되는 메이저 산업의 음악가가 핫펠트 씨예요. 저는 그것만으로도 지금 핫펠트 씨가 스스로 창피하지 않은 일을 하고 계시다고 생각하고요.

저뿐 아니라 많은 분들이 목소리를 내고 계신 거 같아요. 시간이 지나면서 점점 더 자연스러운 얘기가 될 거라고 생각해요. 적어도 5년 안에는 너무나 편안한 주제로 사람들 곁에 머물렀으면 좋겠어요. 그렇게 될 것 같기도 하고요.

그런 주제의 이야기들을 자유롭게 할 수 있는 환경이 된다면 참 좋겠는데……. 핫펠트 씨가 생각하시는 예술은 어떤 걸까요?

삶에 닿아 있는 모든 것이 예술이라고 생각해요. 사람들에게 감동을 주는 모든 것들. 저도 그런 음악을 만들기 위해 노력하고 있고.

자기 자신의 이야기를 온전히 내놓는 것 같아요. 상처를 꺼내놓는 방식이라는 게 여러 가지가 있는데, 그중에서 어떤 가림막 뒤에도 숨지 않고 그대로, 고스란히 내놓는 방법을 택하는 사람.

워낙 숨기질 못하는 성격이 음악에도 드러나는 것 같아요. 너무 내 이야기만 하는 게 아닐까 하는 생각도 자주 했는데, 오히려 지극히 개인적인 경험으로 만들어진 노래들에 더 많은 분들이 공감해주시더라고요. 형태는 달라도 본질은 같은 경험들을 공유하게 되고요.

이제껏 가장 하시길 잘한 일이 뭔가요.

잘 모르겠어요. 제 인생에서 가장 잘한 일은 음악. 음악하기를 가장 잘한 것 같아요.

음악을 하면서 삶이 어떻게 바뀌었는지 이야기해주실 수 있나요.

음악하는 삶을 선택하고 살고 있어서 음악을 안 할 때의 내 삶이 어땠을지 솔직하게 잘 모르겠어요. (웃음) 그러다 언젠가 한번 '아, 내가 음악하지 않는 삶을 선택했다면 저런 모습일 수도 있었겠다'는 생각이 들게 한 흥미로운 경험을 했는데……. 아메바컬쳐와 계약을 진행하면서 변호사 사무실에 간 적이 있었어요. 당시 변호사님이 "우리 막내 변호사분이 들어왔는데 예은 씨랑 동갑이에요." 그러면서 이대 출신이라고 하시는 거예요. "아, 진짜요?" 하니까 새로 오셨다는 변호사분께서 이렇게 말씀하셨어요. "저희 학교 오실 뻔했잖아요."

느낌이 새로우셨겠어요.

그때 생각이 문득 났죠. 수시를 준비하면서 원서를 넣었던 곳 중 하나가 이대 법대였는데, 그때는 이미 원더걸스 멤버인 상태였어요. 수시 면접관이었던 교수님께서 법대에 붙으면 원더걸스를 그만할 수 있냐고 물어보셨었거든요.

뭐라고 답하셨어요?

"그건 안 될 것 같은데요." (웃음) 순간적으로 많은 생각들이 스쳐 지나가면서 그렇게 대답했던 것 같아요. 그때의 저를 둘러싸고 있는 관계들 속에서 원더걸스를 그만두냐 마냐의 문제는 제가 선택할 수 있는 일이 아니라고 생각했거든요. 변호사 사무실에서 그 대화를 나누는 순간에 교수님의 질문과 제 답이 갑자기 생각나더라고요. 마치 게임에서 이 버튼, 저 버튼을 누르며 플레이를 하듯이 선택하지 않은 나의 다른 삶을 본 것 같은 느낌이 들었어요.

다른 삶을 본 느낌이라⋯⋯.

선택하지 않은 삶 속에서 저는 그날 마주쳤던 막내 변호사님처럼 살고 있었을까요? 하지만 만약에 그때 법대를 갔더라도 끝까지 졸업할 수 있었을지는 또 모르죠. (웃음)

아무튼 재미있는 상상이에요. 내가 가보지 않은 길에 대한 상상.

맞아요. 사람은 삶의 중요한 순간에서 선택을 하며 변해간다고 생각하는데, 내가 선택하지 않은 삶 속에서 나의 선택은 어땠을까, 하는 상상을 해보는 거죠. 그리고 조금 더 나아간 이야기인데, 저는 요즘 변해가는 타인의 삶을 이해하는 과정에 있는 것 같아요. 제 주변의 사람들도 선택을 하면서 변해갈 테고 저는 그 모습이 뭐든 받아들이려고 해요. 그래야 제 음악도 더욱 완성도가 높아지지 않을까 하는 느낌이 들어서요.

결국은 음악 이야기로 돌아왔어요. 무엇이 핫펠트 씨를 이렇게 용기 있는 사람으로 만들었는지 알겠어요.

……저 별로 재밌는 이야기가 없죠?

인터뷰에서 재미있는 이야기를 줄줄이 늘어놓을 수 있는 사람은 그리 많지 않다. 대신에 우리는 이미 비염으로 훌쩍이면서 몇 번 웃었고, 차를 호로록 마시며 이 소리가 녹음될 거라며 또 몇 번을 웃었다. 이것으로 충분했다. 핫펠트라는 예술가의 현재는, 이 정도의 웃음과 수다로 충분한 위로를 주었다. 현재를 살고 있는 한국의 여성 음악가 박예은의 이야기는 그랬다. 별것 아닌 이야기로 서로를 마주할 수 있고, 자신의 것을 만들어낼 수 있는 사람. 우리는 '별것'을 하고 있었다.

잘 모르겠지만 —

어차피 정답은 없으니까,
마음가는 대로 살자 !!
Do what you love,
Love what you do !!

— 황태현 —

12

〔지하철 1호선〕, 〔쓰릴 미〕, 〔형제는 용감했다〕, 〔어쩌면 해피엔딩〕, 〔여신님이 보고 계셔〕, 〔사의찬미〕, 〔데스트랩〕, 〔나쁜자석〕, 〔시련〕, 〔올드위키드송〕, 〔아트〕, 〔아마데우스〕, 〔브라더스 까라마조프〕 등 너무 많아서 모두 나열할 수조차 없는 작품들을 거치며 40대가 되었다. 오랫동안 대본을 보았고, 오랫동안 고민했다. 그동안 나는 달라졌을까, 달라진 게 없을까. 김재범은 그 답을 찾아서 계속 무대에 선다.

배우
김재범

"대본 안에서는

말이 안 되는 게 없어요."

이번 주의 첫 무대예요. 지난주의 마지막 날, 무대에 올라가셨을 때 기분이 어땠는지 생각나세요?

항상 비슷한데요. 조금 긴장도 되고, 기분이 좋기도 하고. 요즘 같은 때는 언제 공연이 중단될지 모르기 때문에 공연을 할 수 있다는 것 자체로 기분이 좋아요. 하루하루 최선을 다하는 순간들인 거죠. 이번 〔아마데우스〕에서는 처음 만나는 배우들과 새로운 호흡을 맞추기도 했어요. 이렇게 변화를 줘야 하는 순간이 생기면 제 안에서도 다른 느낌들이 생겨나요. 사실 이 연차쯤 되면 대부분의 배우들을 무대에서 만나봤을 것 같지만 그렇지만도 않습니다. (웃음) 다른 작품에서 같은 역할을 맡았던 배우가 상대역이 되면 그것대로 즐겁고요.

재범 씨의 공연을 보면 매번 조금 긴장을 하게 돼요. 감정적으로 무너지는 역할이 많다 보니까. 혹시 공연 전에 특별히 긴장을 풀기 위해 하시는 일이 있나요? 예를 들면 숨을 특정 숫자만큼 들이쉰다거나, 그런. (웃음)

저는 특별한 게 없어요. 하지만 〔아마데우스〕 같은 경우에는 대사가 너무 많거든요. 그래서 혼자 머릿속으로 장면을 그리면서 처음부터 끝까지 한 번 해봐요. 그러면 두 시간이 금방 지나가죠. 몸을 여기저기 움직이는 게 아니라, 그냥 머릿속으로 그리면서 대사만 쳐요. 밥 먹으면서도 하고, 분장 받으면서도 하고, 옷 갈아입으면서도 하고. 뭐, 제가 안 나오는 장면은 안 하고. (웃음)

아무래도 〔아마데우스〕는 무대가 지난 시즌과 같기 때문에 뭘 하시면서 연습을 하든 그림이 더 잘 그려지실 것 같아요.

그렇죠. 무대가 같으니까 내가 이렇게 움직이든 저렇게 움직이든 머릿속으로 그려보기가 좋더라고요. 그런데 본 공연 전에 무대에 설 수 있는 건 이제 테크 리허설, 드레스 리허설뿐이잖아요. 그전까지는 이제 상상의 나래를 펼치는 거예요. 작품을 읽을 때 모든 사람들이 그렇듯이 배우들도 상상을 하면서 읽으니까요. 예를 들어서 바닷가에 한 남자와 여자가 있다, 이러면 바다를 상상하고, 여자를 상상하는 것부터 그림을 그려가기 시작하죠. 내가 맡은 역할이 놓인 상황에 나를 그대로 집어넣는 거예요.

일하는 공간과 쉬는 공간을 분리하는 게 좋다는 이야기가 있죠. 그런데 배우는 그게 어렵잖아요.

맞아요. 집에서도 대본을 계속 보니까요. 특히나 창작인 경우에 많이 보는 것 같아요. 창작은 그 자체가 만드는 과정이다 보니까 어떻게 하면 좀 더 좋은 방향으로 갈 수 있을지 고민하느라고 계속 보고 있어요. 그냥 쭉, 계속이요. 확실히 창작이 라이선스보다는 어려워요. 더 보람 있기는 한데, 그만큼 책임감도 더 따르고, 잘 안 됐을 때의 죄송스러움도 상대적으로 크고.

그건 꼭 배우 탓만은 아닌데요.

맞아요. 그래도 '아, 내가 괜히 여기서 이 방향으로 가자고 밀어붙였나?' 이런 생각이 들어요. 이미 만들어진 작품들의 경우에는 그렇게 생각할 여지가 많지 않거든요. 하지만 창작은 부담이 큰 편이고, 아무리 결과가 배우의 몫만은 아니라 해도 책임감이 점점 커져요. 시간이 지날수록, 나이를 먹을수록.

내 이야기를 들어주는 사람이 많아지니까요.

그렇죠. 일한 지 오래됐고, 그렇다 보면 제 의견이 좀 더 많이 반영될 수도 있으니까요. 그들이 나를 존중해서 작품에 제 의견을 더 반영했을 수도 있으니 부담이 작지는 않아요. 내가 이 작품에 도움이 되지 않았다고 스스로 느끼는 경우가 생각보다 많기도 해요.

그런데요, 기분 좋아지시라고 드리는 이야기는 아니고요. 재범 씨가 출연하셨던 창작 뮤지컬이나 기타 작품들에서 생각하시는 것처럼 '잘 안 된' 작품은 별로 없어요. (웃음)

그거는 제가 잘 모르겠어요. 정확한 수치를 모르니까 모르는 걸로 해요. 누가 이 작품으로 얼마를 벌었다는 이야기를 제게 해주신 적이 없기 때문에. (웃음)

반대로 오래된 작품들, 이미 오랫동안 무대에 올라간 작품들을 공연할 때는 오히려 내가 의견을 내지 못하는 부분들도 있을 거예요.

그렇죠. 건드릴 수 없는 그런 게 있죠. 그럴 때는 어떻게든 자신을 설득해서 극에 집중하는 방향으로 가요. [아트] 같은 경우에는 굉장히 오래전에 만들어진 작품이고, 외국의 마인드나 생활상이 반영된 극이니까 우리나라와는 정서적으로 맞지 않는 부분도 있잖아요. 그럴 때

'이 부분을 이런 식으로 조금만 바꾸면 한국 관객들이 좀 더 잘 이해할 수 있지 않을까?'라는 의견을 낼 수 있어요. 하지만 작품 전체로 봤을 때 그게 어렵다, 안 된다고 한다면 김재범의 마인드로 캐릭터를 해석하려고 들지는 않아요. 그럴 수도 있지, 그렇지, 이런 생각으로 접근을 하려고 해요. 어떻게 보면 인간관계와 똑같아요. 다 내 생각 같지는 않잖아요. 모든 사람이. 그런데 내가 이 상황을, 이 대사를 못 받아들이겠다? 그건 나랑 안 맞는 것뿐이지 다른 사람들은 충분히 할 수 있는 대사일 수도 있다는 거죠. 김재범 네가 못하는 거지, 다른 사람은 충분히 할 수 있는 거야. 그러니까 일단 해봐. 스스로에게 말해요.

스스로에게 동기 부여를 잘하는 편이신가요.

"재범아, 토닥토닥" 이러는 건 아니고요. (웃음) 자신감이 좀 떨어졌을 때 그냥 나를 믿고 하자고 스스로를 응원하는 정도예요. 아까 대본에 접근하는 게 인간관계와 비슷하다고 말씀드렸잖아요. 마찬가지로 모두가 내 맘 같지 않으니까 관객분들 중에서 제 해석이 맘에 안 드는 분들도 있을 거 아니에요. 특히나 그 작품이 초연이 아니고 대여섯 번 올라간 작품이고, 그 이후에 제가 들어가는 경우가 있죠. 그럴 때 '내가 지금까지 본 캐릭터와 너무 다른데?' 아니면 '내가 지금까지 봤던 김재범이랑 너무 다른데? 이상한 것 같아' 이러시는 분들이 있거든요. 하지만 그분들이 생각하시는 캐릭터가 있으면 제가 생각하는 캐릭터가 있는 것 같아요. 이럴 때는, 그분들에게는 죄송하지만, 나는 나를 믿고 내가 해석한 캐릭터로 열심히 해보겠다고 나를 위로해줘요.

연기하시기에 조금 편했던 역할들은 어떤 역할들이었어요?

〔김종욱 찾기〕에서 '김재범' 역할이요. 김종욱 역할. (웃음) 김종욱 역할이 편했고. 그리고 〔극적인 하룻밤〕도 편했어요. 〔아트〕도 편한 쪽. 그런데 이게 기준이 작품이 쉽고 어렵고가 아니라, 말을 편하게 할 수 있는 걸 편하다고 느끼는 것 같아요. 그냥 말하듯이 내뱉어도 좋은 공연들이 상대적으로 편한 거죠. 〔아트〕에서 말을 살짝 더듬는다고 해서 그걸 문제 삼는 경우는 거의 없어요. 그러나 〔아마데우스〕라면 절대 안 될 일이죠. 일상처럼 말할 수 있는 작품들이 상대적으로 편안하게 느껴져요. 그런 작품들은 대체로 앉아 있을 때도 편하게 앉아 있을 수 있기 때문에 그 분위기에서 뭔가 좋은 부분들이 나오기도 하고요.

말 이야기를 하니 연극 〔시련〕 이야기를 빼놓을 수가 없네요.

예전부터 정말 하고 싶었던 작품이거든요. 그런데 평생 할 수 없는 작품이라고 생각하고 살았어요. 캐릭터 자체가 저랑 전혀 외형적으로 맞지 않으니까요. 그런데 믿고 시켜주신 거죠. 문제는, 분명히 하면서도 즐거웠고 뿌듯했지만 '말'을 하는 데 있어서 어려움을 겪었다는 거였어요. 극장 자체도 굉장히 울림이 있는 곳이었는데, 잘 안 들리는 거예요. 그래서 크게 말해야 하고, 꼭꼭 씹어서 해야 하고, 천천히 해야 하고. 그러니까 어느 날 내가 '어? 나 말을 하고 있는 것 같지가 않아' 그런 생각이 들더라고요. 그냥 이 내용을 전달만 해주고 있다는 생각이 들어버리니까 그게 너무 아쉬웠어요. 지금 우리처럼 대화를 나누는 상황에서도, 무대 위의 사람들은 모두 서로가 서로에게 소리를 지르고 있었단 말이에요. 전달해야 하니까. 지금 생각해도 아쉽죠.

그런 부분을 중시하신다니까 [쓰릴 미]가 바로 떠올랐어요. '나'와 '그' 두 개의 역할을 다 맡으셨고, 그 두 캐릭터의 화법은 너무나 달라야 했고.

대본을 보면 글이 쓰여 있고, 그러면 말투가 자연스럽게 와닿잖아요. 그게 느낌이라는 거예요. '나'는 좀 순하다, '그'는 좀 더 차갑고 좀 나쁘다는 것처럼 살짝 다가가면 리딩을 시작하면서부터 말이 달라져요. 대본을 볼 때 저는 첫 느낌이 제일 맞는 것 같거든요? '얘는 이런 사람인 것 같아'라고 처음에 딱 느껴지는 그 느낌. 그걸 많이 믿고 가는 편이에요. 뿌리를 거기에 두고 디테일을 하나씩 찾아가는 거예요.

하지만 계속 연기를 하다 보면 그 일관성을 지켜가기가 어려울 것 같거든요. 배우 개인의 상황이 바뀔 수도 있고.

계속 돌아봐요. 시간이 지나면서 조금씩 분명 달라지거든요. 그 인물에 대한 제 생각부터가 달라지니까, 내가 익숙해지면서 인물 안에 너무 빠져들었나 싶은 거예요. 처음 읽을 때는 제가 그 인물에 대입해서 텍스트를 읽는 게 아니잖아요. 그런데 계속하다 보면 그 인물이 김재범과 만나면서 내가 처음 느꼈던 대로 가지 않는 경우가 있어요. 그럴 때 처음 느낌을 찾으려고 해요. 지금 익숙해져서 '김재범화'가 너무 되어버린 건 아닐까? 첫 느낌으로 돌아가보자.

그러다 어느 순간에 돌아보시면 김재범이 만든 인물이 완성돼 있겠네요.

그게 일종의 '김재범화'이긴 한데……. (웃음) 하지만 김재범도, [시련)의 존 프록터도 각각 100%씩의 완벽한 인물은 아니라고 생각해요. 책 안에 존재하는 100%짜리 존 프록터는 그 안에만 있어요. 제가 그 인물을 연기하면 김재범 더하기 존 프록터인 거니까. 어떤 배우의 특색을 '쪼'라고 흔히 얘기하잖아요. 그걸 지나치게 가져가면 너무 김재범이 편한 방향으로 가는 셈이 돼요. 완전히 나를 없애지는 않되, 내가 처음 생각했던 김재범 더하기 존 프록터는 이런 인물이었다는 걸 보여주자는 거죠. 지금 내가 이 인물을 여러 번 연기해서 익숙해졌다고 해서 처음 느낌을 잊지는 말자는 거예요.

처음에 데뷔하셨을 당시에는 인터뷰를 하기 참 어려운 배우였다고 들었어요.

데뷔 초기를 생각하면 "예" 아니면 "아니오"로 대답했던 게 생각나죠. 특별히 어떤 의도가 있던 건 전혀 아니었어요. 정말로 어떻게 행동해야 할지 잘 몰랐고, 할 말도 별로 없는데 질문을 주시니까 "예, 그렇습니다", "그건 아닙니다" 이렇게만 대답하고. 대답 자체를 무작정 정직하게 한 것 같아요. (웃음) 이제는 대답에 살을 좀 붙일 수 있게 됐죠. 아무래도 요즘 하고 있는 작품이다 보니까 (아마데우스)를 예로 많이 들게 되는데, 전에는 이랬을 거예요. "살리에리와 모차르트 둘의 심리적 싸움이 주가 되는 작품입니다."

지금은요?

"여러분, 그런 경험 있으시잖아요. 내가 너무 하고 싶은 일이 있는데, 나는 이렇게 노력해도 안 되는데 저 친구는 대충 해도 잘한다! 그

억울함을 안고 사는 사람이 바로 살리에리입니다. 모차르트는 저 옆에 있는 친구고요. 살리에리가 얼마나 답답할지 아시겠죠?"

아주 많이 변하셨네요. (웃음)

정말 어릴 때는 몰랐어요. 제 대답이 좋고 나쁘고의 어떤 기준점조차 없었던 때니까요. 나는 최선을 다해서 대답했고 진지하게 임했다는 것만 생각했어요. 그런데 시간이 지나면서 제 모습을 보고 조금 답답해하시는 분들이 계신다는 걸 느끼면서 살을 붙이고, 또 조금 붙이고······.

배우가 아닐 때, 김재범이라는 사람을 꾸미는 게 조금 어려운 편이신가 봐요.

어, 그런데 그 말에 고민이 좀 되는 것을 보니까 인간 김재범과 배우 김재범을 분리하면서 살아가고 있는 건 아닌가 봐요. (한숨 크게 쉬고) 저도 제가 어떤 사람인지 잘 모르겠어요. 어떤 곳에서는 되게 말이 없고 조용한데, 또 어떤 곳에서는 잘 까불고 말도 많아요. 그러면 누구는 저를 불편해하고 누구는 저를 편하게 대하죠. 생각해보면 사람들이 다 그런 것 같기는 한데, 딱 한 가지 모습만 가지고 여러 집단을 오가면서 살아가는 건 아니잖아요. 조금씩 달라지니까. 사람들이 나를 어떻게 대해주는지에 따라서도 달라지고, 당시의 마음 상태나 환경에 따라서도 달라지고. 다만 확신할 수 있는 건 좀 내성적이라는 거요. 먼저 사람한테 잘 다가가지도 못하고. 그래도 기적 같이 저는 나쁜 사람을 동료로 만난 적이 없어요. 지금까지는 단 한 번도요. 깊이 있게 사람과 사람 사이를 파고들 수 있는 성격을 가진 사람은 아니지만, 다른 사람에 대해서도 직접 겪어보기 전까지 소문 같은 건 믿지 않아요.

"나쁜 사람"…….

그거 되게 어렵죠? 나쁜 사람이 되지 않기 위해서 어떻게 해야 하는지 생각하는데 참 어려워요. '나쁘다'는 말의 기준이 다 다르고, 나라는 사람은 나쁜 의도로 한 일이 아닌데 저 사람은 날 나쁘다고 볼 수도 있는 거고. 사실 착하게만 보이고 싶으면 조언이나 충고 같은 것도 전혀 안 할 수 있단 말이에요. 어느 쪽이 맞는 걸까요?

글쎄요. 오랫동안 배우로서 생활하시면서 많은 사람들을 만났고, 이런 고민거리들도 생기신 것 같아요. 그 자체로 재범 씨의 지난 시간이 어땠는지 증명되었다는 생각이 들어요.

시기에 따라 많이 달라진 것 같아요. 어렸을 때는 시키는 대로 최선을 다해서 열심히 했고, 경력이 조금씩 쌓이면서 '여기는 이것보다 이게 낫지 않을까?' 이런 식의 고집이 생겼고, 또 어느 정도 시기가 지나니 '내가 너무 고집을 부리는 게 아닌가? 저들이 나보다 훨씬 더 많이 생각하고 의견을 준 건데 나는 왜 내 기준으로만 생각하려고 하지?' 이런 생각을 하게 되고.

결론은 어떻게 났는지요.

더 받아들이고, 더 해보고, 그다음에 이야기하자. 적어도 지금은 그래요. 언제 또 생각이 어떻게 바뀔지는 모르겠지만, 내 생각이 무조건 옳은 건 아니라고, 아무리 깊게 생각했어도 저 사람들은 내 생각을 이해하지 못할 수도 있으니 잘 조율해서 정말로 안 되겠을 때 이야기하자는 정도죠.

그런 게 뭐가 있을까요. 정말로 안 되겠다, 이런 거.

물리적으로 시간이 이상하게 움직인다거나 그런 거요. 갑자기 이틀이 지났다는 설정 같은 게 이해가 안 될 때가 있거든요. 그렇지만 감정적인 건요, 사실 말이 안 되는 게 없어요. 대본 안에서는 말이 안 되는 게 없어요. '얘 왜 웃다가 갑자기 울어?' 그럴 수 있잖아요? 그런데 내가 이해를 못 하는 것뿐인 거죠. 이런 부분은 이제 이야기를 특별히 하지 않고 스스로 해결해요.

변화를 겪은 20대 김재범의 연기와 30대 김재범의 연기, 40대 김재범의 연기는 다른가요.

그러니까요. 저도 궁금해요. 어떻게 다를까요? (웃음) 와, 모르겠다.

저라고 큰 차이를 느껴서 여쭤본 건 아니고 본인만이 느끼는 결이 있으실 것 같아서……. (웃음)

아, 이거는 앞에서 말한 것처럼 제가 작품을 대하는 태도가 달라진 게 더 중요한 것 같아요. 저는 사실 나이가 들수록 연기를 잘한다고 생각하지는 않거든요. 취향이라고도 생각하고. 아주 연기를 잘하는 사람도 누군가가 보기에는 소위 '쪼'가 안 맞아서 별로일 수도 있어요. '쪼'가 그 배우의 매력이 될 수도 있고 단점이 될 수도 있는 상황에서 연기에 정답이 있다고 누가 말할 수 있겠어요? 20대의 배우 김재범이나, 30대의 배우 김재범이나, 40대의 배우 김재범이나 분명 큰 차이는 없을 거예요. 맞아요. 없어요.

"그런데 그 대본, 어떻게 다 외우시는 거예요?" "닥치면 다 하게 돼 있어요. 무대에서 말 못하는 배우 보셨어요?" 나는 고개를 저었다. 달변가의 이야기였다면 오히려 흥미롭지 않았을 것이다. '말'의 중요성, 필요성, 적절성을 모두 인지하고 있으면서도 무대 바깥에서는 그저 마음에서 우러나오는 대로 이야기하는 사람을 보며 그의 안에서 시간이 키워낸 용기와 확신 같은 것들을 느꼈다. 김재범의 시간은 그렇게 본능적으로 자기를 단단하게 만들어온 것이었다.

나라도 나를
믿어주자!
-김재범-

「1.0」, 「2.0」, 「3.0」, 「4.0」 등의 정규 앨범을 발표했고, 여러 드라마의 OST를 비롯해 수많은 싱글에 이름이 올라 있다. "제 이야기의 핵심은 '결핍'이라고 생각했어요." 이렇게 말하는 권정열에게는 '아메리카노'와 '오늘밤은 어둠이 무서워요' 등 수많은 히트곡들이 있지만, 그 히트곡들이 쌓여갈수록 그의 안에는 더 큰 결핍을 느끼게 하는 책임감과 불안감이 존재한다.

음악가
10cm 권정열

"내 이름에 대한 책임감이

너무 커져버렸어요."

요즘도 일 많이 하고 계세요? 지난 10월에는 콘서트까지 하셨는데.

제가 봐도 제가 다작하는 느낌의 사람인 건 알겠는데, 생각보다 낸 건 되게 적어요. (웃음) 2020년에도 하나밖에 안 냈어요. 제가 말로만 자꾸 낸다고, 낸다고 이야기하고 다녀서 그런가 봐요. 그런데 10월에 했던 온라인 콘서트는 좀 치사한 느낌이었어요.

치사한 느낌이요?

처음 해보는 것치고 칭찬을 많이 받았는데, 그런 거 있잖아요. 한 번 하고 나니까 조금 알겠다 싶은 거. 치사한 인간의 마음이라고 해야 하나? 못한 부분은 경험 부족으로 때우는 치사한 반성을 하고, 한 번 더 하면 진짜 잘할 수 있을 거 같다는 생각으로 사는 거요. 진짜 잘할 수 있을 것 같은데, 2021년에 할 수 있으려나요. 준비는 계속하고 있어요.

사실 아이돌은 음악 방송 느낌으로 온라인 콘서트를 보게 되는데, 10cm의 온라인 콘서트는 굉장히 의외였어요.

상상해본 적도 없었죠. 아이돌 온라인 콘서트 자료 얘기를 듣고 나니 그런 식으로 똑같이는 못 하겠더라고요. 아이돌분들 콘서트는 백스 크린으로 관객들과 소통하는 것도 있고, 무대의 느낌에서 공연을 진행하면서 홀로그램 같은 특수 효과도 쓰잖아요. 저는 어떻게든 다르게 해보려고 실험처럼 해봤는데 되게 좋았던 거죠. 아무래도 10cm는 비주얼적인 것을 보시는 분들보다 음악을 들으러 오신 분들이 좀 더 많은데, 또 그런 분들만 계신 건 아니잖아요. 그래서 두 시간짜리 뮤직비디오를 라이브로 보는 것 같은 콘셉트로 가자고 해서 아예 뮤직비디오 세트 같은 걸 만들었죠. 걱정한 것보다는 꽤 쾌감도 있었어요. 생각보다 체질에 맞는 방식이라는 것도 알았고, 또 하고 싶을 정도로요.

10cm는 고정 팬덤뿐만 아니라 대중에게도 사랑을 많이 받는 아티스트잖아요. 이제는 정말 이름만으로도 충분히 사랑받는 팀이죠.

정말로 운이 좋다는 말로밖에는 설명이 안 될 정도로 잘 먹고 잘 살고 있거든요? 처음에 그 미약했던 시기를 생각하면⋯⋯. 정말 비교할 수 없을 정도로 잘 먹고 잘 살고 있어요. (웃음) 10cm는 길거리 버스킹으로 음악 활동을 시작했고, 그게 주 수입원이었던 때도 있어요. 당연히 일을 두 개씩 병행하면서 했죠. 클럽 공연도 버스킹을 못 하니까 시작한 거였어요. 그때는 아티스트의 허세도 있고 그랬죠. 그래서 "유명해지고 싶지 않아" 이런 말도 하고 다니고 그랬었는데. (웃음)

10년 정도 되셨죠?

그렇죠. 이렇게 음악하면서 10년을 사는 일은 결코 쉽지 않은 것 같아요. 어쨌든, 적어도 10cm로 음악을 하는 건요.

권정열이라는 사람으로 음악을 하시는 것과는 다른 건가요?

그러고 보니 해본 적이 없네요. 어, 10cm로 음악을 시작했을 때는 버스킹을 하면서 이제 막 싱글을 낸 아티스트가 되고, EP를 내고 사람들이 우리 음악을 들어준다는 걸 알게 되면서 참 신기했어요. 그때와 지금을 비교하면 고민이나 스트레스, 책임감, 부담감의 정도가 완전히 다르죠. 그때는 아예 그런 걸 가져본 적이 없을 정도였으니까요.

아까 "허세가 있었다"고 하셨는데. (웃음)

갑자기 인기가 많아지고, 사람들이 좋아해주고, TV 예능 프로그램에 나갔다가 차트 역주행을 하면서 감당해야 할 외부의 시선이 커졌는데요. 이런 일들이 드라마처럼 펼쳐졌는데 그때 허세를 부렸죠. 이런 건 내가 원했던 바가 아니고, 관심도 없고, 내가 하고 싶은 것, 내가 하고 싶은 이야기를 들려주는 게 중요하고……. 이런 식으로 인터뷰를 되게 많이 했어요. 지금도 어쩌다가 눈에 보이면 재빨리 넘겨버릴 정도로 민망하죠. (웃음) 그래도 그때는요, 음악을 해서 경제적으로 상황도 좋아지고 명예도 생기고 했지만 무엇보다 음악을 되게 유희로써 했어요. 그냥 음악 만드는 게 재미있었고, 들려줬을 때 사람들이 좋아해주면 그게 또 짜릿했고요. 거기에 초점이 맞춰져 있었다면, 이제 10년 정도 하니까 브랜드를 갖고 있다는 부담감이 너무 커졌어요.

10cm라는 이름을 지켜가야 한다는 부담감이 있으신 거군요. 기대에 부응해야 한다는.

처음에는 정말 자기중심적이었거든요. 아까 말한 것처럼 인터뷰에서도 늘 이야기했던 건데, "나는 피드백에 관심이 없다"고 했었어요. 내 애티튜드는 '같이 나누는 것'이라기보다는 내가 만든 것을 들려주고 거기서 나는 약간 손을 떼고 있는 거, 이 방식이 더 제 취향에 맞는 것 같다고 생각했었죠. 정말로 피드백을 봐도 영향을 받지 않는다고 생각했었고요.

인터뷰를 하면 할수록 스스로에게 같은 말을 세뇌시키는 느낌을 받았을 것 같기도 하고요.

그거예요. 나름대로 생각을 자꾸 정리하다 보면 특정 스타일 같은 게 생겨버려요. 그때는 제가 생각했던 스타일이, 나의 애티튜드가 그거였던 거죠. 아무 생각 없이 그냥 음악만 하고 살았는데, 이야기를 하면 할수록 좀 더 멋있게 이야기를 하고 싶어지잖아요. 그때 '내가 정말 원하는 건 뭘까?' 생각했는데, '아, 그럼 나는 음악을 던지고 마는 사람으로 남는 게 멋있겠다'고 생각했던 거죠.

아티스트가 피드백에 영향을 받지 않기란 거의 불가능할 텐데요.

하지만 내가 생각하는 되게 멋진 싱어송라이터로서의 자세가 있었다고나 할까요. (웃음) 사실 음악을 내놨는데 내가 생각한 대로의 반응이 아닐 수도 있고, 또는 생각했던 것보다 훨씬 더 큰 반향을 일으킬 수도 있잖아요. 거기에 맞춰서 다시 뭔가를 수정할 수도 있겠지만, 영향을 받지 않는다고 생각하는 게 멋져 보였던 것 같아요. 그런데 시간이 조금 지나고 보면 변해요. 무조건 변할 수밖에 없더라고요. 사람이니까.

그렇죠. 자연스러운 거죠.

'생각했던 것보다 많은 사람들이 10cm의 음악을 듣는다'는 사실이 되게 무겁게 다가오는 거죠. 그게 언제부터였는지는 모르겠는데, 저는 이렇게 커질 거라는 생각을 단 한 번도 해본 적이 없단 말이에요. 정말 단 한 번도. 옛날에도 "홍대에서만 딱 유명하고 싶어" 그렇게 말하곤 했어요. 어릴 때, 페스티벌을 하면 절대 헤드라이너는 하고 싶지 않고 헤

드라이너 직전의 서브 정도만, 헤드라이너가 장기하와 얼굴들이면 그 전 순서에, 마니아들이 좀 있는 정도면 참 멋지게 살 수 있을 거 같더라고요. 그런 이야기를 종종 했죠. 그런데 막상 시간이 지나고 보니까 제가 감당할 수 있는 수준보다 많은 사람들이 10cm의 음악을 듣는 거예요. 노래가 나오면 기대를 많이 하고요. 그러면 책임감이 생기고, 골치가 아파지죠. 그 순간부터 피드백이 너무나 중요해지는 거예요.

10cm의 음악은 참 발랄하고 때로는 그래서 더 음침하게 느껴질 때가 있어요. 이런 피드백이 신경 쓰이기 시작하셨다는 거죠? (웃음)

그렇죠. '노래가 잘 안 돼서 내 인생 어떡해?' 이게 아니라 '10cm 어떡하지?' 이렇게 돼버리더라고요. 10cm가 망가지게 되면 사람들이 어떻게 반응할지 거기에 대한 책임감이 생기는 거예요. 아주 과장해서 100만 명이 10cm의 음악을 듣는다고 치면, 제가 뜬금없이 은퇴를 한다거나, 다른 음악을 해보고 싶어서 원래 10cm가 해왔던, 10cm만 할 수 있는 음악이 아닌 것을 무모하게 시도한다거나, 이런 짓을 해버리면 100만 명이 누리던 10cm가 갑자기 사라지는 거잖아요. 이거에 대한 책임감이 느껴지니까 갑자기 인생이 힘들어지더라고요.

처음에는 분명 음악하시는 것만으로도 즐거웠는데, 시간이 지나면서 이런 책임감이 정열 씨를 짓누르고 있었군요. 좀 놀랐어요.

아까 이야기했던 시기, 그러니까, 피드백에 신경 쓰지 않고 하고 싶은 걸 그냥 던지고 만들던 시기, 그게 가장 극에 달한 시기가 정규 2집 때였어요. '아메리카노', '사랑은 은하수 다방에서'와 같이 지금까지도 공연에서 해야 하는 대표곡들이 되게 많이 나왔던 시기인데, 그때는 제가 사람들이 기대하지 않았던 색다른 걸 하면 무척 멋있을 거란 상상에 꽂혀 있었어요. 그래서 2집은 자극적인 부분이 좀 빠진 음악을 해보자고 해서 만들었죠.

10cm의 음악이 가진 자극적인 부분이 뭐라고 생각하셨던 거예요?

'아메리카노'나 '안아줘'나 가사에 관한 이야기를 정말 많이 들었죠. 당시에는 사람들이 잘 쓰지 않던, 안 쓸 법한 그런 단어들로 가사를 썼고, '결핍'이 중요한 키워드였어요. 19금 딱지가 붙을 만한 내용이라든가, 그런 부분에서도 꼭 결핍된 무언가에 관해 이야기를 하고 있었죠. 음악도 사람들이 듣기 편해하는 밴드의 적절한 악기들이 다 들어가 있는 편곡이라기보다는 악기가 좀 적고, 타악기 소리가 빈 곳을 좀 채우고, 보컬이 굉장히 세게 날카로운 인상으로 귀를 건드리는 걸 자극적이라고 봤어요. 하지만 이게 대중의 인상에 깊게 남았나 보다, 하면서도 좀 다른 방식을 써보고 싶었던 거예요. 2집에는 편곡에 젬베가 한 곡도 없고, 노래도 무척 부드럽게 부르려고 애썼고, 가사도 비교적 서정적이었죠. 사실 10cm 하면 젬베가 지닌 메리트도 있었을 텐데 그게 싫어서 뺐어요. 그러고 나서 실망했다는 댓글도 많이 봤고, 그때쯤부터 고민이 생긴 거죠. 아, 너무 쓸데없이 멋 부렸나.

갑작스럽게 꾀한 변화라 대중에게는 낯설었던 거죠.

솔직히 그때의 행보는 제가 좋아했던 해외 아티스트들이 한 방식을 따라 한 거예요. 가끔 그런 변화를 줘서 더 멋있게 기억에 남는 팀을 많이 봤으니까. 예를 들어서 헤비메탈을 하던 팀이 오랜만에 정규 앨범을 냈는데, 갑자기 가벼운 사운드의 앨범을 내서 처음에는 되게 욕을 먹어요. 그런데 시간이 지나면서 재평가를 받죠. 이런 걸 너무 많이 봐서 그러고 싶었나 봐요. (웃음) 하지만 막상 "대중적으로 잘 안 될 수 있지만 우리는 상관없어"라고 입버릇처럼 말하다가 진짜 차가우니까 위기감을 느꼈던 것 같기도 해요. 그래서 그때부터 고민이 생긴 거예요.

요즘은 어떤 고민을 안고 계신가요?

아티스트가 음악 산업에 관심을 가져야 한다고 생각해요. 적어도 지금은요. 물론 10cm가 MBC 〈무한도전〉에 출연하면서 대중적으로 알려졌지만, 그전에 이미 빠른 속도로 관심과 사랑을 받게 됐거든요. 그때는 그런 수요가 있었던 것 같아요. 인디 시장의 스타를 기다리는 사람들이 있었던 거죠. 지금은 그런 것 갖고는 안 되는 시대인 것 같지만요. 그래서 음악하는 동료들과도 전보다 더 친해졌어요. 우리가 어떤 걸 하면 될까, 내가 곡만 쓰면 천재인 줄 알았는데 그게 아닌가 본데? (웃음) 전달을 어떻게 해야 할지도 생각해보게 되고. 아주 좋은 작품을 만들어놓고 아무도 못 듣게 제대로 내놓지 못하면 그건 무가치한 일이 아닌지도 고민해보게 됐고요. 아, 역시 책임감 때문에 그래요. 책임감!

책임감이 없으면 인생이 편해지기는 하죠. 그럴 수 있는 경우가 별로 없지만요!

그리고 아깝잖아요. 10cm가 이렇게까지 성장했는데 내가 게을리해서, 또는 산업적인 부분을 너무 무시하고 못 본 척해서 좋은 음악을 못 만들어내거나 그걸 만들고도 사람들이 못 듣게 만들어버리면 저 스스로가 무책임한 거라고 생각이 바뀌었어요. 그러면서 일도 더 많이 하게 됐어요. 나이 들면서는 작업하는 시간도 길어져요. 지금 생각해보면 예전에는 마음도 가볍고, 놀면서도 하고, 여행도 다니고 그랬는데, 요즘은 완전히 워커홀릭처럼 돼버렸어요.

심리적으로 압박이 심해져서 그러신가 봐요.

그렇게 돼서 그런 건지, 아니면 이젠 이렇게 일하는 게 버릇이 되어서 그런 건지……. 놀러 가는 것도 즐기지 않게 돼버렸죠. 작업실에 있는 게 제일 마음 편해요. 윤주(옥상달빛의 멤버, 권정열의 배우자)도 더 그렇게 됐어요. 저보다는 자유로운 편인데 그쪽도 10년 가까이 되니까 비슷해진 것 같아요. 예전에는 '1집이 이번 새 앨범보다 낫네' 이런 댓글을 봐도 넘길 수 있었는데, 지금은 그런 댓글을 보면 무너져요. 무너진다는 게 슬프다는 게 아니라 생각이 많아진다는 거죠. 하루 종일 생각하고 있고. 마음이 여려졌어요. (웃음)

그래도 10cm는 10cm의 음악을 들려주고 있어요. 여전히요.

10cm만 할 수 있는 자리가 있었으면 좋겠다는 거, 가장 중요한 것 같아요. 10cm가 없으면 자리가 하나 비어버린 게 느껴지는. 멋있게 말하면 독보적인 거죠.

그럼, 정열 씨 인생의 동력은요?

인생은, (한참 망설이다가) 잘 모르겠어요. 그냥 10cm 하는 거…….

지금 약간 충격받았어요. 생각해본 적이 없는 것 같아요. 10cm 노래 가사 속에 등장하는 화자의 얼굴을 생각해보면, 처음에는 윤곽이 없고 대충 외향만 있었던 정도거든요? 지금은 얼굴에 이목구비가 다 있는 것 같고. 10cm 가사의 캐릭터는 시간이 지나면서 어떤 사람인지 점점 명확해지고 있어요. 그런데 저는, 음……. 그래도 엄청나게 성장한 것 같기는 해요. '아싸 중의 인싸'로. 예전에 그런 말 못 들어보셨어요? 쟤 되게 성격 별로라고. (웃음)

━━━━━━━━━━━━━━━━━━━━━━

조금 무안하게 웃었다. 실제로 그랬던 시기가 없었다고는 말하기 어려웠으니까. 이미 그가 말한 것처럼 오래전 수많은 인터뷰에서 그는 자신만의 자세를 고수하고 있었다. 하지만 10cm라는 이름으로 완성한 작품들의 얼굴선과 이목구비가 또렷해지는 동안 그는 자신이 "성장했다"고 말했다. 끝없이 어떤 결핍을 채우려는 예술가의 움직임은 책임감을 안고 오늘도 나아가는 중이다. 조금은 책임감에서 자유로워지길, 그렇게 얻은 자유가 그에게 더 큰 힘을 안겨주기를.

" 난 못났고 별 볼일 없지. "

- 10CM 권정열 -

예술가의 자각

14 _____

〔보도지침〕, 〔배니싱〕, 〔베어 더 뮤지컬〕, 〔작은 아씨들〕, 〔시데
레우스〕, 〔알앤제이〕, 〔환상동화〕, 〔프리스트〕, 〔데스트랩〕 등의
무대에 올랐다. 고양이 두 마리와 함께 살고 있으며, 자신의 말
대로라면 "개인주의적 성향이 강하다". 좋고 싫음이 뚜렷하고,
문제점이 있으면 당장 개선해야 한다고 생각하는 불같은 성격
의 배우. 그래서 무대 위에서 전혀 그렇지 않은 모습을 보여줄
때 더 놀라운 배우.

배우
기세중

"직업에 귀천은 없지만,

사람에는 귀천이 있어요."

SNS에 반려묘 계정을 따로 만들어두셨더라고요.

그냥 만든 거예요. 예쁜 사진을 몰아서 올릴 수 있고, 보고 싶을 때 한 번에 보기 좋고. 그리고 저희 애들을 저보다 더 유명하게 만들 수 있지 않을까 해서. (웃음)

생각보다 단순한 이유였구나⋯⋯. (웃음)

뭐 복잡하게 생각하면서 사는 사람이 아니에요. 그냥 별로 생각이 없죠. 그게 캐릭터에도 많이 반영되는 것 같고요. 슬픈 캐릭터를 연기하게 돼도 복잡하게 생각을 안 해요. 복잡하게 생각할 수 없는 캐릭터들이 더 많았던 것 같기도 하고. 주어진 대로만 하는 스타일에 가깝죠. 사실 '생각이 없다'고 표현해서 좀 이상하게 생각하실 수도 있는데, 그게 저에게 정말 딱 맞는, 제가 저 자신을 떠올렸을 때 딱 맞는 그런 단어여서요.

원래 성격도 그러신가요.

보는 사람마다 다르겠지만, 제가 생각했을 때는 역시 별생각 없이 사는 애인 것 같아요. 생각하는 걸 싫어해서 공부도 못했어요. 걱정거리 같은 건 당연히 있지만, 최대한 걱정 안 하면서, 최대한 분쟁 없이 살려고 하죠. 그렇다고 평화주의자는 아니고, 성격이 불같을 때가 많아요. 그래도 피할 수 있으면 그런 상황은 최대한 피하려고 해요. 운전할 때 너무 불같은 성격이 나와서 차도 팔았어요. 화가 잔뜩 난 제 모습을 본 날이 있는데, 그러고 나서 '내가 진짜 차가 필요한가?' 생각을 해봤죠. 아니다 싶어서 그다음 날 바로 팔고.

대쪽같으시네요. 그러면 연기하다가 마음에 안 드는 결과물이 나와서 화나실 때는요.

화날 때가 별로 없어요. 왜냐하면 저는 결과물에 대한 기대감이 전혀 없거든요. 하고 싶어서 하는 일인데, 스트레스를 받아가면서 하는 사람들을 보면 결과물에 대한 기대가 있더라고요. 기자님도 그러신 것 아니에요? (웃음)

네, 그래서 피곤해요. 지금 세중 씨가 부럽기도 하고요. (웃음)

딱히 기대를 가지고 뭔가를 하지 않아요. 제가 열심히 해서 보여드렸는데 잘 못 만들었다거나 기대치보다 낮을 수 있잖아요. 그런데 저는 열심히 했으니까 괜찮아요. 내가 할 수 있는 한 최선을 다했으면 후회는 없거든요. 실망하거나 상심할 시간에 기분 좋게 다른 거 더 연습하고, 연기에 대해 더 생각하는 쪽이 맞다고 봐요. 이것도 성격이네요.

사람들의 시선을 크게 신경 쓰지 않으시나 봐요.

아예 신경을 안 쓰는 건 아니에요. 아무래도 보여지는 직업이니까. 하지만 거기에 휘둘리지 않으려고 애쓰는 것 같아요. 워낙 휘둘리기 좋은 직업이라서요.

이런 이야기를 하다 보니까 생각났는데, [베어 더 뮤지컬]에 대해 '요즘 시대에는 안 맞지 않냐'는 비판이 많았어요. 연기하는 입장에서는 그 말이 크게 신경 쓰일 수도 있겠더라고요.

냉정히 보면 조금 빤한 소재들로 만들어진 작품이라고 생각했어요. 그런데 하다 보니까 생각이 바뀌었어요. 작가님과 작곡가님이 전달하고자 하는 메시지에 동성애와 가톨릭 학교 이야기가 필요한 이유가 있더라고요. 지금 시대에 맞지 않는다고 생각하는 건 개개인마다 다른 것 같아요. 10년, 20년, 30년 뒤에 [베어 더 뮤지컬]이 다시 올라와도 그 시대에 비슷한 고민거리를 가지고 있는 사람들이 보러 오게 되는 거니까요. 꼭 동성애나 가톨릭 소재와 관련된 게 아니라도, 그 공연에서 나의 현재와 비슷한 감정을 찾아낼 수 있을 거예요. 사실 저는 주인공들이 가진 순수한 고민, 그리고 그 고민에 대한 답을 어느 정도는 책임져야 하는 어른들에 대한 메시지가 굉장히 크다고 봤어요.

아, 맞아요. 상황을 대하는 어른들의 태도가 전혀 다르죠.

신부님과 수녀님의 태도가 명확하게 다르고, 피터의 엄마, 제이슨의 아빠가 평소에 아이들을 어떻게 대했는지까지 다 드러나는 게 되게 좋았어요. 그 공연을 하면서 많은 생각이 들었는데요. 지금 내 나이가 많은 것도 아니고, 지금보다 나이를 더 먹는다고 해서 누군가에게 가르침을 줄 수 있는 건 아니겠지만, 만약에 도움이 필요한 곳이 있으면 뭐라도 해보겠다는 마음을 먹었어요. 나의 한마디, 아니면 잠깐 나와 이야기를 나눈 그 시간이 그 사람의 기억에 평생 남을 수도 있고, 삶을 흔들 수도 있겠더라고요.

그런데 피터에 도전하신 건 좀 의외였어요.

제일 못할 것 같은 걸 선택한 거예요. 모든 공연이 그런 건 아니지만, 결국 고르다 보면 내가 가장 하기 어려워할 것 같은 작품을 선택하게 돼요. 한 번도 안 해본 거요. 왜냐하면 군이 해봤던 캐릭터의 느낌을 또 해볼 필요가 있을까 싶어서요. 첫 번째는 (보도지침)이 그랬는데, 그 공연을 하면서 저는 되게 큰 걸 얻었어요. '내가 이런 걸 좋아하고, 이런 대사를 칠 때 진짜 마음이 뜨거워지는구나'라는 걸 처음 느꼈거든요. 기세중이 기세중을 바라볼 때조차 몰랐던 것들을 발견했다고 해야 하나. 정치를 비롯해서 다른 사람 사는 데에 크게 관심 없는 성격이라고 생각했는데, 막상 그런 사람들의 이야기를 전해야 하는 입장에 놓이다 보니까 제가 못 봤던 스스로의 모습이 많이 보이더라고요.

진지한 역할을 많이 하셨어요.

그 역할들이 너무 재미있는 바람에 겉멋이 잔뜩 들어서 '나는 진지한 배우야' 이러고 있었던……. (웃음) 저는 제가 (그리스)를 그렇게 신나게 할 줄 몰랐어요. 못할 것 같아서 몇 번 거절했었는데, 뭔가 도망치는 것 같아서 한번 해봤거든요. 세상에, 누구보다 행복하게 했어요. 그때 알았죠. 안 된다고 미리 생각하면 안 되는구나. 진짜 안 된다고 해서 안 해버리면 이제 그것도 학습이 돼버리는 거구나.

"생각이 없다"고 강조하시는 분답지 않게 너무 생각이 많으신데…….
(웃음)

진짜로 평소에 이런 생각 잘 안 하고 사는데……. 말하다 보니까 그냥 생각이 나서 이야기하는 거죠. 아무 생각 없이 살아요. 이런 생각을 평소에 하고 살면 삶이 조금 힘들 것 같아요. 그래도 요즘에는 공연이 엎어지며 불안해져서 다른 생각을 좀 해본 것 같고. 배우라는 직업

자체가 오디션에 떨어지거나 공연이 끝나면 워낙에 바로 백수가 되는 직업이다 보니까.

어떤 생각을 하셨나요.

부업을 해야겠다. 고양이들로 마케팅을 해야 하나. (웃음) 농담이고요. 저는 사실 회사를 차리고 싶어요.

회사요?

좋은 아이디어나 아이템이 있으면 바로 시도를 해볼 생각인데요. 저도 어릴 때 그리 부유하게 자란 게 아니라서, 가진 게 조금이라도 생기면 주변을 도와주고 싶어요. 정말 믿을 수 있는, 참 잘됐으면 좋겠다는 생각이 드는, 행복하게 살기를 바라는 친구나 가족이 있잖아요. 내가 능력이 되면 그들을 도와줄 수 있으니까요. 사실 지금 배우 생활을 하면서 먹고사는 것에 문제는 없어요. 하지만 제가 더 노력해서 한층 여유로운 삶을 갖게 된다면, 당장에 누가 힘들어졌을 때 도와주기가 훨씬 좋겠더라고요. 지금은 제가 도와줄 수 있는 데에 한계가 있어서 속상해요.

이런 생각을 하시는 줄 몰랐어요.

건강 상태에 대한 고민도 있기는 해요. 만약에 [알앤제이]를 연습하면서 [환상동화]를 공연했다면 정말 힘들었을 거예요. 둘 다 육체적으로 힘들어서요. 공연이 엎어진 일은 슬픈데, 지금 당장은 좋은 방향으로 생각하려고 하죠. 작년 이맘때 많이 아팠거든요. 이번에도 작품과 연습을 여럿 동시에 했으면 또 그렇게 아팠을 수도 있겠다 싶으니까.

배우분들이 공연을 겹쳐서 출연하는 경우가 있잖아요. 그게 쌓이고 쌓이면 결국 본인에게 너무 힘든 결과를 초래할 것 같거든요.

맞아요. 사실 좋은 현상은 아닌 것 같아요. 저도 겹쳐서 공연을 하는 입장이지만, 연습 때는 연습만, 공연 때는 공연만, 공연 끝나고는 잠시 휴식, 그리고 다시 연습, 공연……. 그러니까 하나에만 집중할 수 있는 상황이 되면 참 좋을 것 같거든요. 그런데 막상 그게 안 되는 건 개인적인 욕심 때문이에요. 돈을 많이 벌 수도 있고, 좋은 작품이 겹쳐서 들어오면 안 할 수가 없어요.

앙상블 때는 어떠셨어요.

많이 힘들었어요. 그때는 뭐, 거의 이 세상의 불만은 저 혼자 다 가지고 있는 느낌이었고요. 원래 개인주의적 성향이 강한 편이고, 단체 생활을 힘들어하기도 해요. 제 기준을 벗어나는 행동을 하는 사람들이 있으면 그런 경우에도 못 참아요. 바로 가서 얘기하는 타입이죠. 형들이나 선배님들 입장에서는 '쟤는 왜 이렇게 성격이 고분고분하지가 않아?'라고 생각하실 수밖에 없었을 거예요. 사실 아직도 앙상블은 배우 대접을 받는다기보다 소모품 다루듯이 다뤄지는 경우가 많아요. 저는 그 태도가 너무 마음에 들지 않았어요. 나도 어디 가면 되게 사랑받는 사람이고, 내 옆에 있는 앙상블 친구들, 형, 동생, 누나들 전부 다 그런 사람들인데 왜 이렇게 대우받아야 하는지 이해가 안 갔거든요. 그러니까 스물네 살짜리 막내가 제작 PD한테 가서 따지고 그랬죠. 그분들 입장에서는 얼마나 버릇없는 꼬맹이였겠어요. 그런데 저는요, 지금 다시 그때로 돌아간다고 해도 똑같이 행동했을 거예요.

앙상블 그만두신 다음에는 뭘 하셨어요?

1년 동안 공장에서 아르바이트를 했어요. 저에게 정말로 소중한 1년이었는데요. 편의점 공장이라고, 점포에서 발주 넣은 물건을 한 카트에 담아서 차에 싣는 일이었어요. 사경을 헤맨다 싶을 정도로 진짜 힘든 일이었는데, 같이 일하던 형이 나보다 체구도 작고 나이도 많은데 일을 더 열심히, 더 잘하는 거예요. 그래서 1년 가까이 곁에서 그 모습을 지켜보다가 물어봤어요. 형은 왜 이렇게 열심히 하냐고. "형, 안 힘들어요?" 하니까 "아유, 집에 가면 우리 와이프랑 애기 있잖아" 이렇게 툭 대답이 왔는데, 그 말이 되게 무거웠어요. 저는요, 그때 알았어요. 직업에 귀천은 없지만 사람에는 귀천이 있다는 거. 이런저런 일 다 해보고 사람들 만나면서도 계속 깨달아요. 어떤 일을 하든 거기서 빛나는 사람은 굉장히 빛나요. 돈을 잘 못 버는 직업을 가진 사람도 얼마나 빛이 나는지 몰라요. 반대로 돈을 잘 벌고, 좋은 차 끌고 다녀도 평상시에 하는 행동을 보면 전혀 빛이 안 나는 사람이 있고요.

세중 씨, 그렇게 1년을 보낸 세중 씨는 지금껏 그 깨달음을 바탕으로 배우 일을 하고 계시잖아요. 그런 세중 씨는 지금 세중 씨가 하는 일이 예술적이라고 생각해보신 적이 있어요?

어? 그거 아까 생각해봤는데. 다른 형이 연습하고 있는데 딴생각하고 있다가 갑자기 그 생각이 들어가지고요. 어릴 때는 '아이, 무슨 예술

이야. 돈 벌려고 하는 거지. 상업이지' 이런 생각이었는데요. 그 말은 억지로 자기를 깎아내리는 말이라는 생각이 들더라고요. '내가 하는 게 예술이 아닐 이유가 뭐가 있어?' 그랬죠. 제가 이 직업을 끝까지 가지고 가야겠다고 생각하는 이유가 뭐냐면요. 타인의 인생을 흔들 수 있는 정도의 힘을 가진 일은 드물잖아요. 정말 힘든 일이고, 드문 일이잖아요. 지금 또 느껴요. 제가 생각하는 예술은, 예술적이라는 게 뭐냐면요. 어떤 방식으로든 다른 사람에게 귀감이 되고 영감을 주는 거예요. 그러니까 모든 게 다 예술이 될 수 있다는 거예요. 우리가 보고 듣는 모든 것들이!

그런 경험을 한 적이 있으신 건가요.

작년에 클래식 발레 공연을 처음 봤어요. 국립발레단의 공연이었는데, 보는 내내 저도 무대에 서는 사람이다 보니까 어쩔 수 없이 저분들이 얼마나 연습을 많이 했을지가 먼저 눈에 보이더라고요. 얼마나 힘들었을까, 싶고. 그런데 사실 그 힘든 일, 국립발레단 단원이면 누구나 알고 하는 거잖아요. 그게 엄청나게 가치 있는 일이라는 걸 저분들도 알고 있을 거고요. 그 공연을 보고 나서 말이 없이 움직임으로만 모든 걸 표현하는 것에 경이로움을 느꼈고, 공연을 더 열심히 해야겠다고 생각하게 됐죠.

저 느낀 거 있어요. 세중 씨와 같이 공연하는 분들, 되게 행복하실 것 같아요.

음……. 실은 [시데레우스]를 공연할 때 조명에 문제가 생긴 날이 있었어요. 배우들도 실수를 많이 하는데, 스태프도 실수할 수 있는 거 잖아요. 게다가 그건 조명팀 실수가 아니라 조명 기계의 문제였어요. 배우들이 다 30대다 보니까, 끝나고 20대의 어린 친구가 와서는 계속 죄송하다고 하는데, 생각해보니 저는 죄송할 일이 아니면 죄송하다고 말하지 않는 사람인 거예요. 그래서 "죄송하다고 하지 마. 네가 잘못한 거 아니잖아. 우리 다 동료끼리 하고 있는 건데 뭐가 죄송해"라고 이야기를 했어요. 그런데 나중에 그 스태프 친구가 이렇게 말했대요. 자기 여기서 일하는 3, 4년 동안 자기를 '동료'라고 해준 배우가 처음이라고. 그 얘기를 들은 순간에 약간 멍, 했어요.

소중하게 여기시는 가치가 뭔지 너무 잘 알겠어요.

분명히 스태프들을 동료라고 생각하는 배우들도 많을 거예요. 하지만 반대로 스태프들에게 함부로 하는 배우들도 되게 많아요. 직접 가서 그렇게 함부로 행동하지 말라고 얘기하고 싶을 정도로. 물론 예의 없는 스태프들도 있죠. 다만 어린 스태프들 같은 경우에는 배우들이 예민해진 상황에서 상처가 되는 얘기를 툭 던질 때 그걸 받아줘야 하는 상황에 자주 맞닥뜨린단 말이에요. 그래서 "'동료'라고 해준 배우가 처음이라 울컥했다"라는 이야기를 듣는데 이게 정상적인 모습은 아니라는 생각이 들었어요. 그러니까, 본인의 감정이 좋은 상태가 아니라고 해서 그걸 남들에게 풀지 않았으면 좋겠어요. 특히 배우들이요.

이런 이야기, 괜찮으세요?

하지 말라는 메시지가 계속 올 수도 있는데, 괜찮아요. 꼭 해야 할 이야기라고 생각하니까. 그나저나 예술의전당 앞에 있는 풀빵이 진짜 맛있는 거 아세요? 사람이 좀 없을 때 가면 바삭바삭하고 아주 맛있는데.

기세중은 매사에 두려움이 없어 보였다. 자신은 그 이유에 대해 "생각 없이 살기 때문"이라고 말했지만, 하나씩 이야기를 들으면 들을수록 깊어지는 말들에 나도 모르게 헛웃음을 지었다. 평소에 얼마나 많은 것들을 몸과 마음으로 체득했기에 이렇게 깊이 있는 이야기들을 풀어놓을 수 있는지 궁금했다. 하지만 예술의전당 앞 풀빵 이야기를 할 때 우리는 가장 목소리가 높아졌다. 두 사람 사이, 대화의 온도가 가장 높아진 순간이었다. 가장 맛있게 구워진 풀빵의 바삭함이 그리워지는.

쉬어 가도 좋으니

걸음아 멈추지 않기를

-기세훈-

15 _____

〔인터뷰〕, 〔빈센트 반 고흐〕, 〔파가니니〕, 〔라흐마니노프〕, 〔더 캐슬〕, 〔팬레터〕, 〔프라이드〕, 〔사의찬미〕, 〔히스토리 보이즈〕, 〔머더발라드〕, 〔스모크〕, 〔HOPE : 읽히지 않은 책과 읽히지 않은 인생〕, 〔검은 사제들〕 등의 연극과 뮤지컬 무대에 올랐다. 과장하지 않고 담백하게, 늘 덤덤하게 대본을 마주하는 사람처럼 보이지만, 사실은 대본을 받아들이는 과정에서 자신의 말하기 방식이 너무 날카롭지는 않은지 매번 고민한다. 나아가 이 인터뷰는 예술이 미화시켜서는 안 되는 것들도 있다고 분명하게 말하는, 어떤 또렷한 가치관을 지닌 배우에 관한 이야기다.

배우
김경수

"누구보다 철이 들어야 하는 사람이

배우라고 생각해요."

휴식기를 잘 갖지 않는 편이시라고 알고 있어요.

휴식이라는 표현은 좀 거창하지만, 작년에는 좀 계획을 갖고 쉬었어요. 쉬다가 무대에 오르면 어떤 느낌일지도 궁금했고, 작품을 너무 많이 하다 보니까 정체되는 느낌을 스스로 받게 되더라고요. 시간을 좀 갖고 여러 가지 공부를 하면서 개인적인 능력치를 더 올릴 수도 있을 것 같았어요.

어떤 공부요?

뮤지컬뿐만 아니라 사회 전반에 대한 공부요. 다방면으로 시야를 넓히고 싶다는 생각이 들었어요. 잠깐 공연을 멈추고 다른 곳을 바라보고 싶었죠. 그리고 원래 음악을 전공해서인지 음악 공부를 계속하고 싶었어요. 악기도 배우려고 개인 레슨을 다 잡아놨었는데, 결국은 팬데믹 사태 때문에 다 취소하게 돼서 아쉬워요. 독학도 할 만큼 해서 선생님들에게 더 배우고 싶은 게 많았는데……. 실은 음악을 못 하고 있으니까 참 답답했거든요.

아무래도 뮤지컬에서 다루는 음악과 실용 음악의 범주는 너무 다르겠죠?

그렇죠. 뮤지컬에서는 음악을 위한 음악이라기보다 드라마를 위한 음악을 다루니까요. 개인적으로는 뮤지컬에 뮤직이라는 단어가 붙었다고 해서 음악적인 부분을 펼쳐 보이는 게 아니라, 결론적으로 극이 어떤 이야기를 하고 있는지 노래로 들려드리는 게 우선이라고 생각하거든요. 그래서 아무리 화려하고 아름다운 선율이 흐른다고 하더라도, 관객분들은 작품이 끝나고 극장 밖으로 나왔을 때 "이 극은 이런 극이었어"라는 이야기를 주고받게 되는 거죠.

그런 면에서 아쉬움이 남으셨나 봐요.

물론 이 작품이 어떤 메시지를 전하는지, 연기가 얼마나 설득력을 지니는지에 대해 매력을 느껴서 뮤지컬에 빠져 있기는 해요. 제가 대학 다닐 때는 R&B와 소울에 빠져 있었는데요. 뮤지컬 덕분에 음악을 더 다양하게 접하게 됐거든요. 클래식 장르는 묘하게 거리감이 있었는데, 클래식을 다루는 뮤지컬을 만나면서 정말 좋아하게 됐어요. 그렇게 아름답게 들릴 줄 몰랐으니까. 장르적으로 편협했던 제 시야를 넓혀준 게 뮤지컬이었던 거예요. 다만 이 음악들을 운용하고 만들 수 있는 사람이 되고 싶었던 거라, 더 배우고 싶었는데 그걸 못 해서.

콘서트로 그 아쉬움을 달래실 수 있어서 그래도 다행이라고 해야 하나요. (웃음)

진짜로 개인 콘서트가 작은 일탈이었어요. 온전히 저만의 생각으로 가득 찬 콘서트를 한 적이 있었는데, 그때 정말 행복하더라고요. 멘트든, 음악의 구성이든, 선곡이든 다 제 마음대로 하니까. 소소하게 작곡했던 곡들을 집어넣어도 되고. 그런데 결국에 저는 뮤지컬 배우라는 타이틀이 있다 보니까, 와주시는 관객분들의 취향을 고려하지 않을 수가 없었죠. 저라는 사람을 가수 김경수로 만나는 분들은 아예 없잖아요. (웃음)

사실 무척 궁금한 부분이었어요. 세트 리스트를 어떻게 짜시는지.

뮤지컬 무대에서 보여드렸던 모습 중에 인상 깊었던 모습이 담긴 넘버나, 제가 해보지 않았던 작품 중에서 저에게 어울릴 법한 작품 넘버로 리스트업을 해요. 그게 제 나름대로는 PR이기도 하고요. 저는 이런 역할도 할 수 있고, 또 저런 역할도 할 수 있습니다, 이렇게 말하는. 하지만 가요를 부르든, 뮤지컬 넘버를 부르든 결국 모든 선곡은 제 취향을 기반으로 하기 때문에 너무 행복한 일탈인 거죠.

행복한 일탈 맞네요. (웃음) 그럼 연기하면서 느끼는 감정들은 어떻게 수습하세요?

신기한 게, 결혼하고 나서 무대 위에서 그려냈던 감정을 쏟아내고 수습하는 방법이 좀 달라졌어요. 결혼하기 전에는 집에 들어가면 혼자였기 때문에 해소하는 방법이 동료들과 술을 마시는 거였어요. 그런데 지금은 집에 이야기를 들어줄 사람이 있고, 조언과 위로를 해줄 사람이 있으니까요. 애주가이면서도 술을 찾는 이유가 좀 달라졌죠. (웃음) 음, 솔직히 말하면 과거에는 연기를 그리 깊게 하지 못했던 것 같아요. 현실로 돌아왔을 때 내가 연기한 인물의 잔상이 남아서 저를 계속 힘들게 만들지는 않았거든요. 제 안의 일부분을 꺼내서 쓴 것도 있겠지만, 결국은 진짜 나라는 사람과는 다른 이야기를 하는 인물이기 때문에⋯⋯.

지금은 어떠세요?

사실 지금도 대단한 탈출구가 필요하다는 생각이 들진 않아요. 최대한 진짜인 척하는 게 연기이기 때문에, 너무 그 감정에 매여 있을 필요는 없다고 봐요. 무대 위에서의 감정이 채 식지 않는 날에도, 예를 들어서 너무 화가 나 있는 날이라도 집에 들어가서 와이프와 몇 마디 나누면 싹 다 달아나요.

원래 성격이 어떠신지 좀 궁금해졌어요. 무대 위 연기를 보면 굉장히 예민하실 것 같기도 한데.

아주 예민해요. (웃음) 누군가에게 피해를 주기 싫어서 평소에 감정을 많이 드러내는 편은 아닌데, 반대로 누가 저에게 피해를 주기 시작하는 순간부터는 좀 달라지죠. 사실 그런 사람들마저도 내 편으로 만드는 게 좀 더 현명한 방법이잖아요? 그게 결혼 전에는 잘 안 됐는데, 지금은 그때보다 성격이 둥글어진 것 같아서 마음에 들어요. 작업하는 방식에도 영향을 참 많이 끼친 것 같고요.

어떤 식으로 영향을 끼쳤나요?

전에는 생각이 너무 많았어요. 개인적인 욕심도 많아서 제가 원하는 방향과 다른 방향으로 일이 흘러갔을 때 아주 많이 예민해지고 날카로워져 있었고, 다름을 인정하지 않고 내 생각이 옳다고 생각하는 경향이 강해서 합당한 선에서 조율할 줄을 잘 몰랐어요. 그렇게 고집이 세다 보니까 어느 순간 내 안에 너무 갇혀서 주변을 돌아보지 못하게 되더라고요. 제 안에 갇힌 생각만 잔뜩 머릿속에 굴러다니는 사람이었죠. 그러다 어느 순간부터는 사람들 이야기를 더 듣게 되고, 제 입장에서만 바라봤던 것들을 반대로 생각해볼 수 있게 되더라고요.

결혼이라는 게 사람을 참 많이 변하게 하나 봐요.

덕분에 일도 좀 더 잘 풀린 것 같아요. 그런데 이전의 제 모습에 대해 후회는 없어요. 그렇게 추진했던 일의 결과가 좋았든 나빴든 다 인정하고 받아들였으니까요. 그래도 주변을 돌아보면서 가기 시작한 다음부터 좋은 작품을 계속 만나고, 창작 초연 뮤지컬들을 많이 만나면서 사람들과 의견을 조율해나가는 연습을 많이 할 수 있게 됐죠.

초연이라는 게 참 힘들죠. 처음부터 다 만들어가야 하니까.

마냥 행복하게 서로 웃으면서 할 수 있는 작업이 아니에요. 입을 아예 다물고 있는 사람들이 간혹 있긴 있는데요. "나는 뭐 만들어주면 그거 열심히 할게" 이런 태도의 사람들. 미안하지만, 초연을 할 때 제일 필요가 없어요. 출중한 연기를 하는 분이어도 결국은 밥상에다가 숟가락만 얹는 경우밖에 안 되는 거라.

대화를 잘하는 것, 자기 의견을 잘 피력하는 것도 배우에게 필요한 능력이라고 생각해요.

맞아요. 아무리 웃으면서 하기 어려운 작업이라도 의견을 내는 사람은 꼭 필요해요. 다만 유하게 의견을 교류할 수도 있는 건데, 과거의 저는 그렇지 못했던 거죠. 아닌 건 아니라고 생각해서 솔직하게 말했는데, 그 말하는 방식 자체가 조심스럽지 못했던 거예요. 결론적으로 제 의견대로 공연이 올라갔다고 해도 그 말을 들은 상대는 상처가 남아 있는 채로 공연에 올라가게 되는 거니까……. 뒤를 돌아봤을 때 내가 말을 좀 더 소중하게, 이 사람이 다치지 않게 표현하는 방식을 선택했다면 좋았을 거라는 생각을 계속해요. 상대에 대한 믿음이 조금 부족하지 않았나 싶기도 하더라고요. 그러다 보니 소통을 잘하는 것 자체가 목표가 됐어요. 함께 작업하는 사람들을 믿고, 소통의 방식을 부드럽게 바꾸는 거요.

쉽지는 않으시죠?

그럼요. 쉽지 않아요. 하지만 그런 마음을 먹은 후로는 확실히 좀 더 조심스러워졌어요. 의견을 낼 때도 이 사람이 어느 정도까지 생각하고 있는지를 좀 더 파악하고 이야기를 하게 되더라고요. 대화하고 의견을 조율하는 것도 결국 공연이랑 비슷해요. 연기와 비슷한 거죠. 연기란 것도 상대를 소중하게 바라보고, 세심하게 설득력을 부여하는 일이잖아요. 그런데 무대 위에서 연기를 하기 위해서는 그 과정을 조율하는 능력이 우선시된다는 걸 알게 됐죠.

최근 작품 중에 〔머더발라드〕를 선택하신 게 무척 의외였어요. 거침 없는 남성의 모습은 경수 씨에게서 잘 볼 수 없던 모습이라서요.

욕망을 합리화시키는 인물이죠. 사실 그냥 나쁜 사람이에요.

나와 가치관이 맞지 않는 캐릭터를 만나면 어떻게 하시나요.

그 가치관을 제가 이해하지 못하는 건 아니라서 괜찮아요. 사람들은 다 이성을 가지고 있잖아요. 이성적으로 옳고 그름을 판단할 줄은 아니까, 저는 그 캐릭터가 가지고 있는 그릇된 가치관을 들여다보기만 하면 되는 거더라고요. 연구도 필요하지 않아요. 나쁜 사람의 선택을 상상해보면 돼요. 내가 평소에 살아오면서 선택의 기로에 놓였을 때, 좀 더 옳은 방향을 고르려고 했던 내 모습과 정반대를 가정해보면 되는 거거든요. 생각보다 나쁜 사람의 선택은 너무 뻔한 것 같아요. 그리고 저도 늘 착하고 맑게 살아왔던 게 아니기 때문에 그 캐릭터의 선택을 아예 이해하지 못하는 것도 아니고요. 사람들 안에는 선과 악이 다 공존하잖아요.

그런 인간의 성향 때문에 오히려 악역이 애처로워 보이는 경우도 있어요.

애처롭게 보이기 위한 노력은 저도 해요. 왜냐하면 어떤 캐릭터 자체를 너무 극단적인 비호감형으로 남기면 제가 무대 위에서 이 친구를 연기할 이유가 없잖아요. 하지만 너무 설득력을 주려고 하지도 않아요. 나쁜 사람은 나쁜 사람인 게 맞거든요. 우리 사회에서 벌어지는 안 좋은 사건들을 바라보는 시각과 내 캐릭터도 똑같이 가야 해요. 범죄를 미화시키는 건 안 돼요. 이 부분은 예술가들이 조심해야 할 부분이라고 생각해요. "이건 예술적인 장면으로 세팅을 하는 거지, 범죄 미화가 아니야"라고 말하는 것도 제가 보기에는 분명 조심해야 하는 선택이에요. 사실 예전에는 이 선택의 기준이 좀 애매했던 것 같은데요. 요즘에는 사회적으로 옳고 그름을 판별하는 잣대들과 기준이 조금씩 더 선명해지고 있어서 굉장히 좋다고 생각해요.

예술과 사회는 따로 갈 수 없다는 거죠.

그렇죠. 왜, "배우들은 철이 들면 안 된다" 이런 말 많이 하잖아요.

그런데 저는 그 누구보다 철이 들어야 하는 사람들이 배우들이라고 생각해요. 대단한 지식을 가지고 있어야 한다는 소리가 아니라, 그냥 옳고 그름의 문제에 대해 고민할 줄 알아야 한다는 거죠. 우리의 공연을 통해 누군가에게 영향을 끼칠 수 있다는 점을 알고 있다면, 나쁜 짓을 하는 모습을 보여줘도 '이런 행동을 하면 안 돼요'라는 설정이 들어가야죠. 그 나쁜 짓이 너무 화려해 보이면 안 된다는 거예요. 만약에 배우가 너무 매력적이라서 그의 매력 덕분에 나쁜 행동도 멋져 보인다? 그러면 그건 극이 꼭 해결을 해줘야 한다고 생각하고요. 관객분들이 돌아가는 길에 범죄에 박수를 보낸 것 같은 느낌을 받으시면 안 되잖아요.

악한 역할을 맡으신 적도 있는데…….

아, 그러고 나서 커튼콜이 시작되면 굉장히 죄송할 때가 있어요. (인터뷰) 때도 그랬어요. 마지막에 기립 박수를 받는데 스스로가 불편하더라고요. 커튼콜이 늘 달콤한 독 같은 느낌이었죠. 그러니까 공연을 하는 사람으로서 그 극에서 어떤 메시지를 주고 싶은지를 잘 찾아가야 한다고 생각해요. 아마 그런 고민을 계속하는 게 배우의 일이 아닐까 싶고요.

음악을 계속하셨더라면 배우가 되지 않으셨을 테고, 그럼 저는 참 아쉬웠을 것 같아요.

저는 실용 음악과에서 음악을 할 때 늘 가면을 쓰고 있었어요. 제가 만든 곡도 없었던 데다가, 어떤 곡을 습득하면서 멋있게 보일 수 있는 기술적인 것들만 고민하는 나 자신을 떠올리면 참 얕은 사람이었다는 생각이 들어요. 왜 이렇게 곡을 썼을지, 왜 이런 멜로디 라인을 만들었을지를 진작 고민했더라면 좋았을 텐데, 후회가 참 많이 돼요. 연습을 여덟 시간, 아홉 시간씩 하면서도 근본적인, 본질적인 고민은 해본 적이 없다는 게. 그래서 뮤지컬을 보고 신세계를 만난 것처럼 놀랐던 거예요. 대사를 하던 결을 그대로 남기고 노래를 하니까 그게 호기심을 불러일으켰죠. '아, 나는 노래를 무슨 뜻인지도 모르고 부르는데, 저기서 노래하는 사람들은 최소한 자기가 꺼내는 말의 이유는 정확하게 알고 있구나' 하면서.

뮤지컬이 예술적이라고 느끼는 순간은 언제이신가요.

첫 등장하는 순간과 커튼콜이요. 어떤 공기와 공기가 만났을 때 예술이라는 게 시작되는 것 같거든요. 그게 바로 첫 등장 신인 거죠. 그리고 커튼콜은요, 원 두 개가 교집합의 범위를 서서히 넓혀가다가 하나로 합쳐지는 순간이에요. 그게 너무 예술적인 만남인 거예요. 공연이란 메커니즘 자체를 정말 사랑하는 사람으로서 첫 등장과 마지막 순간만큼 아름답고 예술적인 장면이 어디 있을까 싶어요.

예술이 뭐라고 생각하세요?

그러게요. 매번 생각하는데, 예술이란 뭘까요? (웃음) 알 것 같으면서도 계속 놓치는데……. 만날 수나 있을까요?

이렇게 계속하시다 보면 만날 수 있지 않을까요?

그런데 만나고 싶지 않아요. 만나면 슬플 것 같아요.

슬프시다니, 왜요?

끝난 느낌이니까. 그래서 늘 부족한 사람이고 싶고, 늘 부족한 아름다움을 만들어내고 싶어요. 그러면 좀 더 인간이 하는 것 같잖아요. 인간이…….

공기와 공기가 만나는 순간에 예술이 시작되고, 교집합의 부분이 점점 커져서 하나의 원으로 합쳐지는 마지막 커튼콜에서 그는 예술을 만난다고 했다. 표현이 아름답다고 몇 번을 칭찬했지만 머쓱하게 웃던 얼굴이 기억에 남는다. 직설적이지만 이렇게 고운 표현을 쓸 줄도 아는 사람. 내면에 굳세게 자리하고 있는 인간의 의지 덕분에 모질게도, 곱게도 자신은 변화할 수 있다고 믿는 이 배우의 얼굴은 두 시간 내내 빛이 났다.

길은 가다보면 넘어질 때도 있고,
길은 없을 때도 있다.
아니, 언제나 다른 길은 헤메다
다시 돌아가야 한 길이 까마득히 보일 때도
있다. . . . . 그대로 가야한다.
　'그것 말고는 더 한 것도 없다. . .'
　　　　　우리처럼 하고 있는 김 경우

16

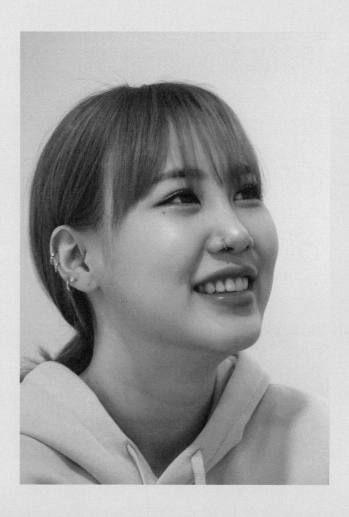

2011년부터 2012년까지 진행된 SBS 〈일요일이 좋다 - K팝 스타 시즌1〉에서 1위에 올랐다. 그 후 박진영과 만나 JYP엔터테인먼트에서 박지민이라는 본명으로 활동했으나, 현재는 소속사를 옮겨 제이미(JAMIE)라는 영어 이름으로 음악을 발표하고 있다. 「jiminxjamie」, 「Numbers」, 「Apollo 11」 등의 앨범 및 싱글을 발표하고 수많은 아티스트들과 컬래버레이션을 진행했다. 대개가 어색한 첫 만남부터 손을 마주 잡고 웃으며 인사하던 사람의 활기. 반짝반짝 빛나는 그 에너지가 음악으로 고스란히 대중에게 전해졌으면 하는 마음이 생겼다.

음악가
제이미

"변화를 두려워하지

않으려고 해요."

몸이 좋지 않다고 하셔서 걱정이 많았어요. 괜찮으신가요?

이렇게까지 스케줄을 많이 소화해본 적이 없어서 몸이 잘 안 따라 주나 봐요. 예전에는 이틀씩 밤새워도 별로 안 피곤했는데, 이제는 하 룻밤만 새워도 좀 피곤하더라고요. 그런데 솔직히 스케줄 많은 거, 너 무 재밌어요. 발표한 곡 중에서는 박재범 오빠가 피처링을 도와주신 'Apollo 11'을 진짜 좋아하는데요. 정말 해보고 싶었던 장르였는데 오빠 와 함께할 수 있게 돼서 꿈만 같았어요. 지인들은 '5가지 Christmas'를 너무 좋아하더라고요. 서로 너무 가까우면 칭찬을 해주기 민망할 텐데 도 "노래 너무 좋아"라고 해줘서 신선했어요.

데뷔는 굉장히 일찍 하신 편인데, 회사를 옮기면서 스케줄이 더 많 아지셨네요.

JYP엔터테인먼트에 있을 때는 사실 음악을 했다기보다 음악을 배 워가는 과정이었던 것 같아요. 뭐랄까, 학교 같은? "이때 이때까지 끝내" 라고 하면 그 데드라인 안에 무조건 끝내야 하는 방식을 배웠죠. 정말 어려웠고, 어떻게 해야 하나 아무리 생각해도 답이 없는 거예요. 슬럼프 라고 말할 수 있을 정도로 음악에 대한 고민이 많았던 시기였어요. 제 가 무엇을 원하는지도 몰랐던 시기라 특히나 그랬던 것 같아요.

어릴 때 생각을 안 할 수가 없어요. 워낙 유명세를 타며 회사에 들어 가셨으니.

그때의 저는 조금 어두웠어요. 음악도 그런 음악들을 좋아하고. 하 지만 생각해보면 그런 고민을 할 수 있어서 지금 제가 하고 싶어 하는 음악이 뭔지 알게 된 것 아닌가 싶기도 하고……. 개인적으로는 JYP엔터테인먼트라 다행이었다고 생각해요. 다른 회사들은 가보지 않아서 잘 모르지만, 답이 없다고 해서 재촉하거나 먼저 알려주거나 이런 건 전혀 없었거든요.

사실 활동이 적어서 아쉬워하시는 팬분들도 많았잖아요. 저도 그랬어요.

맞아요. 팬분들이 느끼시기에는 공백기도 많고, 왜 활동을 안 시켜주냐고 하시는 분들도 계셨어요. 그런데 저는 박진영 PD님이 저를 기다려주신 거라고 생각하거든요. 제가 어떤 음악을 하고 싶은지 스스로 찾아내야 앞으로 제가 하는 음악에서 더 확신을 가질 수 있고, 분명한 색깔이 생길 테니까요. 저는 그렇게 생각해요.

기다림의 시간 동안 많은 걸 스스로 배우셨네요.

그때는 왜 저에게 음악을 안 주시는지, 왜 나의 색깔을 알려주지 않으시는지에 대해 불만이 있었던 게 사실이에요. 그런데 지금은 오히려 저를 멀리서 지켜봐주시고 시간을 주신 거라는 생각이 들죠. 감사한 일이에요. 덕분에 자존감이 많이 올라간 상태거든요. 초반에 솔로 발라드, 듀엣……. 진짜 여러 가지를 시키셨는데 그때는 되게 혼란스러웠단 말이에요. 뭐를 원하시는 건지 고민이 컸는데, 그래서 음악에 편견이 없어진 것 같아요. 어떤 장르를 해도 내 음악으로, 내가 좋아하는 스타일로 바꾸면 그게 나만의 음악이지 않을까 싶기도 하고요. 사실 음악을 하면서 이런 고민을 할 수 있는 시기가 많지 않아요. 왜냐하면 콘셉트를 만들어주는 회사가 있으니까. 그런데 그 기다림의 시간을 거치면서 내가 스스로의 이미지를 만들어갈 수 있었고, 내가 하고 싶은 이야기가 뭔지 찾을 수 있었던 거죠. 억지로 등 떠밀려서 이것저것 했다면 빠르게 이미지를 정립하고 성공 궤도 안에 진입할 수 있었을지도 몰라요. 하지만 그게 내가 과연 원했던 건지 생각하면 그건 아닌 것 같죠. 그래서 지금은 되게 마음이 편해요. 주변 사람들이 걱정을 많이 해서 그렇지. (웃음)

어떤 걱정이요?

"연예계에 오래 있었는데 그 시간에 비해 너의 음악이 아직 없다는 게 아쉬워", "같이 시작한 친구들이 많고 다들 잘되고 있는데 너는 아직 이러고 있는 게 속상해" 같은 말들을 해주시더라고요.

"이러고 있다"는 표현, 마음의 상처로 와닿아요.

에이, 그게 대중적인 입장에서는 맞다고 생각해요. 실제로 아직까지는 음악을 많이 낸 게 아니라서. 그런데 저는 조급함이 없어요. 제가 하고 싶어 하는 음악의 방향성이 지금 너무나 잘 잡혀 있기 때문에, 천천히 오래, 길고 깊게 음악하는 게 목표가 됐어요.

지금의 회사로 옮기고 나서는 무엇이 달라지셨나요.

대학을 졸업한 느낌으로 이 회사에 왔어요. (웃음) 제가 믿고 있는 분들이 가득한 회사예요. 회사는 매니지먼트가 처음이지만, 굉장히 튼튼해요. 물론 음악적인 부분에서 완전히 자유롭게 제가 원하는 것만을 한다는 건 무리예요. 그런데 회사에서 제 입장을 많이 이해해주시는 편이니까, 저도 제 색깔과 조금 다른 노래들을 부르는 것까지 다 좋아요. 아주 편해요.

지금 제이미 씨의 키워드는 '자유로움'인 것 같아요.

저도 그렇게 살려고 노력해요. 그런데 자유라는 것도 노력이 필요하더라고요. 내가 원하는 것들 외에 다른 부분까지도 계속 신경 쓰고 노력을 해야만 내가 원하는 것들을 자유롭게 할 수 있어요. 예를 들어 자유롭게 내가 하고 싶은 음악을 하면서 하게 된 고민이 "그럼 대중적인 건 뭘까?"였어요. 꽂히는 훅을 쓰는 것? 요즘에 많이 쓰는 단어들을 이용하는 것? 사람들의 이야기를 따라가고 유행을 따라가야 하나? 내키는 대로 해야 하나?

그러다 보면 자신의 음악적 방향하고는 또 멀어질 수 있잖아요.

결국 자유로워질 수가 없죠. 내가 원하는 것과 대중적인 것의 중간 지점을 찾는 게 너무 어려웠는데, 한 가지 결론을 내린 게 있어요.

무엇인가요?

내가 평소에 어떤 말을 하고, 어떤 행동을 하고, 어떤 음악을 좋아하는지로 대중은 저를 기억할 거라는 생각이 들었어요. 또 제 행동에, 가치관에 부끄럼이 없어야 떳떳하게 나의 색깔을 보여줄 수 있을 것 같고요. 대중의 마음은 그럴 때 건드릴 수 있는 것이 아닐까……. 그냥 그 사람이 좋아서 그 사람이 만든 음악을 듣는 경우도 많잖아요? 그런 것처럼 저도 대중들이 제 음악을 쉽게 들을 수 있도록 저만의 색깔을 만들어내려고 노력 중이에요.

제이미 씨는 낯을 가리는 성격이 아니신 것 같아요. 이런 이야기를 이렇게 즐겁게 해주시니 감사해요.

저 낯 진짜 많이 가려요! 많은 분들이 오해하시는데, 처음 보는 분하고 말을 편하게 하는 편은 아니에요.

그렇다면 다행이네요. (웃음)

이런 생각도 해요. 사람이 대중적이라고 해서 그게 마냥 밝고 바른 이미지는 아닐 수도 있다고. 대중 앞에 섰을 때, 나의 색깔이 뚜렷하고 다른 사람들과 차별점이 뚜렷하면 되죠. 저도 다른 사람이 멋져서 그걸 따라가려고 해본 적이 있어요. 그런데 지나고 보니까 후회가 되더라고요. '아, 나 스스로의 색깔을 찾는 게 정말 기본적인 문제인데 내가 그동안 중요한 걸 놓치지 않았나?' 저한테 요즘 집중하려는 노력을 더 하게 된 것도 그래서예요.

그래서 곡들도 다양한 장르를 망라하고 발표하시는 것 같은데요?

그게 제 성격 같거든요. 다중 인격은 아니고. (웃음) 굉장히 감성적이었다가, 굉장히 우울했다가, 또 행복했다가……. 그 수많은 감정들을 저는 억제하려고 하지 않아요. 물론 방송을 하다가 갑자기 울고 화내면 안 될 일이지만, 그냥 내가 충분히 하루를 살면서 느낄 수 있는 감정들을 최대한 많이 느끼고 표현해보려고 해요. 남들에게 피해가 되지 않는 선에서요. 예를 들어 슬픈 영화를 보고 울음을 참는 대신에 그냥 같이 우는 거예요. 저는 그동안 공감을 표현하는 데 서툴렀다고 생각해요. 실제로 감정을 참아야 하는 순간들도 너무 많았고요. 말하고 싶어도 말할 수 없는 순간들은 더 많았고. 저 스스로 계속 틀 안에 나 자신을 가둬뒀던 것 같아요. 음악을 할 때도 '이런 음악을 해야 차트에 진입할 수 있어!', '이런 이야기를 해야 다른 사람들의 공감을 많이 얻을 수 있어!' 이런 식으로 한 적이 많았던 거죠. 지금의 나는 그렇게 느끼지 않는데 느끼는 척······. 이제는 다행히 엉킨 실을 한 줄, 한 줄 풀어나가고 있어요.

음, 많이 푸신 것 같아요.

그런가요? 다행이다. (웃음) 아까는 낯을 가린다고 했지만, 사실 저는 되게 적극적이고 낯도 안 가리고 사람을 너무 좋아했어요. 대화하는 걸 좋아했고요. 뭐든 확실한 성격이었고, 어떻게 보면 굉장히 독립적인 성격이었거든요. 그런데 예전 회사에 있으면서 그런 성향이 많이 사라진 것 같아요. 배우는 시간이었지만, 한편으로는 잃어버린 시간들이 좀 있어서 그걸 되찾아가고 있는 중이죠.

Mnet 〈GOOD GIRL : 누가 방송국을 털었나〉를 통해 그 잃어버린 것들을 많이 되찾지 않으셨나 싶어요. 행복해 보이셨어요.

정말 신났었거든요. 언니, 동생들부터 딘딘 오빠까지 너무 좋은 사람들을 얻으면서 아직도 다 같이 행복하게 지내고 있고요. 저는 솔로 가수들끼리 서로 뭉쳐서 많은 도움을 줘야 한다고 생각해요. 특히 여성 솔로 음악가들은 서로 필요할 때마다 도와줘야 해요. 그래야 그 사람들이 잘되는 걸 보고 다음에 더 멋진 여성 솔로 아티스트들이 나올 수 있잖아요.

왜 늘 자신에게 떳떳해야 한다고 말씀하시는지 알겠어요.

저는요, 이제는 여성 솔로 아티스트를 꿈꾸고 있는 친구들에게 좋은 표본이 되고 싶다는 꿈도 생겼어요. 그런 마음가짐을 갖다 보니까 굉장히 긴장을 하게 돼요. 내가 어떻게 하면 조금이라도 힘을 줄 수 있을지 고민하게 되고요. SNS로 메시지가 되게 많이 와요. "언니, 저는 이렇게 하고 있는데 사실 이게 맞는 길인지 잘 모르겠어요" 같은 내용들로요. 그런데 막상 생각해보면 그런 고민을 저도 똑같이 하고 있거든요.

〈GOOD GIRL : 누가 방송국을 털었나〉를 하면서 좋은 언니들을 많이 만난 게 도움이 되셨겠어요.

진짜 많이 배웠죠. 언니들은 저보다 훨씬 경험이 많은 분들이기도 하고, 무대에 대한 마음가짐이나 음악을 만드는 과정에 있어서 팀을 해본 언니들에게 나 한 사람이 어떤 식으로 행동해야 팀 전체가 살아날 수 있는지도 배웠어요. 진짜 짧았지만 강렬한 인상을 남긴 시간이었죠.

의미 있는 이야기들이네요.

그런데 진짜 멋있거든요. (웃음) 여자들끼리 뭉쳤을 때의 그 아우라가 전 되게 멋있다고 생각해요. 그래서 음악뿐만 아니라 그냥 예술가로서, 그냥 한 명의 사람으로서 서로에게 힘이 되어주는 게 굉장히 중요하다고 생각하죠. 그런데 저 무서운가요?

네? 아뇨, 전혀요.

사람들이 방송 때문인지 좀 무서운 이미지로 많이 봐요. 이렇게 저와 이야기를 나눠보면 아실 텐데, 지나가면서 인사를 하는 경우가 생기거나 하면 되게 무섭대요. 그 얘기 듣고 울었어요. 그래서 계속 웃고 다녀야 하나 했는데 그건 더 무섭잖아요? (웃음) 워낙 무대 직전에 예민해지다 보니까 그때는 다른 사람들의 생각을 신경 쓰지 못해요. 그렇다 보니 스쳐 지나가신 분들은 제가 무섭다고 하고. 그런데 막상 얘기 나눠보면 다들 의외라고, 편하다고 하셔서 이제는 크게 신경 안 쓰려고 노력 중이에요.

맞아요. 신경 쓰시지 않아도 되는 문제라고 생각해요.

신경 쓰기 시작하면 더 무서워 보인대요. (웃음) 자연스럽게 사는 걸로 할래요. 뭐, 아시는 분들은 아시겠죠.

음악을 하면서 '와, 지금 너무 아름답다'고 느끼실 때는 언제인가요?

녹음을 받으면 모니터에 여러 개의 트랙이 쭉 쌓여 있어요. 그게 하나하나 다 소리가 따로따로 되어 있는 건데, 그 레이어가 100개 정도 됐을 때 굉장히 다양한 색깔들이 화면에 떠 있거든요? 그걸 보면 설레요. 내가 이만큼 트랙을 쌓아놨고, 화음도 쌓았고……. 여기에다가 화음을 쌓을 때, 비슷한 파장으로 녹음이 되면 정말 느낌이 좋거든요. '내가 이렇게나 똑같이 불렀다!'라는 게 너무 뿌듯하고. 파장이라는 게, 제

목소리 크기랑 호흡 등 여러 가지 요소에 따라 변형이 되는 경우가 대부분이에요.

그런데 다 똑같을 때? (웃음)

화음을 한 다섯 개 쌓았는데 다 똑같이 (손으로 그림을 그리며) 파장이 생기면, 그 순간에 정말 만족감을 느껴요.

스스로 예술을 하는 사람이라는 걸 느끼실 때는 언제예요?

엄마 아빠랑 있을 때요. 두 분 다 음악을 좋아하시는데, 제 능력은 노력도 있겠지만 사실 엄마 아빠가 주신 선물이거든요. 아빠의 목소리는 무척 허스키하고 엄마는 아주 청아하세요. 저는 이 두 분의 목소리를 섞어놓은 느낌이죠. 그래서 엄마 아빠와 함께 노래를 부를 때 진짜 많이 느껴요. 아, 나 음악하는, 예술하는 사람으로 살고 있구나. 셋이 드라이브하면서 화음 쌓고 노래 부르고 그래요. 얼마나 재미있고 황홀한데요.

들어보고 싶네요. 정말 즐겁고 아름다운 장면일 것 같아요.

저도 엄마와 아빠처럼 계속 뜨겁게 음악을 좋아하고 싶어요. 지금 제 안에 가득 차 있는 에너지는 아직 소모되려면 멀었어요. 박지민일 때와 제이미일 때가 다르다고 느끼지도 않고. 변화를 두려워하지 않으려고 해요. 변하는 게 얼마나 좋아요. 내가 이런 걸 해보고 싶으면 하는 거고, 했다가 아니면 다시 돌아오면 되는 거고. 그렇죠?

차 안에서 부모님과 화음 쌓기 놀이를 하며 노래를 부르는 스물다섯 살의 음악가. 스스로를 정의 내리면서 '에너지'가 자신의 키워드라고 이야기하는 활달한 젊은 예술가. "아직 터지지 않았어요. 제 안에 아직 뭔가가 많아요." 그 한마디에 얼른 제이미가 만든 정규 앨범이 듣고 싶다는 바람을 갖게 됐다. 아마도, 자신이 클 수 있는 탄탄하고 촉촉한 토양을 다지는 데 성공한 사람이기에 가능한 작품이 완성될 것이다. 늘 해를 받고 선 해바라기처럼, 만개한 얼굴로 내미는 그 앨범을 꼭 받아보고 싶다.

정답은 없어

we're learning to fall

while climbing these walls

so ... stay beautiful!

제이미:)

17 ———————

한국에서 최초로 영국 웨스트엔드 무대에 선 여성 배우로, 〔미스 사이공〕의 킴을 연기했다. 이후 돌아와 〔스웨그에이지 : 외쳐, 조선!〕, 〔렌트〕, 〔포미니츠〕 등에 출연했다. 그가 연기한 캐릭터들이 품은 에너지는 결기와 온기를 모두 더한 결과물이다. 빛나는 눈 속에 담긴 용기와 대담함이 그가 쓰는 단어 하나하나로 나에게 전해져왔다.

배우
김수하

"누구나 연기를 하며 살아가요.

나한테는 슬픔이 없는 것처럼."

「여성신문」에서 양성평등문화상 신진여성문화인상을 받으셨어요.

처음에 대표님 전화를 받고 얼마나 좋았는지 몰라요. 왜냐하면 제
가 해외에서 활동할 때 성차별뿐만 아니라 인종 차별을 비롯해서 정말
여러 종류의 차별을 많이 겪었거든요. 제가 직접 차별을 받고, 차별받는
이야기를 들었던 입장에서 그런 상을 받게 되니까 그동안 겪은 일들을
다 보상받는 느낌이 들더라고요. 여성, 나아가서 지금까지 차별을 받았
던 사람의 입장에서 받는 느낌이라 의미가 남달랐어요.

많이 힘드셨을 것 같아요.

우리나라는 남아 선호 사상이 있다 보니까, 어릴 때 할머니 댁에
가서도 남자와 여자가 따로 밥 먹고, 제사 지낼 때 여자가 절은 못 하
고 음식 나르고 이러는 게 당연했거든요. 할아버지가 돌아가시고 난 뒤
에는 조금 나아졌지만요. 대학교 입학했을 때도 남자 후배들만 좋아하
는 선배들이 많았고, 여자는 "여자애들"이라고 부르고 남자는 이름 불
러주고……. 동기들끼리 아직도 그 얘기를 할 정도로 기억에 남아 있죠.
이래저래 제 또래 남자 친구들과 동등해진다는 느낌을 받아서 그 상이
무척 좋았어요.

**그 상의 의미가 모든 소수자들에 대한 존중의 의미로 다가오지 않으
셨을까 싶네요.**

맞아요. 해외에서 활동하면서 성 소수자들과 워낙 공연을 많이 했
기 때문에 특히나 더 그랬어요. 영국 웨스트엔드 같은 경우에는 이성애
자 남자를 찾는 게 더 어려울 정도로 성 소수자가 많아요. 데뷔를 그런

곳에서 했으니 되게 당연하게 그런 상황을 체득했고, 너무 자연스럽게 받아들였거든요. 그래서 상을 받았을 때도 그들에 대해 '틀렸다'라고 생각하는 사람들에 관해서 다시 생각해보게 되더라고요. 참 뜻깊었어요. 다른 상에 노미네이트 되었을 때도 깜짝 놀라고 너무 기뻤는데, 이 상이 사실은 제게 보다 큰 의미로 다가올 수밖에 없었죠.

〔렌트〕에서 수하 씨의 미미를 본 사람이라면, 이 이야기를 더 잘 이해할 수 있을 텐데.

팬데믹 사태로 마지막 공연을 못 한 게 참 아쉬웠어요. 그래도 〔렌트〕라는 작품은 10년 동안 사랑한 작품이어서 저에게 의미가 커요. 연출님의 힘도 굉장했고요.

나이에 비해서 작품을 접한 지 꽤 오래되셨네요.

뮤지컬이라는 걸 제대로 공부하기 시작한 게 12년 전이에요. 그때 예술고등학교에 입학해서 처음으로 뮤지컬을 갈라 콘서트 형식으로 해봤는데, 그 작품이 바로 〔렌트〕였어요. 미미가 너무 하고 싶었는데 선생님이 모린을 시키시더라고요. 그 후로 10년 만에 진짜로 〔렌트〕를 하게 된 거잖아요. 그것도 미미로.

미미에 대해 그저 섹시하기만 한 캐릭터로 생각하는 사람들도 많았어요.

맞아요. 하지만 이번에 앤디 연출님을 만나면서 아주 디테일하게 많은 작업들을 하고, 덕분에 굉장한 것들을 배웠거든요. 사실 모든 사람이 자기만 알고 있는 아픔과 슬픔이 있잖아요. 그런데 누구나 그걸 감추기 위해 연기를 하면서 살아가요. 마치 나한테는 아픔과 슬픔이 없는 것처럼. 연출님은 제가 그렇게 감추고 있던 것들을 말할 때까지 마음을 긁으시더라고요. 상처가 있으면 거기에 약을 발라주시는 게 아니라 그 상처를 더 아프게 헤집으셨어요. 처음에는 그게 너무 괴로웠어요. 왜 이렇게까지 하는지도 혼란스러웠고, 보여주기 싫은 것들이라 부끄럽고. 그런데 그 모든 게 열리는 순간에 정말 신세계를 본 것 같았어요.

어떤 식으로 연습을 하셨나요.

처음에 로저에게 불을 붙여달라고 하면서 미미가 등장하는 장면을 해봤어요. 연출님이 다 보시고는 "방금 어땠어?"라고 물으시는 거예요. 그래서 좋았던 것 같다고, 배운 대로 최선을 다했다고 대답했어요. 그러니까 "너는 스킬적으로 굉장히 뛰어나기 때문에 네 상처를 아주 잘 감춰. 그래서 느껴지는 게 없어"라고 하시더라고요. 되게 열심히 했는데도요. 그 뒤로도 "너는 네가 왜 완벽해지려고 하는 것 같아?"라고 물어보시는데, 어떻게든 상황을 무마해보고 싶었거든요. 그냥 넘어가고 싶었는데 계속 물어보셔서 결국 말이 나왔죠. 런던에서 혼자 있으면서 힘들었다고……. 나를 지킬 수 있는 사람이 나밖에 없었다고요. 못한다는 소리가 듣기 싫어서 저도 모르게 스스로를 완벽하게 만들려고 채찍질을 했으니까. 그러면서 엄청나게 울었어요. (눈물을 닦으며) 지금 운 것보다 더. 그러고는 바로 어떤 대화도 없이 다시 그 연기를 시키시더라고요.

기억에 남는 날들이 참 많으셨겠어요.

미미가 로저와 싸우고 나서 혼자 남아 부르는 넘버가 있어요. 그때
도 연출님이 "미미가 자기 자신을 더 혐오하고, 나 빼고 행복해 보이는
그 모든 상황을 싫어했으면 좋겠다"고 하시더라고요. 그게 다이내믹하
게 보였으면 좋겠다고. 머리로는 알겠는데 표현이 잘 안 되더라고요. 그
랬더니 가장 힘이 센 사람 둘이 나와보라고 해서 저를 양쪽에서 잡게
하고 노래를 시키셨어요.

어떠셨나요.

너무 화가 나서 노래가 안 되더라고요. 앞에 사람들이 앉아서 다
들 저를 보고 있으니까 자존심도 상하고. 결국은 화가 나서 울었어요.
울면서 내가 왜 이걸 하고 있어야 되는지 모르겠다고 생각했는데, 그
순간에 딱 느껴진 게……. '아, 에이즈에 걸린 미미가 이런 마음이었겠
구나. 아무리 벗어나고 싶어도 벗어날 수 없었겠구나.' 연출님께 말씀드
렸더니 맞다고, 그 감정이라고. (미스 사이공)의 킴을 했을 때도, (스웨
그에이지 : 외쳐, 조선!)을 했을 때도 나 자신을 조금씩 숨기면서 연기
를 해왔는데, (렌트) 때는 발가벗겨진 채로 두 달을 보냈어요.

수하 씨는 누군가 보기에 굉장히 완벽해 보일 거예요.

"저 양반이 잃을 게 뭐가 있겠어. 어차피 지 애비가 시조 대판서인
데." (스웨그에이지 : 외쳐, 조선!)에서 진이가 시조 대판서 홍국의 딸이
라는 걸 단이가 알게 되고 던지는 한마디예요. 이 말을 들을 때 진짜
사람들이 저에 대해서 그렇게 이야기했을 때를 떠올려요. 저 사람이 힘

들 게 뭐가 있겠어. 저 사람은 한국에서 여자 최초로 웨스트엔드에도 갔고, 우리가 가보지 못한 데서 일했고, 남들이 보기에는 화려하다고 생각되는 커리어를 갖고 있고. 하지만 그 사람들이 모르는 저의 힘듦과 고충이 있잖아요. 그래서 그 말을 들을 때마다 정말 가슴에 와닿아요. 연기할 때 저 자신을 많이 투영하는 편이죠.

화려함 뒤에서 참 많이 힘든 시간을 보내셨겠어요.

대학교 4학년 때 처음으로 런던에 가게 된 거라서 질투가 없었다면 거짓말이에요. 사람들은 부러워하기만 했어요. "남들은 돈 내고 유학 가는데 너는 돈 받으면서 공연하네?" 이렇게 말하는 사람도 있었고, "외모가 동양적이라서 갈 수 있었네"라는 말을 전해 들은 적도 있었죠. 처음에 그런 말을 들었을 때는 '진짜 그런가? 내가 실력이 아니라 외모 때문에 가게 된 건가?' 이런 생각을 했었거든. 그렇다 보니까 부모님이 걱정하실까 봐 굉장히 행복한 척을 해야만 했어요. 힘든 거 하나도 없이 그냥 다 좋고, 다 재미있고. 물론 처음 경험해보는 것들이 신기하고 재미있는 건 사실이었지만, 힘들지 않았다고는 말할 수 없어요.

수하 씨가 그동안 맡으셨던 캐릭터들이 어떻게 매력적으로 구현될 수 있었는지 이제 알겠어요.

제가 맡은 캐릭터가 극 안에서 처음부터 끝까지 똑같지 않았으면 좋겠어요. 사실 사람의 감정은 실제로도 계속 변하잖아요. 가족, 친구, 연인 할 것 없이 사람의 관계는 계속 변한다고 생각해요. 그런 작은 변화들이 모여서 극 중 캐릭터도 변한다고 생각하기 때문에, 그 사람의 변화가 좀 더 극적으로 보였으면 좋겠다는 바람이 있어요. 킴이 17세 소녀였다가 크리스를 만나서 여러 가지 일을 겪고 마침내는 아이를 위해 자기의 목숨까지 버릴 수 있는 여자가 되고, 진이가 아빠와 골빈당, 그리고 백성들 사이에서 갈등하다가 '나의 길'이라는 노래를 부르면서 자기의 방향성을 확실하게 정하고……. 미미도 마찬가지죠. 'Out Tonight'을 부르는 미미, 로저와 사랑에 빠져서 행복해하고 있는 미미, 친구들과 로저의 싸움에서 힘들어하는 미미, 에이즈가 너무 심해져서 아파하는 미미. 이 변화들을 보다 리얼하게 보여주고 싶었어요. 관객들이 믿어야 하잖아요.

분장에도 신경을 많이 쓰셨겠어요.

킴일 때는 일부러 더 지저분해 보이게 해달라고 부탁을 드렸어요. 그리고 진이일 때는 1막에서 예쁜 머리띠를 하고 나오는데 그걸 '나의 길' 부른 뒤에 바로 떼고 싶었거든요. 체인지 시간이 너무 부족해서 결국은 그 순간에 못 떼고 2막부터 떼고 나오죠. 진이가 약해 보이는 모든 걸 배제하고 싶어서 뺐던 거예요. 미미를 할 때는 입술도 더 하얗게 만들고, 머리도 더 헝클어뜨렸는데, 죽었다가 살아난 후에 바로 커튼콜이 있었거든요. 관객분들에게 마지막으로 보이는 모습이 입술이 허연, 되게 초췌한 미미, 초췌한 배우 김수하가 보일 거 아니에요. (웃음) 그게 다 찍히는데 괜찮냐고 사람들이 물어봤는데 괜찮다고 했어요. 제가 예뻐 보이는 것보다 관객분들이 그 캐릭터를 진짜처럼 생각하고 자기도 모르게 빠져서 봤으면 좋겠다는 생각이어서요.

사실 이렇게 계속 자기 안팎에서 캐릭터를 꺼내 쓰다 보면 감정적으로 힘들어지는 순간이 올 수도 있을 것 같거든요.

실제로 처음에는 이걸 어떻게 조절해야 하는지 몰랐어요. 제가 2015년에 10개월 정도 런던에 있었고, 그다음에 일본을 갔고, 2017년부터 2019년까지 투어를 했거든요. 커버가 아니라 진짜 킴을 맡았을 때는 너무 감사하고 행복해서 잘해내고 싶다는 생각뿐이었어요. 그래서 오늘 공연을 했으면 바로 녹음을 해서 집에 가는 길에 듣고, 자기 직전까지 나 자신에게 피드백을 했죠. 일어나면 또 듣고, 영어 발음 또 체크하고. 그러다 보니까 제 삶이 사라지더라고요. 하지만 그걸 몰랐어요. 그때는 오로지 잘해내고 싶다는 생각뿐이었기 때문에. 그런데 연출님이 저를 부르셔서는 "수하야, 킴은 극장에 놓고 가야 해"라고 하시더라고요. 집까지 데려가면 안 된다고, 그러면 제가 너무 힘들다고요. 그 이야기를 딱 하시는데 정말로 충격을 받았어요. 스스로가 너무 부족하다고 생각하고 더 잘하고 싶은 마음 때문에 킴을 이불 속까지 끌고 온 거였으니까요. 그 말을 들은 이후로 의상을 벗으면서 정말로 킴을 극장에 두고 왔어요.

어떤 변화가 생기셨나요?

그때부터 나 자신에 대해 알겠더라고요. 그전까지는 내가 누구인지도 잘 모르겠다는 생각이 들었는데, 킴을 놓고 나오는 순간부터 집에 가서 목욕도 하고, 넷플릭스도 보고, 한국 예능 프로그램도 보면서 진짜 제 시간을 갖고 나를 살펴보게 됐어요. 그러고 나니까 무대에서 순간 집중도도 더 높아지더라고요.

영국, 일본, 한국. 수하 씨는 세 군데를 다 경험하면서 어떤 차이가 있다고 느끼셨는지 궁금해요.

관객분들이 가장 달라요. 런던에서 공연했을 때는 관광객들이 많다 보니까 객석을 봤을 때 자주 보는 얼굴들이 없었거든요. 근데 일본에 갔을 때만 해도 각 작품의 마니아층이 있어서 자주 보는 얼굴들이 있었어요. 이후로 한국에 왔을 때 놀랐던 건, 배우를 좋아해주시는 분들이 계신다는 거였어요. 그래서 힘을 많이 얻어요. 관광객들의 박수와 이 작품을 사랑하는 분들이 주시는 박수와 제가 나왔을 때 주시는 관심과 박수는 다 다르거든요. 그리고 편지를 받을 때 너무 좋아요. 런던이나 일본에 있을 때는 그런 걸 많이 못 받아봐서요.

앞으로 수하 씨의 인생에 다이내믹함이 더해질 것 같아요. 제가 더 기대가 돼요.

'인생이란 뭘까?' 요새 그런 생각을 많이 해요. 예술도 인생에 대한 질문처럼 결국 답이 없다는 점에서 두 개가 닮은 것 같아요. 정답이란 게 없죠.

수하 씨만의 답을 찾아가실 수 있을 거예요.

그러고 싶어요. 레아 살롱가가 했던 킴과 제가 런던에서 커버를 하던 당시에 이바라는 친구가 맡았던 킴은 너무나 달라요. 그리고 제가 했던 킴도 아주 다르고요. 이런 건 다 개인의 취향이자 각자의 답일 뿐이에요. 누가 맞고 틀린 게 없는. 그런 눈으로 세상을 바라보면, 예술을 바라보면 좀 더 편할 것 같아요. 우리 모두에게.

인생에 대한 답을 내리기에는 아직 이른 나이, 그럼에도 불구하고 그 질문을 놓지 않고 있기 때문에 어떤 역할이든 해내는 배우. 여성 배우들의 설 자리가 부족하다는 문제의식이 끊임없이 제기되고 있는 한국 공연 예술계에서 이런 그가 다음 세대를 이끌어갈 여성 배우로 꼽혔다는 점은 감격스러울 정도다. 문제를 정확히 인지하고 그에 대한 답을 내놓을 줄 아는 사람의 눈빛은, 역시 용기로 가득 차 있었다. 그리고 인터뷰가 있고 얼마 뒤, 그는 미미 역할로 한국뮤지컬어워즈에서 여우 주연상을 받았다.

아픔은 누구에게나 똑같아.

누구에게나 언제든 찾아와도,

괴로움은 함께 품어주는 것이 함께 지내는것.

뮤지컬 스웨그에이지: 외쳐, 조선 中

배우 김수하드림__♥

18 _____

「INTERVIEW」, 「Honestly」, 「Miss You」, 「Before We Begin」, 「The Other Side」 등의 앨범 및 싱글을 발표했다. 이외에도 달콤하다는 인상을 주는 드라마와 영화 OST를 여러 곡 불렀지만, 사실 사람들은 그를 뛰어난 인터뷰어로 더 많이 기억한다. 단도직입적으로 물었다. 그만큼 그의 음악이 매력적이라고 생각했기 때문에.

음악가
에릭남

"음악을 하면서

내 인생의 일기장이 생겼어요."

에릭 씨는 늘 좋은 인터뷰어셨지만, 정작 음악가로서 에릭 씨의 이야기를 들어본 기억이 별로 없어요. 그 이야기를 나눠보고 싶었어요.

어릴 때부터 노래 부르는 걸 정말 좋아했어요. 그런데 내가 가수 되고 싶다고 해서 될 수 있는 건 아니잖아요. 공부하면서 말 그대로 '꿈'으로만 갖고 있었죠. 틈틈이 학교나 교회, 유튜브 같은 곳을 통해 할 수 있을 때 조금씩 부르고. 부모님이 이런 면에선 보수적이셔서 피아노, 첼로처럼 클래식 영역의 악기만 배울 수 있었거든요. 제가 노래 한번 배워보겠다고 하니까 오페라를 시키시더라고요.

오페라요?

네, 한 번 갔다가 더는 안 가겠다고 하고……. 그랬더니 성악을 시키셨죠. 그런데 저는 클래식 기반의 음악을 좋아하지 않았어요. 그러니까, 지금 돌아보면 그냥 하지 말라는 말씀을 돌려서 하신 것 같죠. (웃음) 정작 저는 많은 아이들이 그랬듯이 디즈니 음악으로 노래를 듣기 시작했어요. 미국에 있는 디즈니 채널에 애들을 위한 프로그램이 있거든요. 거기에 엔 싱크, 백스트리트 보이즈, 브리트니 스피어스 같은 사람들이 나와서 공연을 했어요. 여름에는 '썸머 콘서트 시리즈'라고 해서 방송을 해줬는데 너무 재미있고 저도 해보고 싶은 거예요. 그 외에는 CCM, 컨트리도 많이 듣고, 보이즈 투 맨, 브라이언 맥나이트, 레이 찰스 등 다양하게 들었어요. 대중적인 것들을 많이 좋아했죠. 톱 40으로 꼽히는 음악들을 제일 많이 좋아했던 것 같아요.

사실 상당히 좋은 회사에 입사가 결정된 상태에서 한국에 오신 거 잖아요.

전혀 예상에 없었던 거였죠. 현실적으로는 돈 되는 일을 해야 하니까, '사' 자 들어가는 직업을 쭉 생각해봤어요. 그런데 못할 것 같은 거예요. 그러면 금융 쪽을 해볼까 싶다가 컨설팅이 저와 맞을 것 같더라고요. 새로운 분야에서 매번 새로운 걸 배우고, 스페셜리스트가 되어야 하는 게 흥미롭고, 안 맞으면 다른 프로젝트를 하면 되지 않나 싶어서. 그리고 가수는 사실, 어릴 때 오디션과 관련된 연락도 오가긴 했었는데 제 입장에서는 리스크가 좀 컸죠. 한국 와서 뭔가를 하겠다는 것 자체가. 그러다 1년 동안 내가 하고 싶은 거 다 해보겠다고 선언한 다음에 인도에서 봉사 활동을 하고 있었는데요. 그때 연락이 와서 오디션 프로그램이라니까 어느 정도 반응을 볼 수 있을 것 같아 승낙했죠. 나가서 제가 못하면 안 하는 거고, 잘하면 기회가 생기겠지 싶어서.

이성적인 편이시죠? 말씀하실 때 느껴져서요. 곡을 쓸 때도 그러시지 않을까 싶어요.

그런 면에서 가끔 어려움을 느껴요. 너무 논리적으로 생각하려고 할 때가 많아서요. 가끔은 그런 분들이 부러워요. "바로 느낌이 와서 이렇게 작업했어요" 하시는 분들이 신기해요. 진짜 그게 되나 싶고. 저는 곡을 쓰고 작업할 때도 논리적으로 하는 편이었거든요. 그나마 최근에는 많이 하다 보니까 '그냥 풀리는 대로 가자' 하는데, 처음 시작했을 때는 전혀 안 그랬어요. 그런 방식에 조금씩 다가가고 있는 것 같아서 스스로 뿌듯해져요.

성향과 달리 좀 편하게 접근하실 수 있었던 곡은 뭔가요.

'잘 지내지(How You Been)'라는 곡이 그랬던 것 같아요. 만드는 과정은 좀 어려웠지만 멜로디는 되게 편하게 나왔죠. 곡 만들기 시작했을 때부터 "무슨 이야기 할까요?"라는 질문을 던졌는데 "저는 요즘 이 이야기밖에 안 해요. '잘 지내니? 잘 지내지'" 이런 답변에서 시작돼 자연스럽게 풀린 곡이에요.

이렇게 풀어낸 음악은 나중에 들었을 때 느낌도 다르실 것 같은데.

스스로도 솔직하게 풀어낸 느낌이 드니까……. 계산적으로 썼을 땐 '대중들이 이걸 원하고 바라니까 이렇게 해야지' 그런 생각의 흐름이 있는데, 마음대로 할 때는 나에게 자연스러운 것들, 어떤 겉멋 없이 그냥 뱉어내듯 곡을 쓰는 거죠. 나중에 들어도 느낌이 좀 다를 수밖에 없죠.

해외 음악 시장과 한국 음악 시장을 비교해보면 음악가 입장에선 어떤 점이 다른가요.

한국은 차트를 너무 의식하는 경향이 있어서, 그 부분이 적응하기 좀 어려웠던 것 같아요. 그리고 유행을 되게 많이 따른다는 점도 특징이죠. 해외에 사람이 더 많다 보니까 이런 사람들이 더 눈에 띄는 걸 수도 있는데, 거기서는 내가 진짜 좋아하는 음악을 찾아서 듣는 경우가 많거든요? 한국에서는 차트 위주로 많이 움직이고 듣다 보니까 모든 사람이 거기에 목매고 있다는 느낌을 지우기가 어려워요. 그러다 보면 음악적 다양성도 떨어질 거고, 계산적으로 될 수밖에 없고, 결국에는 아티스트들이 힘이 빠지는 경우가 많아지는 것 같아서요. 그 부분이 많이 안타깝기도 해요.

미국에서 음악을 하는 것과 한국에서 음악을 하는 건 어떤 차이가 있을까요.

확실한 차이점이 하나 있어요. 미국에도 차트가 있긴 있지만 인구가 더 많고, 음악 장르도 많다 보니까 아까 말씀드린 것처럼 네가 좋아하는 거 네가 하고, 내가 좋아하는 거 내가 하고, 듣고 싶은 거 듣고, 이런 식으로 상대의 취향을 확실하게 존중해준다고 말해야 하나? 그래서 눈치를 덜 보고 신경을 덜 쓰면서 그냥 내가 하고 싶으면 할 수 있는 측면이 커요. 그 차이는 확실히 있는 것 같아요. 그런데 이게 한국은 시장 자체가 더 작기도 하고, 인터넷으로 뭔가가 퍼지는 속도도 빠르기 때문에……. 사람들이 잠깐씩 주는 시선을 사로잡기 위해서 많이들 노력할 수밖에 없어요. 그 시선과 그 잠깐의 시간을 놓치면 "잘 안됐잖아"라고 말하는 경향이 있죠.

스트레스를 받을 수 있겠네요.

평가받는 것 자체에 스트레스가 있죠. 댓글에도 "이거 망했네"라는 이야기가 있으면 의문을 갖게 돼요. 뭐가 망한 걸까? 나는 내가 하고 싶은 이야기를 했는데, 그게 뭐가 망한 거예요. 저뿐만 아니라 이런 이야기를 보면서 스트레스를 받는 아티스트들이 많을 것 같아요. 정말 안타까운 게, 아티스트들이 작업 과정에서 굉장히 많이 고민하고 안에 있는 많은 것들을 쏟아내서 만들어냈는데 아주 잠깐 노래를 듣고 "별로야" 하고 안 들어버리는 거, 아니면 그렇게 평가를 내리는 거. 사람들이

'나에겐 평가할 수 있는 권리가 있다'는 생각을 가질 수는 있어요. 저도 다른 사람의 음악을 듣고 판단하니까. 그런데 단어 선택의 차이가 큰 것 같아요. "잘 들었는데 제가 좋아하는 스타일은 아니더라고요" 이 말과 "망했어"의 차이는 정말 크잖아요. 표현의 느낌이 너무 다르죠.

사실 굉장히 모범적이고 성실하면서 젠틀한 성격으로 알려지셔서, 개인적으로 힘드시지 않을까 싶었어요.

그렇게 봐주시는 건 정말 감사해요. 하지만 스스로는 거기서 힘든 점을 느껴요. 그런 이미지로 인해 어떤 오해가 생길 수도 있고, 누군가는 제 행동을 잘못 이해할 수도 있잖아요. 이 부분에 대해서는 혼자 생각을 너무 많이 해왔어요. 심적으로 많이 힘들었고. '내가 어디 가서 말실수를 하면, 아니면 어떤 행동으로 실수를 하게 되면 어떡하지?' 왜냐하면 에릭남을 봐주시는 사람들의 시선이 당시에 너무 호의적이었으니까요. 그런데 저는 한국말도 완벽하게 할 줄 모르고, 문화적으로 이해하지 못하는 부분들이 많다 보니까 스트레스를 받더라고요. 거기에다 노래도 다 달달했으니까. (웃음) 이런 요소들이 쌓이고 쌓이다 보니 혼자 감당하기 힘든 시기가 오더라고요. 그래서 음악으로 조금 다른 면들을 보여주고 싶었어요. 에릭남에게 이런 면도 있고, 이런 생각을 하는 면도 있어요, 라는 걸 드러내고 싶었던 거죠.

어떤 앨범에서 가장 강력하게 다른 모습을 보여주셨던 것 같아요?

「Honestly」 앨범이 제일 그랬던 것 같아요. 「INTERVIEW」까지만 해도 달콤한 음악이었는데, 「Honestly」 때부터는 말 그대로 더 솔직해졌죠. 가사 내용도 달라졌어요. 그때까지는 모든 걸 다 해주는 남자, 다 들어주는 남자가 화자가 되는 러브송이었는데요. 「Honestly」의 'Don't Call Me'라는 곡은 '제발 연락하지 마'라는 내용을 담고 있었죠. 대중 입장에서는 '얘가 왜 이러지?' 그렇게 느껴졌을 수도 있을 것 같아요. 실 제로도 말이 많았죠. 왜 에릭남이 이런 걸 해야 되냐고. 하지만 저는 그 렇게 안 하면 스트레스를 너무 많이 받았을 거예요. 계속 사람들이 그 렇게 매너 있고 다정한 이미지로만 봐주면 너무 힘들었을 것 같아요.

주변에서는 어떻게 말씀하세요?

최근에도 많은 선배들이 "너는 'Good For You'나 '천국의 문' 같은 거 해야 해. 그래야 돈을 벌 수 있어" 그러시더라고요. 그래서 "그때는 좋았지만 지금은 그거 하고 싶지 않다"고 말씀드렸어요. 돈이 되고 안 되고를 떠나서 제가 노래를 해야 하고 공연을 계속해야 하는 건데, 나 에게 와닿지 않는 걸 어떻게 할 수 있겠어요. 물론 음악이라는 게 연기 를 해야 하는 부분도 있죠. 내 스토리가 아닌 다른 사람의 스토리를 전 달하는 경우도 있다는 거예요. 그런데 이것도 다 때가 있는 것 같아요. 지금 당장 내가 하고 싶은 이야기가 있는데, 그걸 먼저 하는 게 맞지 않 을까요?

그래도 아직까지는 에릭 씨가 원하시는 대로 앨범의 방향성이 잡혀 나오는 것 같거든요.

그게 굉장히 감사한 부분인데요. 저는 앨범을 무조건 많이 팔아야 활동할 수 있는 사람이 아니다 보니까……. 방송이나 다른 일들을 많이 하다 보니 음악에서만큼은 제가 하고 싶은 대로 할 수 있는 여지를 회사에서 많이 열어주셨거든요. 방송할 때는 사람들이 좋아하는 모습을 보여줄 수 있고, 저도 재미있으니까 편하게 일하는 게 잘 맞거든요? 대신에 음악은 터치하지 말아달라고 부탁드렸어요. 음악은 그렇게 해야 제가 진심으로 즐기면서 할 수 있고, 들으시는 분들에게도 더 올곧게 가닿을 거라는 생각이 들어서요.

사람들에게 어떻게 기억되고 싶으세요?

모르겠어요. 그냥 열심히 사는 사람? (웃음) 사실 사람들이 생각하는 완전한 '아티스트'의 삶을 살아가는 게 저에게는 잘 맞지 않는 것 같아요. 그러고 싶은 마음은 있지만. 하지만 저는 언제나 여유가 없는 사람이라, 성격도 되게 급하고 빨리빨리 일해야 하고, 움직이고 있지 않으면 불안해해요. 완전히 예술가로서의 삶을 살기에는 생각이 너무 많아요. 걱정이 많고. 그래서 그렇게 오롯이 예술가로서의 삶에만 집중할 수 있는 사람들을 보면 참 부러워요. 하지만 따라 하지는 않으려고요. 저 솔직해서요, 그렇게 행동하려고 하면 스스로가 우스워 보일 거예요. '예술가는, 아티스트는 이런 거지' 하면서 행동하면 너무 웃길 거예요. 허세나 연기처럼 보이겠죠. 대신에 특별한 시기는 있어요. 앨범 준비 들어가는 시기나 음악을 만들고 싶은 계절이 있을 때 좀 더 집중하는 거죠. 최대한 마음의 여유를 갖고요.

음악가로 살면서 얻으신 가장 큰 수확은 무엇인가요.

음악을 하면서 제 인생의 일기가, 다이어리가 생기는 것 같아요. 그

해에, 혹은 그 시기에 제가 전달하고 싶은 이야기나 제가 생각하고 있는, 겪고 있는 생각의 과정들을 음악으로 표현해내다 보니 앨범을 보면서 이땐 이랬지, 그땐 그랬지 이런 생각을 하게 되는 것 같거든요. 그래서 그게 제일 의미 있지 않나 싶어요.

요즘의 에릭 씨가 중요하게 생각하시는 건 뭔가요?

세상에 음악을 듣는 사람들이 너무 많다는 게 행복해요. 차트가 아예 신경 쓰이지 않는다고 하면 거짓말이지만, 저는 최대한 내려놓았어요. 그래도 제 음악을 들어줄 사람이 너무 많고, 물론 몇 명이 될지는 모르지만, 그 사람들만을 위해서라도 음악을 만들고 공연할 수 있다면 그게 진짜로 행복한 게 아닐까 싶어요. 이대로 계속해야죠. 순수하게, 내가 부끄럽지 않도록 계속 음악에 다가갈 거예요.

"너는 'Good For You' 같은 거 해야 해." 많은 사람들이 에릭에게 던진 이 한마디는 사실 틀린 말이 아니다. 그들의 말처럼 돈을 더 벌 수도, 더 많은 사람들이 그의 음악을 들을 가능성이 높아질 수도 있으니까. 그러나 남을 위한 음악보다 나를 위한 음악을 하고 싶어 하는 그의 의지는 그 어느 때보다 강하다. 'Good For You'가 아닌, 'Good For Me'. 적어도 음악이 가장 자신을 진실하게 드러내는 수단이 되었으면 하는 그의 모습을 기억할 것이다.

Be Happy + Be Healthy.
You're Gonna Be OK.

- 이상인 ♡

19

〔풍월주〕, 〔오만과 편견〕, 〔카포네 트릴로지〕, 〔프라이드〕, 〔스위니토드〕, 〔여명의 눈동자〕, 〔맨 오브 라만차〕 등에 출연했다. 공연이 끝나자마자 한적한 곳에서 만난 그의 모습은 무대 위에서 방금 보았던 명랑한 사람이라고는 믿기지 않을 정도로 차분했다. 유난스러운 것 없이, 늘 그런 태도로 작품에 임하고 일상을 살아간다는 그에게 물었다. 왜 배우를 하는지, 그토록 많은 작품을 해낼 수 있는 힘은 어디서 나오는지.

배우
김지현

"특출난 매력을 뿜어내는 배우라고는

생각하지 않아요."

작품이 끊이지 않았어요. 그중에서도 하고 싶은 작품을 선택하느라 고생하셨을 것 같아요.

요즘은 나름 잘 쉬고 있어요. [여명의 눈동자] 끝나고 대략 두 달 반 정도 쉬었죠. 그런데 최근 몇 년 동안은 의도한 게 아닌데 일이 딱 그렇게 들어오더라고요. 이제는 새 공연 연습과 지금 시작한 공연을 동시에 하는 게 체력적으로 조금 힘든데, 시기적으로 잘 맞게 작품을 선택할 수 있었어요. 또 다른 게 들어왔을 때도 그다지 하고 싶지 않은 작품이어서 그런 건 골라낼 수 있었고요. 만약에 하고 싶은 작품들만 들어왔으면…… . 안 쉬고 계속했겠죠. 아마 그랬을 거예요.

쉬는 시간을 잘 즐기는 편이신가요?

예전에는 사실 못 견뎠어요. 일하는 게 무척 재밌고 행복한데 굳이 쉴 필요가 없잖아요. 이렇게 사람들을 만나서 매일 웃고, 매일 행복한데요. 하지만 작품도 많이 하게 되고, 팬데믹 사태도 오고, 나이도 조금 더 먹고 하니까 쉬는 시간을 잘 보낼 수 있는 요령이 생기더라고요. 옛날에는 쉬라고 해도 어떻게 쉬어야 할지 모르니까 그 시간에 나가서 무조건 누군가를 만나야 할 것 같았는데, 이제는 혼자서도 어떻게 해야 하는지 아니까 쉬는 시간이 좋아지더라고요.

팬데믹 사태 때문에 쉴 수밖에 없는 상황이 와서 쉬는 것에 익숙해 지신 부분도 있다…… . 워낙 모두에게 힘든 시간이겠죠.

연극 [오만과 편견] 연습할 때도 계속 마스크를 썼어요. 2인극인데도요. 밥도 한 명씩 앉아서 벽면 보고 먹고. 연습을 쉰 기간도 있었죠.

최종 리허설을 하려고 극장에 갔을 때라야 마스크를 벗고 연기를 해볼 수 있었어요. 저희끼리 "나중에 공연할 때 네 입이 보이면 되게 어색할 것 같아" 이러고 농담을 했었는데, 진짜 어색하더라고요. (웃음) 그 정도로 철저하게 마스크를 쓰고 있었죠.

그러셨을 거예요. 대학로 전체에 여파가 미칠 수 있는 시기니까요.

그러니까요. 우리만의 문제가 아닌 거예요. 대학로 모두가 연결돼 있으니까. 공연이라는 장르의 특성상 관객을 만나지 않을 수가 없으니 더 조심했고요. 드라마나 영화는 그들 안에서 해결할 수 있지만, 우리는 관객을 책임져야 하는 입장이잖아요. 무엇보다 고대부터 공연이라는 게 가진 힘이 분명 있으니까 지금까지 온 거고, 그게 멈추지 않게 하기 위해서 다들 노력했을 거예요. 공연이란 게 과연 어떻게 될지를 고민하면서 얼마나 공포감이 컸는지 몰라요.

그럼에도 불구하고 대부분의 공연 날 기립 박수를 받는 배우이시기도 해요.

요즘에는 힘내라고 기립해주시는 느낌이고, 제가 혹시 실수를 하면 그 박수 자체에 너무 무안해져요. 부끄러워서 견딜 수가 없죠.

하지만 늘 안정적이고, 늘 기대하는 것을 주는 배우. 저는 지현 씨를 이렇게 말씀드리고 싶어요.

스스로 되게 평범하다고 생각하거든요? 배우들 보면 특이한 사람 무척 많잖아요. 어떤 사람들은 저에게 "너도 평범하지는 않아"라고 하지만, 늘 되물어요. "다른 배우들에 비하면 정말 평범한 거 아니야?" (웃음) 특이한 발상을 하는 타입도 아니고, 학교 다닐 때부터 늘 그랬어요. 선생님이 "배우는 A+ 아니면 F여야 해"라고 말씀하시면서 "그런데 지현이는 B+야. 너무 잘하는데, 못하지도 않는데 뭔가 매력이 없어" 그러셨죠.

제 입장에서는 너무 노골적인 표현인데, 속상하지는 않으셨어요?

저도 알고 있는 부분이라 쉽게 수긍했어요. 독특하고, 다이내믹한 연기 스타일을 가지고 있는 친구들을 늘 부러워했으니까요. 어떤 캐릭터를 해도 스스로 느꼈죠. 스트레스를 받는 게 아니라 '그래, 난 B+의 사람이야. 개성이 없네'라고 생각했으니까요. 그 와중에 내가 못하는 편이 아니라는 건 알았고요. 분명히 자부심은 있는데 매력이, 개성이 없다는 걸 대학 생활 내내 느꼈고, 지금도 그래요. 특출난 매력을 뿜어내는 배우라고는 생각하지 않아요. 그런데 이제는 공연을 많이 하다 보니 나의 장단점을 잘 알게 됐고, 장점인 부분에 대해 더욱 자신감과 여유를 가지고 관객분들을 이러이러한 식으로 포섭해야겠다는 나만의 기준이 생겼죠. 나이가 들면서 좀 더 여유롭고 담대해진 것 같아요. 그리 오래된 일은 아니죠, 이런 깨달음도.

그 사실을 깨닫게 해준 작품이 있으신가요?

[프라이드]를 했을 때 그걸 굉장히 많이 느꼈어요. 당시 더블 캐스팅이었던 (김)소진 언니를 보면서 옆에 있던 다른 배우 오빠에게 "내가 저 여자랑 더블을 해야 하는데, 이게 되겠냐?" 그랬죠. (웃음) 정말 매력적이고 독특한 배우라 처음에는 이게 게임이 되나 싶었는데, 점점 시간

이 갈수록 언니가 하는 매력적인 부분을 제가 따라 하기도 하고, 같이 텍스트를 읽어나가면서 나대로 체화한 부분을 무대에 올리다 보니 스스로도 놀라게 되더라고요. 개인적으로 과거와 현재의 실비아 중에 현재의 실비아를 굉장히 어려워했는데, 어느 순간에 '아, 나도 이런 캐릭터를 할 수 있구나' 싶었죠. 그래서 다음 작품으로 [카포네 트릴로지]를 만났을 때 훨씬 마음이 편했어요. 실비아를 그런 식으로 해보지 않았다면 '로키'는 스트레스를 정말 많이 받으면서 해내야 했을 거예요. 이때 더블이었던 친구가 정연이었는데, 정연이는 워낙에 코미디를 잘하는 친구라 어차피 제가 따라갈 수 없다는 걸 알잖아요. 그래서 [프라이드] 때처럼 '나는 저거 못 따라 해. 나의 결로 가자'고 마음먹었고, 덕분에 작아지지 않을 수 있었죠. 그제야 B+에서 A로 올라갈 수 있지 않았을까요. A+는 정말 타고난 사람들인 거고.

지금 돌아보면 어떤 캐릭터가 가장 마음에 드세요?

조금 센 성격을 지닌 캐릭터를 했을 때의 나 자신이 더 마음에 들어요. [카포네 트릴로지]가 좋았던 게, 이 여자가 속을 숨기고 괴상한 껍데기를 겹겹이 가지고 있었단 말이죠? 상황이 휙휙 바뀌면서 그 여자에게 껍데기가 덧입혀지는 순간들이 아주 미묘하게 재미있었어요. 상대를 속이면서도 그러고 싶지 않은 복잡한 마음이 들어서 흥미로웠고, [스위니토드]의 러빗부인도 마찬가지죠. 그런 식으로 겹겹이 쌓인 게 많은 캐릭터들이 좀 더 재미있는 것 같아요. 한 번에 딱 파악하기 어려운 여자들 있잖아요. 관객분들과도 밀당하는 재미가 있고. 아, [풍월주]의 진성여왕도 좋아했어요. 강한 여자처럼 보이지만 그 안에 슬픔이 있는 게 마음에 들었거든요. 그 여자의 아픔이 내가 생각해도 측은했어요.

한 연출가분께서 "지현 배우는 착하고, 바르고, 모범적인 사람이다.
이런 배우가 있을 수 있나 싶었다. 그런 사람이 정반대의 느낌을 가
진 캐릭터를 하니 매력적이었다"고 말씀하신 적이 있거든요.

어휴, 일상을 아주 평범하게 살고 무대에서 변하면 '오, 저런 모습
이 있네?' 이렇게 봐주셨던 것 아닐까요? (웃음) 사실 아까도 말씀드렸지
만, 생각이 바뀐 지 오래되지 않았다고 했잖아요. 뭐든 받아들이는 게
빠른 타입은 아니에요. 다만 (프라이드) 이후로 마음을 다잡을 수 있었
고, 그러고 나서 생각해보니 내가 나를 가둬놨던 건 아닌가 싶은 거죠.
스스로 마음속에서 '네가 예쁜 것도 아닌데 이런 연기를 하면 이상할
거야'라고 말하는 쪽과 '아냐, 너 하면 되게 잘 어울릴 거야' 이 마음이
싸우고 있었던 건지도 몰라요.

(오만과 편견)과 같은 작품도 그래서 하실 수 있었던 것 아닌가 싶어
요. 캐릭터가 계속 바뀌는, 잔잔하지만 아주 다채로운 결의 극이죠.

아마 대본만 읽고 이 작품을 하겠다고 할 배우는 없을걸요? (웃음)
대본은 그냥 소설책 그 자체였기 때문에 대본만으로는 감동이나 메시지
를 전하기가 어렵겠더라고요. 이거는 정말 소설책을 공연할 수 있을 정
도로 줄여놨을 뿐이고, 처음엔 읽히지도 않아서 '이게 뭐지?' 그랬었는
데, 정확히 한 가지는 알았죠. '아, 이건 그냥 배우가 역할놀이를 재미있
게 하는 거구나.' 그러면 그다음에 필요한 건 내가 뭘 해도 능수능란하
게 받아줄 수 있는 상대 배우, 그리고 우리가 뭘 해도 열린 마음으로 받

아줄 수 있는 연출이에요. 이 작품은 '잘하는 사람'들끼리 하는 것도 중요하지만, 아주 잘은 케미스트리까지 주고받을 수 있는 배우들이 모이는 게 우선이었죠. 거기에 박소영 연출님이 필요했고. 캐스팅이 완벽했죠.

배우들끼리 케미스트리가 잘 맞는다는 건 어떤 건가요?

열정적으로 연습하다가 식는 타이밍도 똑같으면 돼요. 거기서 누구 하나가 더 열정을 표현하면 약간 힘들어질 수도 있을 텐데, 열정적일 때는 함께 열정적이다가 넘겨야 할 부분에서는 같이 유연하게 넘어갈 수 있는 거요. 적정 온도라는 게 필요한 거죠.

배우라는 직업을 선택한 걸 후회하신 적은 없나요.

없어요. 정말로 좋은 직업이라고 생각하거든요. 개인적으로는 너무 감사하게도 처음 졸업하고 발 디딘 순간부터 계속 일을 할 수 있었던 게 복이기도 하고요. 어쨌든 이걸로 계속 밥을 먹고 살고, 내가 만족할 수 있는 기분을 누리면서 살 수 있으니까 정말로 감사해요. 솔직히 출퇴근하는 직업은 정말 자신 없거든요. 물론 누구나 변수는 있겠지만, 배우처럼 다이내믹하게 일상을 살 수 있는 직업도 드물 거예요. 그리고 제일 중요한 것 한 가지가 있어요. 나를 이렇게까지 다양하게 알아갈 수 있는 직업이 또 있을까 싶어요.

앞으로도 쭉 해나가실 일만 남았어요.

나중에 굳이 내 연기가 기대되지 않는다, 그런 연기를 계속하게 된다……. 그럴 때는 안 하는 게 낫지 않을까요? 하지만 아직은 아니에요. 〔여명의 눈동자〕를 할 때, 대기실에서 건강을 잘 챙겨야 한다는 이야기가 나왔어요. 저는 잘 피곤해하지 않는 타입이라고, 에너지가 쭉 유지되는 편이라고 했더니 원동력이 뭐냐는 질문을 누군가 던진 거예요. 뭐 좋은 거 먹냐고. 그런데 옆에서 (이)경수 오빠가 "지현이는 사람들의 사랑을 많이 먹잖아" 이랬는데 갑자기 소름이 끼치더라고요. 맞아요. 관객분들이 좋아해주시면 그걸로 됐어요. 저는 너무 행복해요.

몇 번이고 의외의 말들이 튀어나왔다. 특히 대학 시절에 그가 들었다는 A+와 F 사이의 어중간함에 대한 한마디는 적잖이 충격이었다. 하지만 그런 말을 듣고도 묵묵히 자기 길로 걸어온 사람의 눈빛은 평온하기 그지없었다. 그 모습에 고개를 끄덕일 수밖에 없었다. 무대 위에서 어떤 고난에도 꺾이지 않고 자신의 삶을 지켜가는 모습을 꾸준히 연기해온 사람의 내면은 이토록 건강했다.

나를 사랑하는
사랑들이
"오래도록
무대에서
멋진 배우로
남아주세요~

그럼 해주는 한 마디 할 때마다
너에게 힘을 주네요!

배우 김지현.

20 _____

「1집 지은」, 「2집 지은」, 「(3)」, 「4年間」, 「NONE」, 「물고기」 등
의 앨범과 싱글을 발매했다. '오지은과 늑대들'로 「미리듣기」,
「오지은과 늑대들」 등을 발표하기도 했다. 그의 집에서 거의
세 시간을 웃고 떠드는 동안 몇 번의 감격스러운 순간과 몇 번
의 울컥하는 순간을 겪었다. 오지은은 그 감정의 진폭을 모두
이해해주는 사람이었다.

음악가 겸 작가
오지은

"중년 여성으로 창작을 한다는 것은

은근히 힘든 일이에요."

댁에 초대해주셔서 감사해요. 팬데믹이 의외의 만남을 가져다줬어요.

(밥을 먹고 있는 강아지를 쳐다보며) 정말 평화롭죠? 이런 환경에서 하는 인터뷰는 저도 처음이에요. (웃음) 강아지와 고양이를 데리고 함께 사는 것만으로도 삶이 많이 달라졌어요.

어떤 부분에서 특히 바뀌신 것 같아요?

비교 대상이 홍대에서의 삶일 것 같은데…… 그때는 소위 말하는 '쿨'한 재미가 있었던 거 같아요. 멋있는 사람들이 있는 술자리에도 가고, 주변에 예쁜 곳도 많고, 먹어보지 못했던 음식도 먹어보고. 그런 내가 음악 업계에 속해 있다는 느낌이 재미있고 좋았어요. 그런데 어느 순간부터 '집에 혼자 있는 게 더 편하겠다. 떠날까?' 하는 생각이 들었어요. 그즈음에 망원동 집값도 많이 올라서 얼결에 여기 파주로 왔죠. 약간은 고립된 세상에서 지내는 듯한 재미가 있는데, 사실 밝히기에 부끄러운 소소함이었다가 이번에 책을 내면서 다 알려졌죠. (웃음) 성진환 (오지은의 배우자) 씨가 죄다 만화로 그려버리는 바람에.

아주 재미있게 읽었어요. 사실은 과거에 "어, 홍대 마녀!" 이야기를 듣던 분이셨잖아요. 그런 분의 완전히 달라진 삶을 몇 년 동안 꾸준히 지켜보며 '마녀'라는 단어가 지은 씨의 참 많은 부분을 가리고 있었다는 생각을 했죠.

여기에 와서도 생각을 참 많이 해요. 개인적으로 가장 큰 화두가 있어요. 예전부터 되게 깡마르고 신경질적인 20대의 여성 뮤지션들이 30대가 되고, 40대가 되면 어떻게 될지 진심으로 궁금했거든요. 왜냐하

면 제가 당사자니까. 저도 제가 어떤 창작을 하고, 어떤 인생을 살게 될
지가 궁금하고 그랬어요. 아주 솔직하게 이야기하면, '스스로 목숨을 끊
지 않고 행복하게 지내는 게 가능할까?' 이게 스스로에게 던지는 질문
이었죠.

어쩌다 그런 생각에 이르셨던 건가요.

1990년대 중반에 정말 멋있는 음악을 하던 록 뮤지션들이 많았잖
아요. 그런데 그 사람들 중에 여럿이 스스로 목숨을 끊었죠. 약물 중독
으로 생을 마감하거나. 그걸 중학교 때 보면서 나는 절대 저렇게 안 될
거라고, 끝까지 행복하게 살아남을 거라고 생각했었어요. 음악하는 애
도 아니었던 주제에. 그 사람들의 모습이 너무, 왠지, 애처로워 보였어
요. 사람이 죽고 나면 대중에게 굉장한 사랑을 받게 되잖아요? 거의 신
격화하면서 애정을 표현하죠. 하지만 그 사람 입장에서 죽을 정도였으
면 정말로 괴로웠던 건데. 멋있는 작품을 만들고 괴롭게 살다 죽었는데
사람들은 그걸 굉장히 아련하면서도 재미있게 바라보고, 그에 따라 가
치가 올라가는 죽음 이후의 삶이라는 게……. 제가 다 우울하더라고
요. 그래서 어떻게 해야 재미있게 살 수 있을지 생각을 많이 했죠. 음악
가와 작가가 되고 나서도 어떻게 해야 내가 더 날카롭게 음악을 만들
고 글을 쓸 수 있을까.

**많은 사람들이 예술가들의 불행을 마치 필수적인 것인 양 얘기하곤
하죠.**

내 음악과 글이 오로지 나의 불행과 맞닿아 있을 거라는 생각, 그

런 류의 공식이 너무 싫었어요. 특히 여성 뮤지션이나 작가 입장에서는 더더욱이요.

어떤 면에서 그렇다고 생각하셨어요?

평화로운 가정을 꾸리고 있는 남성 뮤지션에게는 "너 감 떨어졌다" 는 이야기를 별로 안 해요. 오히려 "더 성숙해졌다", "더 안정적이네" 이 런 말을 많이 하죠. 그런데 여성 뮤지션들에게는 안 그래요. 저만 해도 2013년에 3집을 내고 2014년에 결혼을 했는데, 3집을 냈을 때 처음 사람들의 반응이 기가 막히게 안 좋았어요. 아직도 생생히 기억나는데요, 반응이 그랬어요. '곧 결혼을 하기 때문에' 음악이 별로라는 거죠. 곧 행복한 일이 벌어질 '마녀'가 만든 앨범은 매력이 없을 거라고 했어요. 그런 프레임 안에서 오지은이라는 뮤지션이 갖고 있던 날카롭다는 매력이 다 사라졌다는 식으로 이야기가 많이 나왔어요.

음, 결혼과 무슨 상관이 있는 거지요? 당황스럽네요.

그런데 사람들이 앨범이 나오고 2, 3년 뒤에 다시 "아, 뭐야. 좋았네?" 이러는 거예요. 실제로 3집은 1, 2집을 집대성해 만든 앨범이에요. 그게 무슨 뜻이냐면, 가장 어둡다는 뜻이에요. 제가 어두운 음악을 만드는 것과 결혼을 하는 게 대체 무슨 상관이 있나요? 결혼식을 한다고 사람이 행복해지나요? 아니잖아요. 결혼식이 얼마나 고통스러운데. (웃음) 참 혼란스러웠어요. 세상이 보는 나와 예술을 하는 나 사이에서 헤쳐 나가야 하는 일도 원래부터 참 많은데, 자연스럽게 씌워진 성별에 대한 프레임이라는 게 어마어마한 스트레스를 주더라고요. 그래서 저는 개인적으로 행복하면서 날카로운 음악을 만들고 싶었어요. 누군 이 얘기를 듣고 대놓고 "욕심이다"라고 하더라고요. 그래도 냈어요. 'NONE'이라는 곡을.

'NONE'은 정말 무거운 곡이에요. 우울하고, 침울하죠.

희망 없고, 먹먹하고, 할 말도 없는 노래죠. 그런 사막 같은 기분에 대해서 오랫동안 노래하려고 노력하는데, 사람들이 20대 중반에 제가 '널 갈아먹고 싶어'라고 노래했을 때보다는 열광적으로 이야기하지 않더라고요. 그러니까 마흔 살이 된 여성이, 결혼한 여성이 하는 음악에는 20대의 깡마르고 히스테릭했던 홍대의 마녀가 했던 음악보다 기본적으로 마이너스의 시각이 적용된다는 걸 느꼈어요. 실제로 노래를 낸 후에 "의외로 좋다"는 말을 너무 많이 들었거든요. 처음에는 '나의 피해의식인가?', '나만의 망상인가?', '충분히 사랑받았는데, 이게 내 욕심인 건가?' 이런 식으로 나를 돌아봤어요. 그런데 생각해보니 실제로 "너 음악이 의외로 좋다"는 얘기를 너무 많이 들어온 거예요. '의외'라는 단어가 들어간다는 건, 기본적으로 안 좋은 시각이나 편견이 깔려 있다는 얘기잖아요.

그렇죠. 특히 여성들 같은 경우에는 자아 성찰을 지나치게 많이 한다는 점이 스스로의 앞길에 문제를 일으키는 원인이 되기도 하니까요.

물론 "음악가들은 보통 1, 2집이 제일 좋고 그다음부터는 완성도가 떨어지게 마련이야"라고 다소 잔인하게 이야기를 하는 사람들도 있어요. 하지만 음악이라는 게 수학 문제처럼 점수를 매길 수 있는 것도 아니잖아요. 저도 냉정하게 이야기하는 사람들의 프레임 안에 갇히지 않으려고 노력하면서, 들이는 공이 적어지거나 스스로가 헐렁해지지 않으려 부단히 애를 쓰거든요. 오히려 나이가 들면서 더 팽팽해졌는데, 그 경험이나 연륜이 쉽게 가시화되지 않는다는 걸 깨달았죠. 매력적인 예술가로 더 이상 보이지 않는 거예요.

겁도 나셨겠어요.

처음에는 저도 나이가 들면 날카로움이 무뎌지나 싶어서 무서웠어요. 그런데 그게 아니었어요. 작업하다가 문득 깨달았죠. '아, 더 이상 매력적인 예술가로 보이지 않기 때문에 주목을 덜 받게 되는 거구나.' 저는 페미니즘이 사회 전반에서 중요한 키워드로 떠오르면서 이런 이야기를 "네가 지금 착각하고 있는 거고 유난 떠는 거야"라는 말을 듣지 않으면서 할 수 있게 된 게 정말 좋아요. 공식적으로 말할 수 있게 돼서.

그런데요. 혹시 강아지가 다 쥐어뜯은 저 인형은 원래 무슨 인형이었나요? (웃음)

아, 저 인형이요. '지방이'라고…….

제가 생각한 그 인형이 맞네요. 솔직히 '오지은의 집에서 인형이 뜯겨 있다. 그런데 성형외과에서 만든, 지방 흡입을 유도하는 인형이다.' 이게 너무 상징적이라는 생각이 들어서요. (웃음)

맞네요. 뭐 어디서부터가 '뚱뚱하다'의 기준인지도 모르겠지만, 여성 예술가들에 대해 사람들이 어떻게 생각하는지가 느껴지니까. 저는 제가 깡말랐을 때 편하게 살았던 걸 몰랐어요. 그때에 비해서 20kg이 늘었는데, 사람들의 반응이 달라지더라고요. 저는 지금 제 몸이 만족스럽고 건강하다고 생각하는데 대중에게 비치는 여성 예술가는 이런 느낌이 아닌 거예요.

예전의 지은 씨 같은 느낌의 여성 음악가들을 더 보고 싶어 하는 거죠.

사람들이 상대방을 판단할 때 시간이 없으니 빠르게 보고 지나가는 시각 정보로만 음악가의 성향을 파악할 수도 있죠. 그럴 때 신경질적인, 깡마른, 생각이 깊어 보이는 느낌의 여성이 음반 커버에 있다면 더 매력적으로 느끼는 것 같아요. 강아지와 실실 웃고 있는 푸근한 느낌의 여성은 좋은 음악을 할 것처럼 안 보이는 거예요. 참 이상한 프레임이 씌워져 있는 건데요.

누군가는 그런 이미지를 만들어서 보여주는 것까지 음악가와 예술가의 영역이 아니냐고 이야기하기도 하죠.

마른 몸에 패셔너블하고, 고도로 정제된 이미지를 계속 내보이면서 음악가의 의무를 논하는 사람들이 있거든요? 그런데 저는 그런 사회에 살고 싶지 않아요. 게다가 튀는 말을 하는 남자 예술가는 매력적이라고 생각하는 사람들이 많고, 제가 라디오나 방송에 나가서 말을 튀게 하면 이상한 사람이 돼버려요. 그런 제게 "4차원이다"라고 말하는 사람들이 있었는데, '4차원'이라는 말은 사실 대중이 받아들이기 쉬운 표현일 뿐이에요. 귀엽게 받아들이기 쉬운 이미지로 만들어진 말이죠. 그 범주를 벗어나면 굉장히 잔혹한 비난만이 돌아오죠. 결국 저는 넉살을 떨면서 에너지를 낭비하게 되고요. 요즘 1990년대생, 그즈음에 태어난 여성 음악가들이 정말 자랑스러운 게, 상대방의 면전에서 아닌 건 아니라고 말하고 자기 의견을 피력하더라고요. 저는 여전히 넉살을 떠는 나 자신을 보고 있는데.

대신에 이렇게 공개적으로 말씀하시면 더 많은 사람들이 여성 음악가를 소비하는 방식에 대해 생각해보게 될 거예요.

그렇겠죠? 예전에는 구구절절 얘기해도 알까 말까였는데, 요즘은 맞장구가 나와서 진짜 기분이 좋아요. 구원받은 기분이고. 사실은 너무 외로웠어요.

그동안 많은 부분을 깨부수려고 노력하셨던 걸로 알아요. 남성 음악가들을 추앙하는 분위기나, 여성 음악가들의 음악보다 외모를 애기하는 분위기 같은 것들을요.

처음에 음악을 시작할 때 저는 "여자도 프로듀싱을 할 수 있습니다!"를 외치면서 발버둥을 쳤거든요. 아직 "여자인데 기타를 쳐? 여자 보컬은 작사만 하는 거 아니야?" 같이 말도 안 되는 이야기가 나오던 시절의 한 장면이죠. 그런데 이제는 그런 이야기 안 하잖아요. 음악을 만드는 여성 음악가들이 마이너스의 편견에서 시작할 필요가 없어지고, 다행히 0부터 시작할 수는 있게 됐어요. 하지만 문제는 인디 신이 폐허에 가까워졌다는 거죠. 물고기가 잘 자라려면 깨끗한 물과 먹이가 필요하잖아요? 지금은 연못이 이미 다 말라버린 상황이라 참 마음이 좋지 않아요.

그래도 희망적인 이야기네요. 그 연못에 다시 물을 채워 넣을 여성 음악가들이 생긴 거니까요.

그게 정말 행복하죠. 아마 저와 비슷한 시절에 음악을 시작했던 여성 음악가들이라면 별의별 이야기를 다 들어봤을 거예요. 그분들을 인터뷰하셨어도 똑같은 이야기가 나왔을걸요? 하다못해 앨범에 잔잔하고 따뜻한 곡이 한 곡만 들어가 있어도 바로 앞에 대고 "그 노래는 무조건 넘긴다"고 얘기하는 무례한 사람들이 많았다고요. 저도 알아요. 그 곡이 앨범에서 튈 수 있고, 홍대로 대변되던 인디 신의 관점에서 그다지 쿨하지 않을 수 있다는 걸요. 하지만 그렇게 무례하게 굴 수 있었던 사람들은 제가 남성 음악가여도 그랬을까요? 그런 생각을 해보게 되는 거죠. 왜냐하면 홍대 여신, 홍대 마녀 이러면서 여성 음악가마다 스타일이 다 다른데 '여성'으로 한데 묶어서 '여직원'처럼 받아들여지는 일을 겪었으니까. 우리가 하는 일은 중요하지 않은 것처럼요. 남성 평론가들의 이야기를 들으면서 그런 생각을 정말 많이 했어요.

지금 한국의 여성 음악가들이 살아남기에, 이 사회는 무엇이 가장 큰 문제일까요.

중년의 여성을 사랑할 준비가 되어 있지 않은 사회라는 거요. 여성 음악가들, 아이돌들을 포함해서 잠깐 쓰는 액세서리처럼 우리를 소비하고 젊은 여성의 에너지를 캐치프레이즈로 꾸준히 이용하죠. 그리고 나이를 먹으면 다른 여성 음악가들을 선택해서 같은 과정을 반복해요. 싱어송라이터인 여성 음악가들은 3, 4집쯤 되면 그걸 느낄 수 있어요. 하지만 이 감정을 이야기하기가 참 어려운 게, 질투로 보일까 봐. 그리고 누군가는 이렇게 말할 거예요. "어, 나 김윤아 좋아하는데! 이소라 좋아하는데!" 에이, 딱 두 명 있는 거라고요. (웃음) 김윤아 씨와 이소라 씨가 수많은 여성 음악가들의 표준이 될 수는 없잖아요. 그렇게 대단한 실력과 인지도를 가진 분들만 살아남으라는 법은 없죠. 다 같이 살아야 하잖아요.

SNS를 통해 이런 이야기들을 종종 하셨던 기억이 나요.

예전에는 "지은이 누나 트위터 못 하게 해야 돼" 이런 얘기도 들었어요. 지금은 트위터를 하면서 나와 같은 생각을 지닌 사람들이 있다는 확신이 생기고, 완전히 저에 대해 알고 좋아해주는 사람들이 있다는 걸 알게 됐어요. 그렇게 믿을 구석이 생기면서 이런 이야기를 할 수 있게 된 거예요. 몇 년 전이었으면 이렇게 솔직한 이야기는 하지 못했을 게 분명해요.

궁극적으로 바라시는 게 무엇인지 궁금해요.

지금 초등학생, 중학생 여자애들이 20대가 됐을 때 음악을 하는 친구들이 생기겠죠? 그러면 분명 다른 환경에서 시작할 수 있을 거라는 희망이 있어요. 아직까지는 음악을 시작하는 여성들이 손과 발에 추를 달고 달리기를 시작하는 것 같은 느낌이 있죠. 출발점이 50m 뒤인 것 같은 느낌. 그런 것 하나 없이 여성 음악가들이 남성 음악가들과 같은

출발선상에서 자유롭게 평가받고 편견 없이 음악을 했으면 좋겠어요. 연못에 맑은 물이 가득 찰 수 있도록.

오지은이라는 여성 음악가 한정으로, 좀 더 개인적으로는요.

현재의 작업에 온전히 집중해주는 사람들이 생겼으면 좋겠어요. 첫 앨범을! 당차게! 낸! 여성 뮤지션이! 아니고! (웃음) 중년 여성으로 창작을 한다는 게 은근히 힘든 일이라는 걸 저도 알아가는 중이잖아요? 와 보니까 여기는 황무지예요. 김윤아 씨나 이소라 씨, 양희은 씨처럼 완전히 아이콘이신 분들 외에, 그렇지 않은 여성 음악가들도 살아남을 수 있게 물이 필요해요. 살아남은 남성 음악가들은 정말 많거든요!

그 물을 채워줄 젊은 여성 음악가들을 기다리고 계신 거고요.

그 친구들이 이 인터뷰를 보고 "이게 뭔 소리야?"라고 하는 시대가 하루빨리 왔으면 좋겠어요, 제발.

어떤 사람들은 말한다. "'마녀'라는 거, 되게 매력적이라는 소리 아니야? '팜므 파탈' 이런 거잖아." 오지은과 나는 여기에 망설임 없이 인상을 쓸 준비가 되어 있다. 매력적인 여성이 남성을 타락시키고, 같은 여성을 질투해서 독을 먹인다는 그런 동화나 설화 속 이야기는 더 이상 듣고 싶지 않다. 게다가 그 '마녀'가 나이를 먹는다는 것을 용납하지 못하는 사회에서라면 더욱 우리는 그 수식어를 거부한다.

작은 행복,

커다란 마음

글쓰고 음악하는 은지은

21

2016년 보이그룹 SF9의 멤버로 「Feeling Sensation」을 발표하며 데뷔했다. 이후 여러 장의 앨범을 냈고, 뮤지컬 〔그 날들〕의 무영 역을 맡기도 했다. 팀 내 메인 보컬을 담당하고 있으면서, 가장 활달하게 말을 많이 하는 멤버이기도 하다. 나 는 그런 인성의 에너지가 좋았고, 그가 가진 생각이 궁금했다. 성큼성큼 다가갔다. 그는 물러서지 않고 환하게 웃으며 나를 맞아주었다.

음악가 겸 배우
SF9 인성

"모두가 바쁜데,

제가 어떻게 바쁘다고 말을 하나요?"

이제 뮤지컬도 하고, 다양한 활동을 시작하셨어요.

회사 안에만 있으면 연장자 포지션이다 보니까 시야가 좁아지더라고요. 밖에 나가면 완전 어린아이인데. 뮤지컬 연습을 하면서도 계속 배울 게 생겼어요. 제가 새로운 환경에 적응을 굉장히 잘하는 편이거든요? 그런데도 처음엔 정신이 하나도 없는 거예요. 무대에 서서 뛰어보라고 하시는데 뛰지를 못하겠더라고요. 다행히 형들이 봐주셔서 많이 나아졌고, 하나씩 배우면서 무대에 설 수 있는 정도까지 됐어요.

아무래도 아이돌 바깥에서는 더 나이가 많은 선배분들이 계시니 든든하셨을 것 같아요.

형들을 만날 수 있는 기회가 방송이나 뮤지컬 같은 게 전부라서요. 까마득한 대선배님들이 잘 가르쳐주시고, 그걸 배우면서 저 자신이 또 한 번 성장하고 있다는 걸 느끼고.

원래 공부도 잘하셨잖아요. 다른 연습생들보다 늦게 가수가 된 건데, 어떻게 시작하신 거예요?

사실은 처음부터 가수가 하고 싶었어요. 대학교 때 동아리 축제에 나가서 노래를 불렀는데 그때 기분이 너무 좋았어요. 공부만 하다가 대학교에 들어갔고, 그러다 무대에서 처음 노래를 해본 건데 이상한, 새로운 기분…… 아니, 그냥 좋았어요. 그날의 공기가 어땠는지까지 기억날 정도로요. 어차피 한 번뿐인 인생인데 언제 해보겠나 싶어서 스물한 살때 본격적으로 오디션을 보러 다니기 시작했어요.

스물한 살이면 사실 아이돌 쪽에서는 늦은 나이인데, 큰 도전이었다고 생각해요.

그렇게 마음을 먹은 게 인생에서 굉장히 큰 전환점이 된 것 같아요. 솔직히 저는 인문계 고등학교에서 공부만 하다가 완전히 다른 세상에 뛰어든 거라 연습생 문화에 대해서 하나도 몰랐어요. 그런데 춤과 노래보다 중요한 게 그 친구들의 생활 방식과 그들 사이의 문화를 배우는 거더라고요. 그전까지는 연습생들이 얼마나 힘든지 몰랐어요. 상상 이상으로 힘들게 살고 있는 걸 보고, '나도 무대 한번 하려면 엄청나게 연습해야 하는구나' 그랬죠.

연습생이 되시기 전에는 어떤 학생이었나요?

외동이고, 친가 쪽이 모두 공부를 하신 어른들이에요. 그래서 집안 분위기 자체도 책이 많고, 학교에서 저도 FM 같은 학생이었거든요. 큰 틀을 벗어나지 않는 학생이었어요. 네모가 있으면 그 네모를 채우려고 노력하지, 그 밖으로 나가지 않는 학생. 주변에 잘하는 친구들도 정말 많았기 때문에 지고 싶지 않아서 계속 열심히 살았어요. 가끔 팬분들에게 질문을 받는데, 학창 시절에 최대 일탈이 뭐였냐는 거. (웃음) 없었어요. 시험 끝나고 친구들이랑 노래방 간 게 전부예요.

저는 인성 씨가 그렇게 치열하게 공부를 하신 게 분명히 연습생 생활에도, 가수 생활에도 자산이 됐을 거라고 생각하거든요.

정말 도움을 많이 받았어요. 연습생이 되고 나서 주간 평가를 받고, 월말 평가를 받을 때 '평가'라는 개념에 너무 익숙한 저 자신을 발견했거든요. 뭔가를 배워서 시험을 보는 일에 면역이 생겨 있었던 거죠. 그런 과정을 버틸 수 있는 정신력이 이미 확보된 거예요. 솔직히 얘기하면 춤도 못 추고, 연습생으로 이제 막 들어왔는데 나이도 제일 많고, 들어왔더니 잘생긴 사람은 너무 많고. 한 가지 믿을 건 정신력뿐이었어요. 그래서 다짐했죠. '나는 한국에서 고등학교 3학년을 버텨본 사람이야. 이것도 죽기 살기로 해보자.' 한국에서 고등학교 3학년, 정말 엄청난 거잖아요?

데뷔 당시를 떠올려보면 어떠세요.

소위 '스탯'이라고 하죠. 데뷔 때와 비교해서 지금은 전체적인 '스탯'이 올라갔어요. 데뷔 당시 모습은 정말 부끄러워서 못 볼 정도예요. 지금도 부끄러울 때가 많은데, 그때를 떠올리면 어떻게 저를 이렇게 만들어주셨나 싶을 정도로 민망해요. 예를 들면 모든 '스탯'이 0.1에 머물러 있는 느낌?

경험이 그만큼 쌓이면서 '스탯'도 올라간 거죠.

학교 다닐 때 음악 방송을 보면서 멋있다는 생각만 했거든요. 뒤에서 리허설을 하고, 안무를 연습하고, 멘트를 맞춰보고, 수많은 스태프들과 이야기를 나누는 것까지는 보통 사람들이 잘 모르잖아요. 저도 그랬어요. 그러다가 SF9이 돼서 현장에 뛰어들어보니까 마음에 확 와닿더라고요. 음악 방송에 출연하기 전부터 회사분들과 이야기도 해야 하고, 애들끼리 소통도 해야 하고, 감독님들과 이야기도 해야 하고……. 그런 것들을 다 겪어나가다 보니까 레벨 업을 한 게 아닐까 싶어요.

팀이라는 게 더더욱이나 쉬운 일이 아니고요.

공부는 어떻게 보면 혼자서 목표치를 향해 도달해가는 일이잖아
요. 이건 아홉 명의 친구들이 있고, 우리가 모여서 도달해야 하는 공
동의 목표가 있는 일인 거예요. 무려 생각하는 것도 다 다르고, 나이도
다 다른 사람들끼리. 예를 들어서 국어 공부를 할 때 '오늘은 1단원까
지만 하고 돌아와서 복습한 다음에 자야겠다' 그러잖아요. 그런데 여기
서는 "그래도 2단원까지 하는 게 좋지 않을까?" 어떤 친구가 그래요. 그
럼 옆에서 "1단원 한두 번이면 될 것 같아" 하는 거죠. 이런 의견 차이
가 있다 보니까 그것들을 조율해가는 게 중요해요. 덕분에 서로 맞춰가
고, 호흡해나가는 방법을 배웠어요.

**가수를 하시면서 꼭 할 줄 알아야 한다고 생각하게 된 일은 무엇이
었나요.**

괜찮은 단어로 압축시키고 싶은데 잘 생각이 안 나네요. (웃음) 나
를 보여줘야 할 때 보여줘야 한다는, 당당해야 한다는 거요. 자신감이
라고도 할 수 있는데 그것보다 더 넓은 개념이에요. 항상 우리는 무언
가를 보여드리기 위해 준비하는데, 정작 그걸 많은 스태프분들이 계시
는 앞에서 선보여야 한다는 생각을 못 하고 준비만 열심히 하던 시절
이 있었죠. 막상 현장에 가니까 많은 카메라와 스태프분들 앞에서 눈치
가 보이고 말이 안 나오는 거예요. 나 자신을 진짜 끊임없이, 어떤 상황
에서도 기죽지 않게 트레이닝을 해봐야 한다는 걸 느꼈어요. 나를 보여
줘야 하는 순간에 기죽지 않게 끊임없이 나를 갈고닦아봐야 하는구나.
어디 나가서 노래 한 소절을 부르는 것도, 아주 간단한 멘트 하나를 하

는 것도 준비가 되어 있지 않으면 안 되는 거예요. '이 정도 했으면 나가서 충분히 안 떨고 잘하겠지' 싶어도 몇십 배는 더 해야 안 떨고 제대로 해낼 수 있더라고요.

인성 씨, 눈이 반짝거려요.

진짜, 책상 앞에만 앉아 있었으면 절대 깨닫지 못했을 거예요. 이렇게 인터뷰를 할 때도, 예능 프로그램에 나가게 될 때도 마찬가지예요.

혹시 특별히 마음에 새기고 있는 말이 있으신가요?

하나, 딱 하나만 기억에 남을 만한 말을 하고 오자. 라디오에 나가서 개인기를 하나 하더라도 한 번은 웃기고 오자. 예전에는 그냥 "나 진짜 열심히 해야지!" 이런 마음으로 갔어요. 지금은 달라요. "하나는 보여주고 오자." 열심히 해야 한다는 생각만 하고 가잖아요? 그러면 하고 올 수 있는 게 의외로 없더라고요. 열심히 손뼉 치다 오고, 소리 지르다 오는 거예요. 요즘처럼 잘하시는 분들이 이렇게 많을 때, 그 사이에서 기억에 남으려면 열심히 내 걸 보여주고 와야만 해요.

혹시 이 인터뷰도 철저한 계획하에⋯⋯. (웃음)

아니에요! 말은요, 준비를 많이 해오면 오히려 꼬이더라고요. (웃음)

그럼 '아, 이거 참 꼬였다' 싶었을 때, 힘드셨을 때 이야기도 들어보고 싶어요.

이제 시간이 어느 정도 지나서 할 수 있는 이야기인데요. 음악 방송을 하다가 정말 심각하게 목이 안 나왔던 적이 있어요. 신인이어서 노래를 하면서 춤을 추는 게 익숙하지 않은 시절이었는데, 그래도 잘해야 하잖아요. 프로니까. 그런데 그 활동을 완전히 망쳤어요. 가수로서 안 좋은 모습을 너무 많이 보인 활동이었죠. 방송국에서 혼났을 정도였고. 그때가 가장 발전해야겠다고 느낀 순간이었는데, 결국 끝나고 슬럼프가 왔어요. 나는 보여줄 수 있다고 생각했는데 형편없는 실력이었구나……. 이후로 노래 연습을 전보다 더 열심히 했어요. 춤추면서 노래 부르는 연습도 훨씬 열심히 하고요.

아무래도 활동기에는 연습할 시간이 없다 보니까 약점을 들킬 확률이 높죠.

그러니까요. 저는 몰랐어요. '하려면 할 수 있겠지'라는 마음만 먹고 활동을 시작했는데, 자기가 노력하지 않는 이상 개인적으로 연습할 시간이 없더라고요. 그때가 가수 생활을 하면서 처음으로 많이 좌절했던 시기고, 동시에 "적당히"라는 말이 통하지 않는다는 것도 많이 느낀 시기로 남았어요.

인성 씨는 어떤 단어를 생각할 때 가슴이 뛰시나요?

도전 정신이요. 팬분들이 저에게 많이 물어보시는 것 중 하나이기도 한데요. 저요, 생각보다 되게 다양하게 살았더라고요. 공부도 했었고, 심지어 더 좋은 학교에 가고 싶어서 반수도 했어요. 결과가 좀 안좋기는 했지만. (웃음) 그러다 가수가 되고, 여기 와서 연기도, 예능도, 라디오도 해보고. 믿을 구석은 하나도 없는데 패기가 있었어요. 뭐 1등인 건 하나도 없는데!

1등이 아니라서 좌절하지 않으셨던 게 인성 씨를 여기까지 데리고 와준 힘 아닐까요.

1등이 아니어도 괜찮아요. 그 이유로 힘들어하고, 좌절하고, 미래를 미궁 속으로 빠뜨려버렸다면……. 결국에 나를 신경 써줄 사람은 나밖에 없다는 게 1등보다 중요한 것 같아요. 노래가 너무 어렵다고 해서 회사에 "노래 못 하겠어요" 해도 결국 그 노래는 제가 해야 해요. "엄마, 너무 힘들어" 그래도 엄마가 대신 노래를 불러주실 수는 없는 일인 거예요. 어찌 됐든 내가 극복해야 하는 거죠.

아까 말씀하셨던 슬럼프도 그렇게 도전에 도전을 거듭하는 식으로 극복하셨을 것 같네요. 맞나요?

그렇죠. 제가 어떤 선택을 했냐면, 방송 외에도 행사가 몇 개 있었거든요. 거기까지 모두 라이브로 하겠다고 했어요. 방송 나가서, 행사 가서 노래를 많이 하겠다고요. 부딪혀서 내 한계를 부수겠다고 했어요. 처음에는 앞에 관객 열 분 보고 노래하는데도 떨리더라고요. 한 번 실패한 경험이 있으니까. 그런데 시간이 지날수록 괜찮아졌어요. '아, 이건 내가 부딪히지 않으면 깨지지 않는구나.' 그때 느꼈죠.

자신의 가장 큰 장점은 무엇인가요.

감정의 스펙트럼이 넓지 않은 사람이에요. 크게 힘들거나 크게 슬퍼하지 않는 사람. 당연히 해야 할 일을 준비하면서 힘든 순간들이 있잖아요. 정신적으로 지칠 수도 있고, 열 번 연습했을 때 열 번 다 혼날 수도 있는데요. 감정적으로 크게 타격을 받지 않아요. 뮤직비디오 촬영을 할 때도 몸은 힘들지만 정신적으로 지치지는 않는 거죠. 저보다 노래 잘하는 분, 춤 잘 추는 분들 너무 많잖아요. 그래도 기본적으로 '어떻게든 할 수는 있지 않나? 할 수 있지' 이런 마음을 가질 수 있는 성격이라 다행인 것 같아요. 어떤 도전이든 힘들지만, 할 수 있기 때문에 감정적인 동요가 별로 없어요. 그러니까 다 해보고 싶어요. 다 배워보고 싶어요. 경쟁이요, 해볼 만하다고 생각해요.

그래서 인성 씨가 바쁘실 수밖에 없는 거예요. (웃음)

하지만 '바쁘다'는 표현은 적합하지 않은 것 같아요. 열심히 하는 건 당연하다고 생각하거든요. 처음인 게 많고, 처음부터 잘할 수는 없고, 그러면 열심히 해야 하는 게 맞으니까요. 그러고 있는 와중에 멤버들을 만나서 "나 요즘 바쁘게 이런 거 하고 있어"라고 말하는 게 너무 부끄럽고 싫어요. 다 바쁘게 살고 있는데. '대한민국 애교 1등' 같이 농담 섞인 허세는 부릴 수 있지만. (웃음) "바빠요"라는 말은, 제가 연예계에서 활동하는 동안 결코 하지 않을 거예요. 어디 가도 저는 실력으로나 나이로나 막내에 가까워요. 그런 사람이 어떻게 바쁘다고 말해요.

인성 씨, 단호한 편이시기는 한데 은근히 재미있는 성격이에요.

원하시면 아주 웃긴 인터뷰로 갈 수도 있어요.

그건 안 돼요. 거절할게요.
아쉽네요. 다 같이 행복한 게 좋은데!

"지금 이 인터뷰를 읽는 분들은 다 행복하실 거예요." 당시에는 "지금
도 행복해요" 정도의 말로 웃어넘긴 상황이었지만, 다시 인성을 만난다
면 해주고 싶은 말이다. 아이돌이 무대를 만들기 위해 어떤 고민을 하
는지, 나아가 그 고민이 쾌감으로 바뀌는 순간은 언제인지 말해주는 인
성의 태도는 또래보다 조금 더 성숙한 청년의 것이었다. 팀과 자신의 미
래를 끔찍이도 사랑하는 모습에 나도 모르게 기분 좋은 미소를 지었다.
모든 일을 즐겁게 배워나갈 그의 앞날을 응원한다.

나는 나의
영원한 경쟁자다.

SF9 인성 ♥

22

〔미아 파밀리아〕, 〔최후진술〕, 〔그림자를 판 사나이〕, 〔비스티〕, 〔배니싱〕, 〔리틀잭〕, 〔알렉산더〕, 〔문스토리〕 등에 출연했다. 성악을 전공했고, 덕분에 무대 위에서 다양한 소리를 들려줄 수 있는 배우. 쉬지 않고 끊임없이 작품을 하고 있지만, 그 이유를 "남들이 쉴 때 나는 많이 쉬었으니까"라며 외로웠던 시기라고 말하는 배우. 아무도 찾아주지 않던 때를 떠올리며, 겸손함을 기억하려고 하는 배우.

배우
박규원

"겸손하라고, 늘 겸손하라고,

정말 겸손하라고."

중간에 배우를 그만두려고 하셨고, 그러다 다시 시작하셨고요.

그때는 정말 안 될 것 같았거든요. 처음에 〔최후진술〕 연출님께서 제안하셨을 때도 사실 거절했었어요. 한 번 더 한다고 뭔가 달라질 것 같지 않았고, 그래서 그만하려고 했죠. 나이는 점점 먹고 있었고, 평범하게 가정도 꾸리고 싶었고요. 그런데 연출님께서 "마지막이라고 생각하고 한 번만 해보자"고 하시더라고요. 그러면서 하셨던 말씀이, "너 한 번 뜨는 거 보고 내가 은퇴해야 하지 않겠냐." (웃음)

연극, 뮤지컬 배우들 사이에서 '뜬다'의 기준은 무엇인가요?

그때 당시의 기준은 한 번이라도 공연을 더 하는 거였어요. 계속 공연을 할 수 있다는 것, 소위 말하는 캐스팅 보드에 올라가는 거요. 어떤 작품이 올라올 때 콜이 들어온다는 것, 그게 판단 기준이 아닐까 싶어요.

이제 안정기에 접어든 배우에게서 느껴지는 여유가 있으세요.

안정기까지는 아니라도, 제가 처음에 생각했던 기준으로 따지면 뜬 거죠. 그런데 막상 이렇게 돼보니까 생각이 짧았다 싶어요. 위에는 더 위가 있잖아요. 이게 끝이 아니라는 걸 조금 느끼고 있어요.

배우를 그만두지 않으셔서 다행이네요. 새로운 기회와 깨달음을 얻으셨잖아요.

그만둬야겠다고 생각했을 때는 우리 모두가 겪는, 그런 힘든 순간에 느끼는 평범한 감정들이 저를 지배했던 것 같아요. 하고 싶었던 일이 잘 안 풀리는 거요. 저는 그게 캐스팅이 안 되는 거였는데, 그 상태로 계속 버텼어요. 어쨌든 뮤지컬 배우로서의 꿈을 가지고 있었으니까 계속 버티고 버텼는데, 어느 순간 한계에 맞닥뜨렸던 거죠. 한계에 맞닥뜨렸을 때조차 이겨내려고 버텼는데 그 버티는 상황 자체에도 지쳐버린 거예요. 그전까지는 부족한 게 있어도 발전할 수 있다는 기대감을 안고 살았지만, 그만두기로 결심했을 때는 '아, 여기까지가 내 한계인가 보다' 그랬죠.

말씀하시는 걸 들으면서 굉장히 방어적이기도 하고, 조심스러운 분이라는 생각이 들거든요. 덩달아 저도 좀 조심하게 돼요.

성격은 활발하다고 생각해요. 그런데 나이를 먹으면서 생각이 좀 많아졌어요. 특히나 사람들 앞에서 말할 때는 말조심을 해야 한다는 생각이 항상 지배적이에요. 제가 대단한 사람은 아니라서, 생각하는 것들을 말할 때 신경을 많이 쓰게 돼요. 언제까지 공연을 할 수 있을지는 모르겠지만, 저는 두 번째 기회를 얻은 사람이잖아요. 그래서 그 시간 동안에는 사람들에게 선한 영향력을 끼치다가 잘 마무리하고 싶어요. 저 때문에 누군가가 상처를 받지는 않았으면 좋겠죠. 제가 착해 보인다고 말하는 분들이 계시는데, 저라고 항상 착하게 살았겠어요? (웃음) 그걸 공연에서 좋은 모습을 보여드리는 걸로 갚아야죠. 좋은 사람이 되려고 노력하면서요.

지금 막 인터뷰를 시작했는데, 끝을 내신 것 같은 느낌이⋯⋯. (웃음)

음, 사실 좋은 사람에 대해 생각을 많이 해요. 저는 개인주의 성향이 아주 강한 사람인데요. 밥도 혼자 먹는 걸 좋아하고, 혼자 어디 다니는 것도 좋아하고요. 그런데 종종 개인주의자들이 "나는 이기주의자와 다르다. 남들에게 피해를 주지 않는다"고 말하잖아요. 그 말을 경계하려고 노력하고 있어요. 실제 제 모습이 어떨지언정 남들에게 보이는, 남들을 대하는 내 모습은 조심스러워야 한다고요. 이것도 연기예요. 제가 지금 좋은 사람이라는 게 아니고, 내가 생각한 좋은 사람을 연기하다 보면 어느 순간 나도 모르게 좋은 사람이 되어 있지 않을까 싶죠.

배우를 하면서 가장 경계하시는 건 뭐예요?

착각하는 거요. 제가 착각하는 것도 싫고, 남이 내가 어떠한 착각을 하고 있다고 짐작하는 것도 싫어요. 제가 싫어하는 말 중에 "너 그렇게 생각하잖아"가 있거든요. 배우를 하면서 제가 잘났다고 생각하지도 않고, 어릴 때부터 완벽주의 성향 때문에 생긴 외모 콤플렉스가 여전히 있어서 지금도 생김새에 자신이 없거든요. 제가 성악과를 나와서 뮤지컬 배우를 제안받고 '에이, 내가 무슨?'이라고 생각했던 마지막 이유가 바로 외모였어요. 제 이름 앞에 배우라는 말이 붙을 만큼의 외모를 가졌다고 생각하지 않았기 때문이었죠.

칭찬에 별로 익숙한 타입이 아니신 거네요.

진짜로 아니에요. 지금은 그래도 시대가 변해서 저 같은 외모도 밸런스가 맞는다고, 괜찮다고 해주시잖아요. 사실 외모 콤플렉스가 한창 심했을 때는 성형외과에 정말 많이 찾아갔어요. 그런데 선생님들이 다들 제가 생각한 만큼 드라마틱한 변화가 일어나지는 않을 거라고 하셨죠. 얼굴의 이목구비 조합이 제 식대로 맞춰져 있다고요. 의외였던 순간이기는 했어요. 무조건 수술을 하라고 하실 줄 알았거든요. 당시가 뮤지컬을 처음 시작했던 때였는데, 지금은 수술하지 않은 게 다행이라고 생각해요. 결과적으로 어려 보이는 얼굴이라는 이야기를 많이 듣는 게 그래서인 것 같아서. (웃음)

"잘생겼다"가 가장 꺼리는 칭찬이시겠어요.

정말 그렇게 생각하지 않으니까요. 그런데 신기해요. 나는 변한 게 없는데, 어느 날부터 사람들이 잘생겼다는 칭찬을 해주고, 그 얘기를 듣고 좋아하는 제가 보였고. 다만 [비스티]의 주노를 맡았을 때는 그 작품에서 말하는 캐릭터가 내 느낌이 아니지 않았나 싶긴 했어요. 여전히 그렇게 생각하고 있고요. 그래서 저 스스로 생각하는 기준을 바꾸기로 했어요. 어차피 예전에 그 역할을 맡았던 배우 선배들의 피지컬이나 외모를 따라갈 수는 없다, 그러면 다른 '에이스'를 생각해보자. 그러다 보니 다정한 남자를 좋아하는 사람들이 많다는 결론에 다다랐고, 그렇게 보일 수 있는 디테일들이 뭐가 있을지 생각했어요. 그때 많은 분들이 그러시더라고요. "없던 주노가 나타났다!"

그건 좋은 평가잖아요. 새로운 규원 씨만의 캐릭터가 만들어졌다는 거니까요.

음, 저는 좀 두려웠어요. (웃음) 제가 의도한 분위기로 해석했지만, 사람들이 받아들일지 못 받아들일지 두려웠거든요. 역시나 못 받아들이신 분들이 대부분이었던 것 같고요.

이야기를 듣다 보니 결핍, 열등감 같은 키워드가 규원 씨를 강하게 붙들고 있다는 생각이 들어요.

맞아요. 늘 스스로를 설득하는 과정이 필요해요. 인정할 건 인정하자는 주의죠. 제가 갖고 있던 실력적인 한계가 여기라는 생각이 들었고, 어린 느낌을 가진 사람으로 맡을 수 있는 역할은 한정돼 있고, 예를 들어 왕자님 역할을 맡으려면 잘생겨야 하는데 그렇진 않으니까. 그런 식으로 설득해서 배우를 그만두려고 했던 거죠. 제가 어릴 때부터 이거 하나는 확실했어요. 할 거면 빨리하자.

그래서 포기도 빠르셨던 거네요.

포기할 거면, 한시라도 빨리. 그래야 다음 인생을 살 수 있으니까요. 신기하게 성격이 계획적이지는 않은데, 어떤 일을 하든 근거가 필요해서 그 근거를 항상 생각해요. 되게 즉흥적으로 행동하더라도 즉흥적인 행동을 하기 위한 근거가 늘 필요한 거죠. 처음에 제가 타이틀 롤을 맡은 작품이 끝나고 나서는 "쟤 연기 정말 못한다"에 이어서 "쟤 성악과 출신 맞냐"는 이야기까지 나왔었거든요. 그중에서도 노래 못한다는 이야기가 타격이 컸어요. 교정 이후에 발음이 안 좋아졌는데, 그게 스스로도 납득이 되니까 힘들었고요.

왜 그런 부정적인 평가가 나왔던 건지도 스스로 생각해보셨겠네요.

그때의 제가 생각했던 기준이 좀 달랐던 거예요. 처음에 뮤지컬에 도전했을 때는 일단 노래가 우선이었고 연기는 두 번째였어요. 제가 연기를 처음 해본 게 오페라였고, 오페라는 감정보다 인물의 상태만 보이게 감정을 실은 노래의 질이 중요했거든요. 실제로 울면 울지 말라고 그랬어요. 울면 호흡이 흐트러지니까. 그런데 뮤지컬은 노래를 못 하는 한이 있어도 울어야 하는 거예요. 그러고 나서 뮤지컬을 시작했으니까 저는 '눈물이 난다고 해서 노래를 못 하면 안 돼'라고 생각했던 건데, 그 생각이 이제는 많이 바뀌었죠. 지금은 오히려 노래가 별로 중요하지 않아요. 내가 무대에서 어떤 감정으로 어떻게 표현하는지가 중요하지.

이런 과정을 거쳐서 지금의 박규원이라는 배우가 완성된 거네요.

완성은 모르겠습니다. (웃음) 아무튼, 살짝 내려놓긴 했어요.

무엇을요?

자존심을요. 제가 완벽주의자 성향이 되게 강하다고 그랬잖아요. 바꿔 말하면 자존심이 세다는 뜻인데, 맞는 얘기거든요. 남들이 나를 부정적으로 보는 걸 잘 못 견디는 거예요. 이제는 아예 안 보는 쪽을 택하면서 더 편해지기도 했고요. 게다가 예전에 비해서 저를 응원해주시는 분들이 많이 생겼고, 감사하죠. 그런데 스스로의 입장에서 봤을 때 달라진 건 딱 하나예요. 그때는 여유가 없었고, 지금은 여유가 생겼고. 오랫동안 공연을 참 여유 없이 했어요. 이제는 예전에 비해서 조금 덜 떨어요. 그 차이죠.

뮤지컬을 늦게 시작했다고 스스로 생각하셨던 게 마음 상태에 영향을 많이 끼친 것 같아요.

제가 서른다섯에 예그린뮤지컬어워드 신인상 후보에 올랐는데요.

사실 그때면 남들은 주연상을 받아도 이상하지 않을 나이거든요. 처음에는 이게 너무 이상했어요. 그런데 나중에 생각해보니까 누군가에게는 희망이 될 수 있겠다는 생각이 들더라고요. 내가 상을 받고 안 받고의 문제가 아니라, 늦은 나이에 뮤지컬을 시작한 사람들 대부분이 저 같은 고민을 할 거란 말이에요. '이제 그만해야 되나?' 그 질문을 스스로에게 끊임없이 던질 텐데 서른다섯 살의 신인상 후보가 있으니까요. 신인상 자체가 그때부터 시작을 의미하는 거잖아요. 늦지 않았다는 이야기를 단편적으로나마 제가 보여줄 수 있지 않나 싶었어요. 이 에피소드는 예전보다 지금 더 저 자신에게 의미가 생겼어요. 덕분에 동생들, 후배들에게도 이제는 떳떳하게 말할 수 있게 됐어요. 겸손하라고, 늘 겸손하라고, 정말 겸손하라고요.

그런데, 규원 씨. 사실 상처를 다시 헤집는 이야기인데 아무렇지 않게 꺼내셔서 놀랐어요.

지나간 이야기니까요. (웃음) 그때는 잠을 못 잤는데……. 지금도 사실 무서워요. 제가 실수를 해서 일이 끊길까 걱정도 많이 하고요. 일이 없었던 시간이 길기 때문에 그걸 가장 두려워해요. 처음 뮤지컬을 시작한 때를 돌이켜 보면 이제 10년이 됐거든요. 하지만 8년 동안 한 공연이 열 개가 안 됐어요. 여섯 개, 일곱 개? 그런데 근 3년 동안 거의 스무 개의 작품을 했죠.

요즘도 쉬지를 않으시더라고요.

많이 쉬었잖아요. 여태까지 쉬었는데 뭘 또 쉬어요. 남들이 일할 때 저는 쉬었으니까 지금은 굳이 쉴 이유가 없죠.

"인터뷰에서 더 할 얘기가 없다고 생각했어요." 천천히 스튜디오로 들어선 그를 보며 어떤 이야기를 나누면 좋을지 안색을 살피는 나에게 그가 말했다. 그리고 이야기를 한창 나누던 도중, 그는 웃었다. "얘기할 게 없을 줄 알았는데, 그래도 있네요." 나는 대답했다. "이미 알려진 이야기라도 괜찮아요. 읽는 사람이 더 많아질 테니까." 그 말에 고개를 끄덕이며 다시 이야기를 이어나가는 그의 모습이 성실하게 자기를 연구해온 사람의 태도라 좋았다. 그런 사람은 언제나 새로운 인상을 준다는 것을 본인만 모르는 건 아닌지.

저 마다의
인생
Bravo!!

감성배우 박규원

23

네덜란드와 영국 웨스트엔드에서 공연을 하다 한국으로 넘어와 작품 활동을 하고 있다. 〔레미제라블〕, 〔노트르담 드 파리〕, 〔아이다〕, 〔렌트〕 등에 출연했고, 하는 작품에서마다 전혀 다른 모습을 보여주며 호평을 받았다. 교포 3세라는 정체성이 그를 이만큼 자유롭게 움직이는 배우로 만들어주었고, 이제는 그 영역을 더 넓혀갈 일만 남았다. 다채로운 사람, 이 한마디가 매우 잘 어울리는 예술가 전나영의 이야기다.

배우
전나영

"나를

지켜줘야 해요."

2020년에 〔아이다〕, 〔렌트〕 등 굵직굵직한 작품들을 끝내셨어요. 그 후로 어떻게 시간을 보내고 계세요?

할머니 댁에 머물면서 나 자신에 대한 생각을 많이 했어요. 예전에 〔레미제라블〕 공연을 하던 날 네덜란드에서 할아버지가 돌아가셨는데요. 그때 소속사 대표님이 그러셨어요. 돌고 돌아서 널 보러 오신 거라고. 그 말씀을 듣고 나니 인생에도 어떤 흐름이 있다는 생각이 들었어요. 삶이라는 게 돌고 도는 것 같다는.

나영 씨가 영국 웨스트엔드에서 한국으로 오시게 된 건 어떤 계기 때문인가요.

한국에서 공연하는 게 저한테는 깊은 의미가 있어요. 어릴 때 집 안은 한국적인 분위기였지만, 집 밖으로 나가면 한국 친구가 거의 없었거든요. 그래서 저는 엄마, 아빠, 할머니, 할아버지께서 살아오신 그곳이 어떤 곳인지 궁금했어요. 그리고 네 살 때 〈서편제〉를 보고 판소리를 들으면서 서양 음악을 들었을 때는 못 느꼈던 감정, 그런 벅찬 감정이 차오르면서 '한국이 너무 궁금해. 찾아가야겠어'라고 생각했었죠.

네 살 때요?

진짜 신기하죠? 지금 지나가다가 네 살, 다섯 살짜리 꼬마 아이를 보면 어떻게 내가 저 나이대에 〈서편제〉를 보고 그런 감동을 받을 수 있었나 싶어요. 그러다가 2011년에 처음으로 혼자 한국에 여행을 왔어요. 그냥 궁금했죠. 내가 한국에 와서 한 명의 성인으로서, 여성으로서 어떤 느낌일지가. 그래서 외국인들이 좋아하는 템플 스테이도 하고 (웃음), 경주의 골굴사라는 절에서 스님들과 같이 선무도를 수행하면서 명상도 하고……. 그때가 뮤지컬과 3학년 때였는데, 한국 여행을 끝내고 돌아가서 나 자신을 돌아보는 방법에 대해 더 많이 알게 된 것 같아요. 원래 감정적인 사람이라 감정을 다스리고 앉아서 나 자신을 살펴보는 것에 관심이 많았는데, 골굴사에서 처음 그걸 경험하고 난 뒤로 더 차분해졌고, 스스로에게 무게감이 생겼다는 게 느껴졌어요. 그 깨달음을 말로 정확히 표현하고 싶은데, 무척 어렵네요.

나를 바꿔주는 수행이 나영 씨가 배우로 성장하는 데에도 큰 영향을 끼쳤겠어요.

배우는 무대 위에서 제대로 연기하는 것이 가장 중요하잖아요. 그것은 당연히 첫째인데, 그 일을 해낼 수 있게 나 자신을 다스릴 수 있어야 하더라고요. 몸 상태도 좋아야 하지만, 마음과 정신도 맑아야 한다는 거죠. 그런 것들이 생각보다 훨씬 더 중요하다는 걸 절에서 배웠고, 그 배움의 시간이 배우로서의 중요한 전환점을 만들어준 것 같아요. 특히 외국에서는 원 캐스트로 일주일에 공연을 여덟 번 하는데요. 일주일 동안 여덟 번씩 똑같은 작품을 하면 저는 그 안에 감정적으로 빨려 들어가기가 쉽더라고요. 특히 〔레미제라블〕이나 〔미스 사이공〕이 그랬어요. 극장 밖, 무대 아래를 나와서 집에 온 뒤에도 그 무거운 감정을 떨쳐버리기가 어려웠어요. 정신 수련이 그 감정을 조절할 수 있게 많은 도움을 줬죠.

이제 한국에서 하신 작품들도 늘어나고 있는데, 어떤 언어로 연기할 때 가장 편하세요?

사실은 잘 모르겠어요. (웃음) 네덜란드어가 가장 편하기는 하지만 영어도 편해요. 연기할 때는 무슨 언어로 하든 되게 어려운 것 같고, 대본이 오면 그 대본이 네덜란드어인지 영어인지 한국어인지를 떠나서 언어를 다시 배우고 새로운 연습을 해야 하는 것 같아요.

(아이다)는 어떠셨어요?

공연할 때도 그렇고, 연습할 때 이걸 해낼 수 있을지 조금 두려워지면 오디션 때 생각을 했거든요. 그때는 저를 도와주는 사람이 거의 없었고, 받아 든 대본만 혼자 열심히 공부했었어요. 그런데 정작 오디션 다음부터 스스로에게 너무 큰 부담을 준 것 같아요. 잘해야지, 잘해야지…… 오디션 볼 때 벌써 충분히 잘했던 건데도요. 막상 무대에 서야 한다는 부담감이 불안과 압박을 준 것 같죠. 주변에서 연습 많이 하라고 해주신 조언들에 저도 모르게 부담을 느꼈던 것 같고.

원래 성격은 어떠세요? 주변에서 연습하라고 압박하면 더 많이 하는 성격이신가요?

아무래도 더 하긴 하죠. (웃음) 그런데 압박을 받으면서 연습하는 것과 제가 책임감을 느껴서 자연스럽게 연습하는 것은 질이 완전히 달라요. 결과물도 압박감 없이 한 게 더 잘 나오거든요. 예를 들어 다섯 시간 연습하는 것과 5일 연습하는 것 중에 5일 연습하는 게 더 나아 보이지만, 꼭 그런 건 아니라는 거예요.

맡은 역할과 나 자신이 딱 맞아떨어진다고 느꼈을 때 어떤 느낌을 받으세요.

너무 행복해요. 너무 신나고, 그냥 내가 하는 게 아니고 자연스럽게, 뭐랄까……. 그냥 내가 그 사람 자체가 되는 거예요. 그게 너무 재미난 것 같아요. 노래하는 것도 그렇고. 작곡가들도 그러잖아요. 진짜 좋은 곡은 며칠 동안 작곡한 게 아니고 10분 안에 다 나온다고요. 그게 내가 뭘 열심히 해서 되는 게 아니고, 어느 순간에 채널링(Channeling)이 돼서 내가 아닌 뭔가가 무대에 서 있는 느낌이에요. 그 순간을 위해서 연습을 하는 거고요.

채널링을 한국어로 가장 잘 설명해주실 분이 나영 씨일 것 같은데.

(웃음)

제가 아이다의 소울(Soul)과 연결되는 것만이 아니고, 누군가 생각했을 때는 신, 아니면 나를 키워주신 할머니, 할아버지 아니면, 이제는 보이지 않고 살아 계시지 않은 나의 조상들까지 연결되는 그런 정신적으로 신비로운 느낌이에요. 모든 존재가 "이건 맞다!"라고 외쳐주는 그 느낌이요. 무슨 뜻인지 느낌이 오시죠?

네, 훨씬 잘 이해돼요. 저는 배우는 아니지만, 글을 쓰면서 그런 기분을 느낄 때가 있거든요.

맞아요. 그 느낌이에요. 단순히 영혼을 얘기하는 게 아니라, 그 이상의 아름다운 뭔가가 있어요.

아이다 역을 하시면서 나영 씨를 가장 강하게 감쌌던 느낌이 무엇이었나요.

슬픔이었어요. 그동안 슬픈 역할을 많이 했지만, [아이다]처럼 공연할 때마다 눈물이 막 쏟아지는 작품은 없었어요. 가장 마음에 강하게 남아 있는 장면이 있어요. 마지막에 아이다가 죽는 장면인데요. 라다메스와 무덤에 갇히고, 연출을 통해 그 공간이 계속 작아지는 게 그려지는 장면……. 그게 왜 그렇게 와닿는지. 그렇게 강하고 주체적으로 현실에 저항하던 여성이 결국 라다메스와 맞이한 세상 앞에서는 그 벽을 완전히 무너뜨린 거잖아요. 아이다가 세우고 있던 벽이 단단하고 높았던 만큼 완전히 마음의 문이 열렸던 그 순간이 저에게 제일 와닿았던 것 같아요. '내가 믿을 수 있는 누군가가 생겼다'라는 생각과 함께.

실제로도 사랑을 중요하게 여기는 편이신가요.

어떤 사랑이요? 사랑에도 엄청나게 많은 종류가 있잖아요.

어느 것이든.

사랑은 전부예요.

저는 그 여러 가지 사랑을 아울러서 가장 괴짜 같은 사랑을 품고 있었던 인물이 [렌트]의 모린이었다고 생각해요.

그래서 'Over The Moon'을 할 때마다 아주 재미있었어요. 내가 한국 무대에서 이런 식으로 내 안의 모든 걸 꺼낼 수 있구나! (웃음)

그렇죠. 무려 한국 무대에서!

그게 너무나 재밌었고요. 사실은 일상에서도 크레이지한 걸 좋아하거든요. 친구들이 저에게 "이제 좀 그만해"라고 하는 성격인데, 그걸 무대 위에서 보여줄 수 있으니 너무 신났어요. 완전히 하늘을 나는 느낌.

'Over The Moon'에서 어떤 대사를 좋아하셨나요?

'Over The Moon'을 하면서 제가 베니를 따라 하잖아요? 베니가 이러이러하게 이야기했다고 하는 그 대목. 저 그거 할 때 너무 재밌었어요. 내가 베니가 되고, 베니를 따라 하면서 베니에 대한 증오가 너무나 커져서요. 베니는 계속 자신의 친구들에게 "너희들 이렇게 해서 뭐하냐"고 못되게 말하잖아요. 연습할 때 연출님께서 뭐라고 하셨냐면요. "미운 오리 새끼는 커서 백조가 되지 않아" 이러시는 거예요. 그러고는 연출님이 이 한마디로 저를 일깨워주셨어요. "베니가 그 이야기를 네 할머니에게 한다고 생각해봐."

강렬한 조언이었네요.

연세가 많으신, 아주 자그마한 한국 할머니께서 네덜란드라는 먼 나라에 가서 무척 힘드셨을 것 아니에요. 그 작은 할머니를 존경하지 않고 인종 차별을 하며 내려다보는 시선을 유지하는 사람들도 많았을 거고요. 베니 같은 사람이 저희 할머니 같은 사람을 얼마나 구박했을까요? 그런 생각을 하면서 모린은 더 화가 나는 거예요!

1막의 마지막 신에 등장하기까지 이렇게 감정을 만드셨군요.

공연을 시작할 때마다 50분 동안 저는 기다려야 하잖아요. 그때처럼 그렇게 두렵고 떨린 적이 없었어요. 모든 사람들은 벌써 다 공연을 하고 있는데, 나는 혼자서 숨을 고르고 있고. 뒤에서 베니 역을 맡았던 (임)정모를 괴롭히고 있었어요. (웃음) 그런데 정말로 [렌트]라는 작품은 배우들 모두를 인간적으로 성장하게 만들어준 공연이었던 것 같아요.

무대 위에서 얼마나 행복해하시는지 얼굴에 다 드러나요.

그때가 너무 좋아요. 갑자기 [아이다]의 'Easy as Life'가 왜 이렇게 생각나는지 모르겠지만, 그 곡을 부를 때마다 저는 진심으로 행복했어요. 아이다가 굉장히 용감하다고 생각했고, [아이다]를 하면서 제가 얼마나 용감한 사람인지 배운 것 같아요. 'Easy as Life'에서 아이다는 자신이 상상할 수 있는 제일 어려운 일을 "나는 할 수 있다", "그건 쉬운 일이다"라고 말하잖아요. 그게 저한테는 그만큼 제가 사람으로서, 배우 전나영으로서 나 자신을 믿을 수 있다는 뜻으로 다가왔어요.

나영 씨는 해외에서 연기를 하시다가 온 분이잖아요. 한국과 차이가 큰가요.

아주 커요. 첫째로는 상황이 너무 다른 게, 뮤지컬을 할 때 외국에서는 일주일에 여덟 번 무대에 오르기 때문에 한국에서 하는 자기 관리와는 그 개념이 달라요. 그리고 공연을 매일 하면서도 그 공연을 기계적으로 하지 않도록 엄청나게 신경을 써야 해요. 그게 제일 어려운 것 같아요.

예술가를 대하는 시선도 다른가요.

음, 뮤지컬 배우를 바라보는 시선이 아주 다른 것 같아요. 외국에서는 뮤지컬 배우를 예술가라고 하지 않아요. 거기서는 공연이 시작되고 나면 기계의 온(ON) 버튼을 켜서 1년 내내 그걸 하는 거거든요. 공연이 연장되면 2년에서 4년씩 하는 사람들도 있어요. 예술보다는 기술이 더 중요할 수 있다는 거죠. 그래서 무대 아래에 있을 때만큼은 예술가로서의 기질을 더 채우고 싶었던 것 같아요.

그러기 위해서 무엇을 하셨나요.

사람들을 많이 만났어요. 영감을 줄 수 있는 사람들을 많이 만나고, 그들도 예술가면 같이 작업을 했죠. 화려한 웨스트엔드 무대에 서기 위해서 저는 작은 공원에서 기타를 치며 잼(Jam)을 해야 했어요. 누군가는 웨스트엔드 무대에 서기 위해 집에서 차 마시고, 뜨개질하고. 무슨 뜻인지 아시겠죠? (웃음) 사실 외국에서 1년 동안 일주일에 여덟 번씩 했던 공연과 한국에서 6개월 동안 일주일에 서너 번씩 했던 공연을 비교하면 한국에서 했던 공연이 정작 더 잘 기억나요. 훨씬 더 짧은 시간을 했잖아요? 그랬는데도 그 공연의 디테일들이 더 많이 생각나고 가사도 더 많이 생각나고.

정말 흥미로운 이야기예요. 제가 전혀 생각하지 못했던.

전나영이라는 사람이 이 모습을 다 가지고 있는 거예요. 어떤 결과를 위해 뭘 하는 게 아니고, 그 순간에 있는 그대로의 자연스러움을 찾으면서 하는 일들, 예를 들어 잼이나 배낭여행 같은 것들이 정말 큰 도움이 되고 충전의 시간을 만들어줘요.

나영 씨가 중요하게 생각하시는 가치는 뭔가요?

나 자신을 존경하는 거요. 존중하는 거요.

쉬운 일이 아닌데…….

오늘은 쉽지만 내일 갑자기 힘들어질 수 있고, 남에게 아무 의미도 없는 말을 들었는데 그게 갑자기 훅 와닿아서 마음이 흔들릴 수 있고, 사랑하는 사람에게 상처를 줄 때가 있고, 할 수 있는 만큼 안 하고 나 자신을 낮출 때도 있고, 충분히 자랑스러워할 수 있는데 왠지 창피할 때가 있고. 그럴 때 나를 지켜줘야 해요.

사실 나 자신을 사랑하지 않으면 배우든, 기자든, 작가든 하기 어려워요. 그렇죠?

맞아요. 그런데 한국이라는 사회에서 태어나 자란 사람들은 그걸 어려워하는 것 같아요.

분위기가 그래요. 나 자신을 늘 낮춰야 하고.

그래서 외국에 있는 친구들이 무척 고마워요. 아직도 친구들이 전화해서 그래요. "그딴 거 뭐 그렇게 중요하다고. 와서 밥이나 먹어." (웃음)

최근에 받았던 메시지 중에 기억에 남았던 게 있으신가요.

친구가 저를 위해서 선물을 샀는데 제가 그걸 받아서 너무 행운이라고, "I'm so lucky!"라고 했어요. 그랬더니 친구가 그게 아니라는 거예요. "You're deserving." 너는 그저 받을 자격이 있는 사람이야, 그런 뜻이죠. 너무나 큰 사랑이었어요, 그 한마디가.

나영 씨를 나영 씨답게 만들어주는 사람들이 주변에 많네요.

저는 그런 사람들이 제일 소중하다고 생각해요. 나의 완벽함만 보여줄 필요가 없잖아요.

왜 지금처럼 좋은 배우라고 칭찬받으시는지 알겠어요.

왜일까요?

나영 씨가 '그저 자격이 있는 사람'으로 대접받고 계시니까요.

우리 모두가 그 사실을 잊지 않았으면 좋겠어요. 제가 살아 있어서 행복하고, 영감을 갖고 살아가고 있다는 사실 자체로 배우가 된 것처럼요. 그게 죽어가면 무슨 배우예요.

정말로 이 대화에서 따뜻한 위로를 받았어요.

서로가 없으면 우리는 살 수 없어요. 아주 진실한 기도를 할 때 손바닥이 따뜻해지는 걸 느끼는 순간처럼 살아갔으면 해요. 내가 제일 건강하고, 나 자신을 존중해야 다른 사람에게도 더 많은 걸 줄 수 있을 거예요. 연기할 때도 똑같이 진실한 마음으로 나를 존중하고 있어요, 저는.

절에 가서 무술을 배우고, 스스로를 가라앉히는 방법을 익힌 사람의 이
야기는 자신이 중요하게 생각하는 것들에 오롯이 집중된 사랑의 마음
으로 가득 차 있었다. 나에 대한 애정을 느끼게 만들어주는 그와의 대
화에서 처음으로 나는 내가 나를 바라보는 시선에 관해 보다 진지하게
생각해보게 되었다. "You're deserving." 당혹스러움이 묻어나는
내 눈빛을 보고 그가 웃으며 손을 잡아주었다.

'I'm so lucky', she said.
'No my Love. You are deserving.'

♡ 전나영

24

2011년 걸그룹 에이핑크의 「Seven springs of Apink」 앨범으로 데뷔했다. 그 후 솔로 활동을 시작하며 「Dream」, 「공간」, 「혜화(暳花)」, 「Simple」 등을 발표했으며, tvN 드라마 〈응답하라 1997〉에서 명랑한 고등학생 역할로 큰 인기를 끌기도 했다. 뮤지컬 〔그레이트 코멧〕을 통해 7년 만에 다시 무대에도 올랐다. "친구가 많을 것 같은데, 되게 없어요. 의외죠?" 늘 밝은 얼굴로 사람들을 맞이하는 그에게서 질문을 받고 나도 모르게 고개를 끄덕였다. 그가 만든 앨범들에 비밀이 숨어 있을 거란 확신이 섰다.

음악가 겸 배우
에이핑크 정은지

"위를 보면 한도 끝도 없어요.

그렇다고 아래도 없고."

은지 씨의 앨범을 차례로 들으면 한 뼘씩 성장해오신 느낌이에요.

이게 좀 창피한 이야기인데, 처음 앨범을 낼 때는 제 의지가 많이 없었어요. 곡이나 앨범 자체에. 아마 거의 모든 아이돌분들이 그럴 거예요. 본인의 목소리만 들어갈 수 없는 환경에 놓여 있거든요. 대표님의 생각도 있고, 거기에 직원분들도 있고. 어쨌든 상품으로 만들어야 한다는 생각이 있기 때문에 내가 어떤 노래를 하고 싶은지에 대한 의견은 생각보다 많이 들어갈 수가 없어요.

예를 드신다면요?

타이틀곡 때문에 좀 많이 다퉜죠. 아이돌은 평소에 워낙 많은 파트를 나눠서 부르다 보니까 한 곡 전체를 혼자 부를 기회가 별로 없잖아요? 저도 처음에는 솔로를 하고 싶다는 욕심을 내면서 회사와 함께 앨범을 진행했어요. 그런데 생각보다 쉽지 않더라고요. 정작 내가 뭘 하고 싶은지도 정확히 모르겠고요. 그래서 어릴 때부터의 저를 떠올려봤는데, 막연하게 '따뜻한 노래'를 좋아한다는 걸 깨달았어요. 연인 간의 사랑을 얘기하는 노래로는 타이틀을 하고 싶지가 않았죠. 왜냐하면 앞으로도 연인에 관한 노래는 많이 부를 텐데, 그보다도 사람이 느낄 수 있는 따뜻함은 굉장히 여러 가지가 있잖아요. 단순히 연인 간의 사랑만 따뜻하다고 생각하기엔 세상에 따뜻한 게 너무 많아요.

첫 앨범의 제목은 「Dream」이었어요. 따뜻함, 꿈, 소박함 등의 키워드로 설명할 수 있는.

나의 꿈을 얘기한다는 점에서 그 제목이 들어가게 됐어요. 「공간」

이라는 앨범 때까지도 '내가 이렇게 해도 괜찮을까?' 하는 눈치를 많이 봤거든요. 가사를 쓰면서도 '이런 말을 써도 괜찮을까?' 같은 거요. 예를 들어서 사랑 이야기에 대한 가사를 쓸 때, 나중에 "이런 경험은 언제 해봤나요?"라는 질문을 받을 수도 있잖아요. 그러면 멤버들이나 팬들에게 실망을 줄 수도 있으니까. 그런데 다행히 저는 아주 운이 좋게 〈응답하라 1997〉에 출연하면서 이미지를 많이 깬 상태라 잘 넘어갔죠. (웃음) 하지만 저는 그때 굉장히 혼란스러운 시기였어요. '내가 뭘 하고 있는 거지?'라는 생각도 많이 들었고, '내가 하고 있는 게 맞나?'라는 고민도 많이 했고. 그러면서 '서울의 달'이라는 곡을 썼는데, 그게 사람들과 다 같은 하늘 아래인데 너무 외롭다고 느껴져서 나온 곡이에요. 이런 식으로 점차 「혜화(蕙花)」까지 나아갔어요. 그렇지만 계속 앨범 준비를 하면서 느끼는 건데, 아직도 제가 뭘 좋아하는지 모르겠어요. 아직도 모르겠어요.

저는 감히, 조금 알 것 같아요. 은지 씨의 음악에서 풍기는 느낌이 '따뜻함'이라는 키워드로 뭉쳐지는 것 같거든요.

궁극적으로 봤을 때는 따뜻함을 느끼는 게 다 사랑이거든요? 하지만 그게 연인 간의 사랑만은 아니니까요. 제가 딱 좋아하는 게 분명한 건 '따뜻한 것', '위로가 되는 말들'이에요. 그런데 그걸 어떻게 풀지에 대해 아직도 잘 모르겠어요. 내가 어떤 노래를 할 때 제일 즐거운지도 모르겠고. 그냥 노래하는 자체가 좋은데 이제는 작품을 만들어가면서, 내가 잘하면서, 좋아하면서 등등 여러 가지를 생각해야 하니까. 그 바람에 노래가 어느 순간부터는 업처럼 느껴지기도 하고.

가장 힘든 순간에 봉착하셨던…….

「Simple」 작업도 제가 심적으로 안정돼 있지 못할 때 시작한 거였어요. 그러다가 여러 번 밀리는 과정을 겪으면서 안에 들어 있던 수록곡들을 다 버리고 다시 세팅한 거였거든요. 회사 내부적인 이슈도 있었고, 동생들이 데뷔해야 하는 타이밍이기도 했고, 거기에 저도 타이틀곡이 마음에 안 들면 나가고 싶지 않은 거예요. 게다가 돈이 드는 작업이잖아요. 의미 없는 투자는 하고 싶지 않은 거죠. 제가 쓴 곡 외에 곡을 주셨던 몇 분께 양해를 구하고, 다시 시작했죠. 그때가 진짜 시작에 가까웠던 것 같아요.

고민이 깊을수록 답을 찾는 시간은 길어지게 마련인데. 개인적으로는 그랬어요.

맞아요. '뭘 해야 하지?' 그런데 그 고민은 할수록 깊어지잖아요. 내가 그냥 숨을 쉬면 편한데, '내가 왜 숨을 쉬지?'라고 생각하기 시작하면 불편해지는 것처럼. 나 뭐 해야 되지, 어떤 노래를 해야 되지, 라는 생각을 하기 시작하니까 막 너무 어려워서 하나도 못 하겠는 거예요. 그래서 주변 싱어송라이터분들에게 자문을 정말 많이 구했어요. (권)정열 오빠도 저희 작업실에 송캠프 하듯이 기타를 들고 와서 노래도 하고, 인생 얘기도 하고. 그러다 제가 SBS 〈사운드 오브 뮤직-음악의 탄생〉이라는 프로그램을 한 적이 있어요. 음악을 한번 만들어보자는 명분하에 떠난 여행이었는데 숙소를 비롯해서 진짜 열악했어요. 그런데도 되게 좋았던 게, '아, 그냥 이렇게 만들면 되겠구나'라는 걸 많이 느낄 수 있었거든요.

"그냥 이렇게"가 어떤 중요한 과정을 담고 있는 것 같은데요?

제가 선우정아 언니를 굉장히 좋아해요. 언니의 대쪽같은 취향과 단단한 마인드가 놀랍거든요. 그 프로그램을 계기로 언니와 더 친해졌는데, 프로그램의 분위기가 너무 따뜻했어요. 제가 어떤 아이디어를 얘기하면 "와, 좋다! 되게 좋은데?" 이런 식으로 반응해주시는 분들만 있었으니까. 그 생각이 많이 났어요. 기본적으로 음악을 만드는 환경에서는 주변 사람들이 으쌰으쌰 힘을 내게 해주는 게 너무 중요한데, 제가 그전까지는 그런 분위기를 잘 만들어보지 못했던 것 같은 거예요. 혼자서 할 때는 평가만 받기 바빴잖아요. 이게 될까 안 될까의 문제지, 이게 좋다 안 좋다의 문제가 아니었던 거예요. 좋다고 다 잘되는 게 아니니까. 회사에서 좋다고 생각하는 포인트를 맞춰가야 했던 부분들이 많았는데, 제가 불쑥불쑥 얘기하는 무언가를 좋다고 해주시는 분들이 많으니까 엄청나게 힘이 나더라고요. 그래서 「Simple」을 완성할 수 있었고, "은지야, 너 가사를 되게 잘 쓴다" 같은 칭찬 한마디에 저는 그 가사가 진짜 좋지 않더라도 새로운 매력을 발견할 수 있었고요. 그래, 내가, 나부터 나를 다시 생각해볼 필요가 있겠다. 내가 별로라고 느끼는 것도 누군가는 좋다고 생각해줄 수 있다는 사실을 알게 되니까 그게 너무 따뜻하더라고요.

사실 제가 'Simple is the best'라는 곡을 참 좋아해요. 어떻게 만들어졌나 진심으로 궁금했을 정도로요.

'Simple is the best'는 홍소진 언니에게 "언니, 인생 참 힘들다" 그랬더니 "은지야, 심플 이즈 더 베스트야"라고 하는데……. 세상에 명언들이 되게 많잖아요. 그런데 진짜 내가 명언처럼 느끼는 건 그 순간에 필요한 말 한마디죠. 저한테는 그 말이 진짜 필요했던 것 같아요. 제가 '나 뭐하지? 진짜 뭐하지?' 하면서 마구 쌓아놨던 것들이 사르르 무너지면서 그 안에 아주 조그만 알갱이 하나가 남은 기분인 거예요. 그러고는 "언니, 고마워" 하고 냅다 썼는데, 소진 언니한테 연락이 온 거예요. "야, 이거 내 얘기냐?" (웃음)

음악을 만들면서 제일 많이 고민하셨던 순간이 언제예요?

데뷔하고 나서 여태까지 좀 폐쇄적으로 살았거든요. 제가 친구가 진짜 없어요. 되게 많을 거 같죠? (웃음) 의외로 다른 아티스트분들과는 교류가 진짜 없는 편이죠. 그럼에도 불구하고 주변에 어떤 사람들이 있느냐가 참 중요한 것 같아요. 워낙에 주변 사람들한테 영향을 많이 받는 편이라 더 그래요. 전에 '김비서'도 퇴사하는 언니들 보고 쓴 곡이기도 하고. 너무 진지한 이야기들이 많은가 싶어서 빼보려고 노력을 많이 하는데 그 공기가 잘 안 빠져요. 노래마다 담고 있는 메시지가, 제가 하고 싶은 말이 딱 있는데 거기에 덧살을 붙인 거니까 사실 핵심은 안 빠지더라고요. 그러면서 '혹시 내 음악들이 내 나이대가 받아들이기에 무겁지 않을까?'라는 생각을 했어요. 정말 훌륭한 옛 노래들 중에서도 나이를 먹어서 들어야만 더 그 의미가 와닿는 곡들이 있잖아요. 저도 제노래들이 그렇게 오래 곱씹으면서 들어주실 만한 곡들이 됐으면 좋겠지만, 쉬운 일은 아니니까.

요즘에 쓰는 곡들에는 어떤 메시지를 담으려고 노력하셨나요.

"괜찮아", "힘내"가 항상 좋은 말인 줄 알았거든요? 지나 보니 그것만큼 힘든 말이 없더라고요. 어느 날부터인가 "괜찮아, 괜찮을 거야, 힘내" 그 말이 너무 싫은 거예요. 예전에는 "다 지나갈 거야, 할 수 있어" 같은 무한한 긍정의 느낌으로 곡을 썼다면, 이번에는 '후(Whoo)'라는 노래를 정아 언니와 함께 쓰면서 "괜찮다"는 말이 너무 가식적으로 느껴졌죠. '내가 이렇게 감정적으로 왔다 갔다 해도 괜찮은가?'라는 생각을 많이 했어요.

아이돌과 아티스트, 은지 씨는 솔로 앨범이 나오고 두 가지 호칭을 다 얻으셨어요. 사실 저는 두 가지의 구분이 크게 의미 없다고 생각하는 쪽이지만요.

아이돌로 활동할 때는 매니저분들이 '아티스트'라고 호칭하지만 대중에게는 그런 느낌이 아니잖아요. 처음에 솔로 앨범이 나오고 나서는 '내가 의젓해져야 하지 않을까?'라는 생각을 가졌어요. 그런데 이제는 솔로로서, 에이핑크로서의 정은지에 차이를 두지 않아요. 예전에는 솔로를 할 때 좀 더 점잖게 있었는데, 지금은 솔로로 하나 에이핑크로 하나 정은지 한 명이 왔다 갔다 하는 거죠.

혹시 팀을 할 때 힘드셨던 부분이 있나요?

메인 보컬이라는 이유로 센터에서 춤을 추는 제가 가소롭고 하찮게 느껴질 때가 있었어요. 가끔은 웃으면서 '야, 네가 에이핑크에서 메인 보컬 안 해봤으면 이런 춤 언제 춰보겠냐' 이런 생각을 해요. 예전에는 너무 창피했거든요. 전체적인 그림을 망치는 것 같아서 눈치도 많이 보였고 마음 졸이면서 춤을 췄어요. 아, 근데 솔직히 춤은 10년 동안 췄는데도 정을 못 붙이겠어요. 저랑 좀 안 맞는 거 같아요. (웃음) 아세요? 반 친구 같은 느낌이에요. 안 친해졌는데 반에는 계속 같이 있어야 되는 친구.

음악을 하면서 가장 보람이 있었던 순간은 언제이신가요.

가장 보람 있었던 때요? (오랜 정적 뒤에) 평소에는 제 노래로 인해서 뭔가 바뀌었다고 이야기해주시는 분들이 계실 때요. 그리고 유난히 좋을 때는, 지나간 노래 좋다고 해주시는 분들이 계실 때요. 전에 발표했던 곡들인데, "지금 이 노래를 들으니까 저한테 와닿는 것 같아요"라고 말씀해주시는 분들이 계셔서 좋았어요. 저에게는 사실 "지나갈 거야"라는 말이 책임감 없게 느껴져서 그 곡이 마음에서 멀어진 느낌이었는데, 누군가에게는 힘이 됐다는 게 좋더라고요. 저한테는 그게 예전의 마음이었을지언정, 누군가에게는 현재의 마음일 수 있는 곡이라고 생각하니까……. 근데 그 곡이 제가 쓴 곡이 아니면 엄청나게 뿌듯하지는 않고? 어, 그렇구나. 그 곡을 좋아하는구나. (웃음)

은지 씨의 음악에 가장 큰 영향을 끼치는 건 뭔가요?

사람, 그리고 사랑이요. 사람이 사랑에서 파생된 언어일 수도 있대요. 저는 그 말을 믿어요. 내가 뭔가를 좋아하는 것도, 싫어하는 것도 다 사랑 때문이라고 생각해요. 인과 관계에 다 사랑이 숨어 있는 거죠. 그리고 살면서 사람만큼 영향을 많이 끼치는 게 별로 없지 않나요? 사람 때문에 온갖 감정이 생겨나니까.

이렇게 생각이 깊은 만큼, 가사 한 줄 쓰기가 쉽지 않으실 것 같아요. 책임감이 느껴지거든요.

친구들을 만나면 무거운 이야기를 많이 꺼내는 편이에요. "나 요즘 즐겁지 않아. 왜 그럴까?" 같은. 그 이유를 생각해보면 일로 연결 지어질 때가 많아요. 라디오를 하면서도 많이 느끼는데, 제 말 한마디에 누군가의 감정이 좋고 싫은 쪽으로 흔들릴 수 있겠다는 생각이 들었어요. 제가 어떤 걸 좋다고 말하면, 그걸 싫다고 얘기하던 사람들은 소외가 될 수도 있겠더라고요. 그래서 처음에는 조금 무서웠어요. 노래도 마찬가지고요. 힘든 나머지 '어디로 가는 거지?' 이런 내용의 글을 쓰다 보니 저 스스로도 더 모르겠다는 결론에 이를 때도 많고. 그러다 간단한 게 최고라는 내용을 얘기했더니 "언니, 언니의 'Simple is the best'를 듣고 저한테 필요한 얘기라는 생각이 들었어요" 이런 말도 들으니까. 저처럼 그 얘기가 필요했던 누군가한테는 힘이 될 수도 있는 거죠. 그러니까 뭔가 이런 노랫말, 말 한마디 자체도 누군가의 마음을 조종할 수 있는 힘이잖아요. 조심스러워질 수밖에 없죠.

실제로 가사를 쓸 때 많이 예민해지는 편이신가요.

내가 너무 내 감정에 빠져서 쓰는 건 아닌지 고민하게 될 때가 많아요. 사람의 감정은 자극적일 때가 많으니까 그걸 둥글게 만들려고 노력해요. 단어를 엄청 깎아요. 평소에 문어체 같은 각진 단어를 많이 쓰거든요. 그런데 노래를 들을 때만큼은 사람들이 글자에 찔리는 일이 없었으면 좋겠다고 생각해요. 좀 매끄럽고 둥글게 들렸으면 좋겠다고. 요즘은 '조금 더 뾰족하게, 탁 한번 걸리게 만들어봐?' 이런 생각도 하지만. (웃음) 용기가 없어요, 아직은.

은지 씨에게는 지금 무엇이 가장 소중한가요?

지금의 저에게 가장 소중한 건 경험인 것 같아요. 얼마 전에 길을 걷는데, 평소에는 제가 운전하는 걸 좋아해서 대부분 차를 타고 다니거든요. 그런데 그날은 무턱대고 걸었어요. 그날따라 생각이 많더라고요. 평소에는 편한 길로 차를 타고 다녔는데, 이상하게 그날은 여기저기 꼬불꼬불한 길 사이사이로 가보고 싶은 거예요. 걷다 보니까 보이는 게 많더라고요. 학교는 모두 초록색 울타리라는 것도 발견했고, 개나리가 피었다 진 흔적도 찾았어요. 생각에 다른 가지들이 피어나는 게 느껴졌죠. 사실 요즘은 음악이랑 좀 거리 두기 중이에요. 너무 일이 돼버리니까. 살짝 뒤로 밀어두고 다른 것들을 느껴보려고 해요. 그렇게 걸었다는 거 하나로 하루를 잘 마무리했다는 만족감을 느껴본 것처럼.

겁이 나지는 않으세요.

이러는 것도 다 이유가 있을 거예요. 요즘의 저는 어디로 가고 있는지 잘 모르겠는데, 그래도요. 모로 가도 원하던 도착지로만 가면 되는 거잖아요. 위를 보면 한도 끝도 없어요. 그렇다고 아래도 없고.

연예 산업에 몸을 담고 있는 사람들은 자기도 모르게 자꾸만 위를 본다. 1위, 1등, 뭐든 가지면 좋은 것이지만 그 숫자가 의미하는 무게와 그 뒤의 여파에 대해서는 까맣게 모르거나, 모르는 척을 하면서. 하지만 오랫동안 활동한 사람들 중에는 더 이상 그 숫자에 연연하지 않고 현명하게 자신의 삶을 만들어나가는 인물들이 많다. 그중 한 명이 정은지다. 자신만의 기준을 품고 무게감 있는 한 발, 한 발을 내딛는 그의 걸음을 따를 후배들이 생기길 바라는 마음으로, 이 인터뷰를 썼다.

내 마음이 사라지는 생각은

놓아 주세요 ♫

Simple is the Best !

- 가수 정은지 -

25 _____

걸그룹 EXID로 활동하면서 '위아래'라는 곡의 퍼포먼스로 2014년부터 크게 주목을 받았다. 팀 활동을 마치고 배우가 되어 시네마틱 드라마 〈SF8-하얀 까마귀〉, 영화 〈어른들은 몰라요〉 등의 작품에 출연했으며, 음악가 활동을 할 때와는 전혀 다른 모습으로 많은 사람들을 놀라게 만들었다. 그저 마음 가는 대로 했을 뿐이라고, 재미있어서 했을 뿐이라고 자신 있게 말할 수 있기까지 10년에 가까운 시간이 걸렸다. 아니, 사실은 10년밖에 걸리지 않았다. 그리고 8만 7천 6백 시간 동안 안희연은 안희연을 구속하지 않고 자유롭게 풀어주는 법을 배웠다.

배우 겸 음악가
안희연(EXID 하니)

"이런 삶을 사는 제가

이상해 보이나요?"

걸그룹으로 활동하시면서 계속 '예뻐 보이고 싶다'는 생각을 떨치는 건 정말 어려운 일이었을 것 같아요.

많은 분들이 아실 텐데, 저는 옷을 잘 못 입어요. (웃음) 예전에 '패션 테러리스트'라고 기사가 뜬 적도 있었고. 그때마다 생각했어요. '아, 내가 프로페셔널하지 못하구나.' 옷을 잘 차려입는 것도 직업적인 일부라고 생각했고, 노력도 많이 해봤거든요? 브랜드의 유래를 설명해주는 책도 사서 읽었고요. 메이크업도 마찬가지였어요. 예전에 유명했던 웹툰을 보고 배웠어요. 유용하기는 했는데, 그러다 어느 순간 저한테는 그쪽에 소질이 없다는 걸 깨닫게 되더라고요. 노력해도 안 되는 게 있어요. 인정해요. 그러니까 지금도 누가 뭐라고 하면 잘 모른다고 당당하게 대답해요.

그게 '프로페셔널하지 못하다'는 기준이 아니라는 걸 깨닫게 되신 건가요.

맞아요. 저는 주시는 옷을 입고 거기에 어울리는 느낌을 잘 표현하면 되는 거예요. 스타일리스트 선생님이 계시는 이유가 있죠. 당연히 저에게 스스로를 꾸밀 수 있는 능력이 더 있으면 좋았을 거예요. 하지만 그런 게 없다는 이유로 자책할 필요가 없다는 걸 지금은 알게 됐어요. 아주 간단한 문제였는데.

문화 예술계에서 일하다 보면, 사실 저도 그런데요. 재능이 넘치는 사람들이 많아서 나 자신에 대해 긍정하기가 참 어려운 것 같아요.

열등감을 느낄 일이 많아요. 내가 어떤 능력이 없다는 생각이 들

때가 있고, 그러면 그게 열등감으로 번지면서 두려움, 질투, 분노, 불안, 자책, 미움, 슬픔……. 이렇게 복잡하게 얽힌 부정적인 감정들을 모두 끌어올리는 거예요.

자책을 많이 하셨나요.

네. 굉장히 많이 했었고, 지금도 말 그대로 습관처럼 자책이나 비교를 하고 살아요. 그런데 안 하려고 노력해요. 그 감정이 내 안에 끼어들지 못하도록 노력하는 거예요. 예전에는 제가 그런 부정적인 감정에 휩싸여 있다는 걸 발견하지 못하거나, 조금 늦게 발견했었는데요. 이제는 좀 일찍 발견해낼 수 있게 됐어요. 성장한 거겠죠.

그런 감정을 어떻게 컨트롤하시나요.

나 자신을 이해해주려고 해요. '아, 내가 지금 열등감을 느끼고 있구나. 이런 게 열등감이구나.' 이렇게 자각하고 난 뒤에 있는 그대로 그저 놔두는 거예요. 예전에는 그 감정에서 벗어나려고 굉장히 노력을 많이 했던 것 같거든요. 그래서 메모를 아주 많이 했어요. 내가 그런 부정적인 감정을 느끼지 않아도 되는 이유에 대해서 여기저기 써놓는 거죠. 그런데 어느 날 문득, 이런 행동 자체도 스스로에게 일종의 강요를 하는 느낌이더라고요. 그때부터 감정이라는 것을 그대로 놔두기 시작했어요. 내가 나에게 무엇을 해줄 수 있을지, 어떤 게 나를 위하는 일일지 고민하면서요.

EXID 활동이 끝나고 혼자서 유럽 여행을 다녀오셨잖아요. 그때부터 안희연이라는 이름이 좀 더 빛을 발하기 시작한 것 같다는 생각을 했어요.

여행을 다녀오고 나서 다시 집에 들어갔는데, 여행할 때만 해도 자유롭던 생각들이 다시 제한받는 느낌이 들더라고요. 나중에는 또 어떤 선택을 할지 모르겠지만 일단은 자유롭게 생각하고, 자유롭게 살아보고 싶었어요. 그게 나 자신이 원하는 일인 것 같았죠. 그래서 다시 백팩 두 개를 메고 집에서 나와 호텔로 들어갔어요. 거기서 두 달 정도 살았는데 돈이 너무 많이 드는 거예요. 결국 단기 임대 건물을 찾아서 그리로 갔죠. 훨씬 저렴하고 좋았어요. 제가 그래서 집에 짐이 없어요. 원래도 물욕이 없으니까 텅텅. (웃음)

겉으로 언뜻 보면 그저 집에서 나와 살게 된 것뿐이잖아요. 별로 변한 게 없어 보이지만 내면에는 커다란 변화가 있었던 게 느껴져요.

나라는 사람이 전체적으로 다 바뀐 거예요. 제가 제 말을 들어주게 됐으니까요. 어, 자유롭게 살고 싶어? 나가고 싶다고? 오케이. 우리 한번 나가서 살아보자.

걸그룹 활동을 하다가 배우 활동을 하시게 된 것도 그쯤이에요. 여러 가지가 바뀌면서 주변 사람들을 바라보는 시선이 달라지시진 않았을까, 궁금했어요.

사람들을 보는 시선이 달라졌다기보다는, 사람들을 대하는 태도가 달라졌어요. 관계와 상황을 대하는 태도가 달라지면서 그들을 보는 시선도 바뀌었죠. 예전에는 나를 화나게 만드는 사람이 있을 때 '저 사람이 왜 저러지?' 이런 생각부터 들었는데요. 이제는 '아, 나도 어떨 땐 저래' 이런 생각을 해요. 실제로 그렇기도 했고요. 나도 힘이 들면 언제든 저 사람처럼 행동할 수 있다는 걸 알고 있는 거예요. 물론 이게 마음먹은 것처럼 잘되는 건 아니에요. 노력하는 거죠. (웃음) 하지만 분명한 건 사람들을 이해하기가 훨씬 쉬워졌다는 거.

희연 씨가 선택하신 작품들도 그런 변화들을 다 반영하고 있는 것 같거든요. 사람을 보는 시선, 대하는 태도, 나아가서 나를 대하는 시선과 태도까지도요.

한번은 제작간담회에서 그런 질문을 받았어요. 하니 씨는 안정적인 플랫폼에서 조금 더 쉬운 길을 갈 수 있지 않을까 싶은데, 지금 하고 있는 선택들을 보면 예상 경로에서 많이 벗어난 것 같다고요. 질문을 받고 고민을 아무리 해도 답은 하나더라고요. 재미있을 것 같아서. 이 대답이 너무 성의 없다고 생각하실 수도 있는데, 정말 할 말이 그것뿐이었어요. 그리고 지금의 저는 안정적인 삶에 대한 판타지를 버렸어요. 그걸 좇으면서 안정적인 내일, 안정적인 미래를 꿈꿨죠. 그런데 제가 꿈꾸던 안정적인 미래라는 게 무척 막연한 그림이더라고요. 정말로 제가 원한 게 아니라, 남들을 보면서 원하게 된 거요. 모두 다 그리로 가고 있으니까 나도 가야 하나 보다, 하고…… 그게 나의 자유에, 선택에 지대한 영향을 끼치고 있었던 거예요.

버킷리스트 같은 것도 있으셨나요.

이게 좀 부끄러운데요. (웃음) 1번이 결혼이고, 2번이 출산, 3번이 모유 수유였어요. 그런데 세 가지 다 삭제했어요. 그러고 나서 엄마한테 말했죠. "엄마, 나 이번 여행에서 버킷리스트 1, 2, 3번 삭제했어."

의외의 버킷리스트여서 깜짝 놀랐어요.

일단 지금은 그래요. 나중에는 또 무엇을 바라게 될지 모르죠. 하지만 분명히 지금은 막연한 안정감, 막연한 내일 같은 상상이 제 선택에 도움을 주지 않아요. 내가 직면한 현재의 문제들 앞에서 내가 내 편을 들어주려면 안정성이라는 개념이 필요하지 않은 거죠.

확신이 느껴져요.

솔직히 잘 모르겠어요. 지금 제가 선택한 작품들이 남들 말처럼 제 미래에 도움이 될지 안 될지조차 모를 일이죠. 하지만 지금은 하고 싶으니까, 하고 싶으면 해야 하니까!

원래 계획적인 편이셨나 봐요.

네, 굉장히요. 청사진을 쭉 그려놨었어요. 60대, 70대, 80대의 삶까지도요. 그런데 이제는 달라요. 만약 지금 제 선택이 잘못됐다면, 미래의 나에게 조금 미안해하고 말죠, 뭐. 지금 나의 말을 들어주는 게 저에게는 가장 중요한 일이 됐어요.

팀 활동을 할 때는 이렇게까지 생각해보지 못하셨을 것 같아요.

아무래도 개인이 아니라 팀이 빛나야 하는 상황을 만들어야 했으니까요. 그런데 그 시간을 경험으로, 추억으로 만들겠다고 다짐하면서 저는 그 시간까지도 배움의 시간으로 잘 우려낸 것 같아요. 내가 나보다 무언가를 우선시해보는 경험을 언제 또 해보겠어요. 처음에는 타의로 그 시스템을 받아들이게 됐지만, 나중에는 그게 다 EXID 다섯 명의 선택이 되었고, 그 순간부터 정말로 우리는 빛났다고 생각해요. 늘 생각해왔던 거지만, 우리 멤버들은 참 좋은 사람들이에요. 제가 그 시간을 배움의 시간으로 승화시킬 수 있게 만들어준 건 우리 멤버들이에요. 하지만 내가 내 이야기를 들어주는 데에는 서툴렀고.

EXID는 조금 특이했어요. 정식으로 솔로 활동을 한 멤버가 한 명도 없었어요.

그래서 멤버들에게 그런 얘기를 했어요. 미래를 결정하는 데 있어서 나는 아무것도 모르겠다고, 백지상태라고. 내가 뭘 좋아하는지, 뭘 하고 싶은지 도통 감이 안 온다고 말했죠. 경험의 부재 때문이었을 수도 있겠지만, 정말로 그때는 내가 나의 이야기를 들을 수가 없었어요. 마치 내가 나에게 화가 나 있는 것 같았어요. 뭘 하고 싶은지 아무리 물어도 애가 대답을 안 했어요. (웃음) 그래서 여행을 갔던 거예요. 미래고 뭐고, 어디와 계약을 하고 말고를 떠나서 나는 일단 잃어버린 게 있어. 그게 뭔지는 모르겠지만, 찾아와야 할 것 같아.

그래서 찾으셨어요?

아뇨. 아직도 찾고 있는 중인 것 같아요. 그렇게 짧은 시간에 찾아지는 건 아니더라고요. 너무 급하게 나 자신과 화해하려고 했던 것 같아요. 하지만 화해는 아니어도 친해지기는 했어요.

친해지고 나니 뭐가 보이시던가요.

얘가 뭔가를 원해본 적이 없었다는 거. 단 한 번도요.

아직도 생각나요. 오래전에 한 TV 프로그램에서 희연 씨가 아이돌의 심리 치료를 하는 사람이 되고 싶다고 하셨던 거요. 정말 인상적이었고, 그 말이 지금 제가 하는 일에도 영향을 끼쳤어요.

심리학 공부를 시작한 것도 지금 내가 하고 싶은 일이었기 때문이에요. 쓸모를 고려했다기보다는 그냥, 막연하게 미래에 도움이 될 거라고 생각하면서. 그런데 시작하는 데 10년이 걸렸네요. (웃음) 솔직히 예전에는 '내가 뭐라고 그런 걸 하겠나' 이런 생각이 있었던 게 사실이에요. 지금은 바뀌었어요. 뭐라도, 누구라도 해야 하는 일이고, 내가 할 수 있는 게 있다면 뭐라도 하고 싶다고요. 뭔지 정확히 모양이 그려지지는 않지만, 취미처럼 하던 공부가 최근 들어서부터는 확실한 목적성을 띠게 된 이유죠. 그러니까 사실 10년 정도면 짧은 걸 수도 있지 않을까요?

맞아요. 10년쯤이야. 사실 저는 희연 씨가 최근 들어 하시는 일들, 하시는 말씀들이 모두 '치유'라는 키워드에 집중돼 있다고 느꼈어요. 그런 의지를 지닌 사람이 선택하는 작품이라면 그 작품이 완성되는 과정도 다를 거라고 생각했고.

와, 그렇게 볼 수도 있겠어요. 하지만 사실 영화를 찍을 때는 그런 키워드를 생각할 수 있을 만큼 편안하지 않았어요. 우리가 정말 들여다 봐야 할 사회 문제들, 너무 괴로워서 눈을 돌려버리고 마는 것들, 그럼에도 불구하고 그걸 끝까지 보여주려고 애쓰는 감독님의 태도가 눈에 들어왔으니까요. 그래서 감독님을 만났을 때 그랬어요. 미래에 대해 결정한 게 아무것도 없고, 회사도 없는 애가 하나는 정했다고. 내가 하는 일이 그래도 세상을 아름답게 만드는 방향으로 향하는 일이었으면 좋겠다고요. 감독님이 지금 저에게 제안하신 이 작품이 그 방향으로 가는 목적성을 띤 영화가 맞냐고 여쭤봤죠.

감독님이 뭐라고 하시던가요.

"이 영화 하나로 세상이 아름다워질 거라는 생각은 하지 않아요. 하지만 나도 당신과 같은 바람이 있고, 그런 꿈을 꾸고 있는 사람입니다." 그거 듣고 손 내밀어서 악수했어요. 하자고요.

희연 씨는 '직캠'이라는 걸 통해서 처음에 주목을 받았고, 인기가 확 올라가면서 참 급격한 변화를 겪으셨어요. 그런 사람의 선택이라는 점에서 더 용기 있어 보여요.

그게 2014년이었는데……. 오래됐네요. 그때는 모든 게 무서웠어요.

엄청난 책임감에 짓눌렸고. 하늘에서 동아줄이 내려왔는데 그걸 잡아야 할 사람이 저라는 게 너무 두려웠죠. 그때 제 상황은 9회 말 2아웃에서 살아나느냐 마느냐를 결정짓는 것 같은 느낌이었어요. 분명 감사한 상황이 맞는데, 그 기회가 다른 사람에게 왔으면 잘되라고 빌어줬을 텐데 나라서 너무 무겁고 무서웠어요. 내가 뭐라도 해내야 한다는 그런 압박감이 엄청났어요.

반대로 이제는 그런 동아줄보다 내가 밧줄을 타고 어딘가를 등반해야 한다는 점에서 두렵지는 않으세요?

두려워요. 불안하고요. 그런데 이게 처음에 말했던 것처럼 습관적인 거예요. 실체 없는 두려움인 거죠. 하지만 이건 저뿐만 아니라, 모든 사람들이 느끼는 감정이라고 생각해요. 뭔가에 쫓기듯이 엄청나게 열심히 달리고 있는데, 정작 나를 쫓아오는 게 아무것도 없는 거예요. 정말 죽을 것처럼 계속 달리다가 뒤를 돌아봤어. 어, 그런데 아무것도 없잖아? 이 느낌을 받은 게 2017년이었어요.

굉장히 생생하게 기억하고 계시네요.

제가 매년 하나씩 목표를 정해요. 2014년부터 2017년까지는 성장, 발전, 배움, 노력이었는데요. 2018년에는 추억이라는 단어가 등장했더라고요. 그러니까 2017년까지 4년 정도를 엄청나게 열심히 달린 거죠. 달리기에 대한 강박에 휩싸여 있던 나 자신의 모습이 기억나요. 그리고 대체 뭐가 쫓아오는지 한번 봐야겠다고 결심한 게 그때였다는 거.

우리 모두는 습관적인 두려움을 안고 사는 사람들인 것 같죠?

네, 그리고 많은 사람들 속에 있으면 더 많은 두려움이 습관적으로 찾아올 수밖에 없고요. 공기 중에 늘 배인 느낌이에요. "잘 모르겠다"고 말하는 것도 참 무서웠는데. 부끄럽고, 다 알고 있어야 할 것만 같고, 나에 대한 확신도 없어 보이고. 그런데 이제는 알아요. 저는 정말로 아무것도 몰라요. 하다못해 제가 좋아하는 색깔이 뭔지도 모르죠.

그럼 희연 씨가 알고 계신 건 무엇인가요?

너무 어려운 질문인데. (웃음) 제가 사람을 좋아한다는 거요. 그건 확실히 알아요.

희연 씨, 지금 굉장히 빛나요.

나를 위해서 문을 열어두길 참 잘했어요. 연예인이었다고 해서 앞으로도 연예인을 해야 한다고 생각하지 않았던 거. 그래서 연기라는 걸 할 수 있게 된 것까지. 영화에서 제가 친구의 얼굴을 돌로 내리쳐야 하는 장면이 있었어요. 다친 친구가 죄책감에 휩싸인 제 모습을 말없이 지켜보다 그저 안녕을 고했을 때, 처음으로 느꼈어요. 용서라는 게 별것 아니구나. 내가 이렇게 낭떠러지 끝에 서 있는데, 톡 밀기만 해도 나는 죽는데 그걸 알고도 날 밀지 않는 저 사람의 마음을 지금 내가 온몸으로 알아가고 있는 거구나. 처음으로 느껴본 감정이었어요. 아마 문을 열어두지 않았더라면 평생 몰랐을 감정이었겠죠.

하니보다 안희연이라고 불리는 게, 이제는 편하신가요?

사실 이름은 저에게 큰 의미가 없어요. 편하실 대로 부르면 그게 제 이름이 되는 거예요. 하니로 불리든, 안희연으로 불리든 상관없어요. 어차피 가수와 배우라는 수식어를 가진 두 사람을 제외하면 저는 저 자신이니까요. 안희연 자신.

새로운 버킷리스트가 생기셨나요?

아뇨. 이제 버킷리스트는 없어요. 이런 삶을 사는 제가 이상해 보이나요?

전혀, 하나도.

제가 좋아하는 일을 해서 사람들의 인정을 받고 관심을 받는 건 좋은 일이에요. 그걸 굳이 마다할 필요는 없어요. 그렇지만 그게 인생을 사는 목적이 되어버리는 일, 또 인생을 성패로 갈라버리는 일은……. 저는 안 맞아요. 그렇게 살 수 있겠지만, 저는 아니에요.

계속 변하고 있는 희연 씨가 좋아요.

재미있어요. 정말 재미있어요. 또 어떻게 변할까요? 다시 버킷리스트가 생길까요?

지금 딱 하나의 질문만 던진다면, 우리는 서로에게 뭘 물어볼 수 있을까요?

내일 죽는다면 우리는 당장 무엇을 할까요?

이야기를 하는 내내 굵은 실로 서로의 감정을 엮어서 느끼고, 이해하고, 껴안아 정성스럽게 뜨개질을 하는 느낌을 받았다. 우리가 함께 두툼하고 포근한 실타래를 엮어갈 수 있는 시간이 주어진 데에 황홀함을 느꼈고, 과거의 경험을 토대로 현재의 자신을 감싸 안아주는 그의 모습을 기록할 수 있다는 데에 감사함을 느꼈다. "사람이 가장 아름다워요." 나는 웃었다. 눈시울이 붉어졌다.

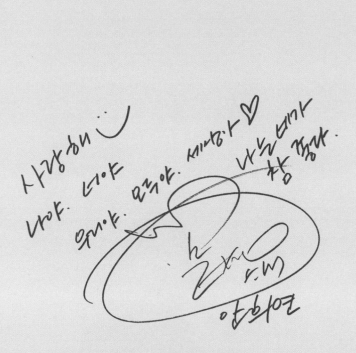

26

「김현철 Vol. 1」을 시작으로 「32℃ 여름」, 「횡계에서 돌아오는 저녁」, 「Who Stepped On It」, 「동야동조(冬夜冬朝)」, 「거짓말도 보여요」, 「어느 누구를 사랑한다는 건 미친짓이야」, 「그리고 김현철」, 「Talk about Love」, 「돛」 등 열 장의 정규 앨범을 발표하고 다른 아티스트들과 협업을 해왔다. 아주 오래된 이야기를 하듯이, 그러나 변화를 외면하지 않으면서 그가 꺼낸 말들은 1989년에 데뷔해 2021년까지 음악을 해온 솔직한 음악가의 고백이었다.

음악가
김현철

"콘셉트가 나예요.

콘셉트가 나야."

팬데믹 사태는 음악가로 생활하면서 처음이시라……

모든 국민이 다 겪고 있는 일이잖아요. 그리고 우리는 이렇게 할 일 없을 때가 많아요. (웃음) 방송 잠깐 쉬고, 앨범 안 내고 이럴 때는 매일 할 일이 없는 거나 마찬가지예요. 우리 일이라는 게 바쁠 때는 너무 바쁘고, 한가할 때는 너무 한가해요. 그래도 지금은 1년 넘게 오전 라디오 방송을 하고 있거든요. 그래서 출근하는 버릇이 드니까 좋더라고요.

규칙적인 생활이 잘 안 되는 직업이시기도 해서. (웃음)

잘 안 되는 게 아니라, 규칙적인 생활을 생각해본 적이 없어요. 나는 그냥 규칙적이지 않은 사람인 거예요. 그런데 이제는 몸이 조금씩 규칙적인 패턴으로 바뀌어가더라고요? 나이를 먹으니까 몸이 그렇게 변해가요.

최백호, 정미조, 주현미, 김현철. 이렇게 네 명의 음악가분들이 모이신 앨범은 상상도 안 해봤어요. 너무 흥미롭더라고요.

그만한 거 나오기 힘들 거라고 우리끼리도 얘기해요. (웃음) 최백호 형과는 예전부터 알고 지냈는데, 싱어송라이터들 모임에서 만나 가까워졌죠. 둘이 서로를 볼 때 좀 각별한 게 있어요. 그렇다고 억지로 노래를 불러달라고 할 수는 없으니까 부탁해봤는데 흔쾌히 수락을 해주더라고요. 그리고 정미조 선생님은 제가 존경하는 분이었고, 백호 형과 아는 사이라서 자연스럽게 섭외가 됐어요. 주현미 씨는 백호 형과 듀엣도 해본 사이였거든요. 형이 5년 전에 "야, 네가 여유가 있으면 주현미 씨랑 작업을 한번 해봐라" 그래서 알겠다고 했었는데, 이게 얼결에 연결이 돼

가지고 노래를 불러주시게 됐고. 재미있는 게, 이 세 분이 다 서로를 너무 좋아하세요.

무척 자연스럽게 연결된 사이시네요.

귀찮아서 그러는지도 모르지만, 억지로 되는 일은 잘 안 해요. 사실 잘 안 하는 게 아니라 할 수 없지요. 억지로 되는 일을 어떻게 하겠어. 내가 살아보니까 억지로 하기 싫은 거를 하게끔 하려면 거기에 상응하는 보답을 해야 해요. 보답이라는 건 대충 우리가 생각할 수 있는 게, 가장 흔히 통용되는 돈이겠죠? 그런데 돈이 오고 간 관계가 되면 그 사람이 불러준 게 암만해도 돈 준 것보다는 못 불러준 것 같아. 그럼 이제 이쪽에서도 불만을 갖게 되고, 저쪽에서도 불만을 갖게 되고. 처음에야 누군가에게 털어놓지 않지만, 시간이 지나면 결국에는 다 이야기하게 되고 그래요.

그런데 사실 돈이 오고 가지 않는 관계가 거의 없잖아요.

음반이 산업화가 많이 됐죠. 물론 필요한 일이기는 한데……. 예를 들어 아이돌을 생각해보면, 멤버들 관리하고 뽑는 게 제가 처음 음악을 하던 시기와 많이 달라졌잖아요. 이제는 퍼스널리티보다 캐릭터를 쥐여주고 그 사람이 롤에 맞게 연기하기를 바라잖아요. 아이돌은 개인에 비해 상대적으로 그 그룹의 정체성을 살리면서 지금 현실 세계와는 차별화되는 세계관을 만드는 작업이 중요하게 여겨지고. 그런데 우리는 각자 자기가 살아온 모습대로 지금의 모습이 만들어진 거잖아요. 자기가 어떻게 살아가고 있는지도 지금 모습 안에 다 담겨 있고요. 이건 대단히 중요한 문제예요.

어떤 면에서요?

백호 형이 살아온 모습, 내가 살아온 모습이 있겠죠? 그러면 우리는 같은 음악인으로서 서로의 퍼스널리티를 침범하지 않기 위해 부단히 노력해요. 이런 태도를 지킬 수 있는 사람들끼리 만나야 작업도 할 수 있는 거예요. 너무 상대의 영역을 침범하거나, 너무 뒤에 서 있으면 안 맞아서 같이 일을 할 수가 없어요. 그런데 이건 개개인이 다 퍼스널리티 위주로 움직였던 우리 때 얘기고, 산업화가 진행되면서 많이 달라졌죠.

후배분들과 협업도 하셨잖아요.

재밌고 좋은 경험이었어요. 죠지라는 음악가 친구와 처음에 협업하는데, '오랜만에'를 부르셨다고 하더라고요. 그러고 나서 죠지와 같이 네이버 온스테이지 무대에 섰어요. 지금 생각해보면 오늘 내가 음악을 계속하고, 10집 앨범도 내고, 라디오도 적극적으로 하게 된 계기가 그날이었어요. 재미있었던 건 그날 만났던 타이거디스코라는 DJ가 판을 몇 개 들고 와서 나에게 사인을 받아갔어요. 그러면서 클럽 공연에 같이 올라갔으면 좋겠다는 거예요. 어후, 갑자기 내가 무슨 클럽 공연을. 막걸리집이면 또 모를까. (웃음)

그래서 어떻게 하셨어요?

"클럽이란 데가 어떤 곳인지도 모르는데 괜찮겠어요?" 하니까 괜찮다는 거예요. 그래서 진짜 갔어요. 그런데 그날이 그 클럽이 생긴 이래로 가장 많은 사람이 왔대요. 못 들어온 사람도 많았고, 해외에서 오기도 하고. 그렇게 사람들을 만나고 나니까 생각이 확 들더라고요. 아, 나 음악해야겠다.

젊은 음악가들 덕분에 자극을 받으셨네요.

내가 옛날에 만들어놓은 음악을 죠지가 다시 부르겠다고 하지를 않나, 정말 어린 친구들이, 내 음악이 나왔을 때는 없었던 친구들이 클럽에서 다 그 노래를 따라 부르고 있지를 않나⋯⋯. 너무 인상적이더라고요. 저는 그런 생각을 전혀 못 했거든요. 시대와 같이 늙어가고 있다고 생각했지, 이 음악이 다시 요즘에 와서 각광 아닌 각광을 받을 줄 정말 몰랐어요. 그래서 이 친구들과 함께 만나서 같이 음악을 해보기 시작했죠. 정말로, 정말로 재미있었어요.

왜 음악을 놓고 계셨는지 잘 이해가 안 가요.

음악에 대한 갈망이 없다고 생각했어요. 내가 나를 몰랐던 거죠. 당시에도 교수는 계속하고 있었지만, 막상 내 안에 숨겨져 있던 뭔가가 확 올라오면서 '아, 다시 음악을 하고 싶다'는 생각이 드니까 얼른 해야겠더라고요. 그나마 다행인 게, 그동안 음악을 하면서 내 판을 내가 제작할 만한 여력은 있었던 거죠. 만약 그렇지 않았다면 판 제작해줄 사람을 찾아다니느라 시간이 한참 걸렸을 텐데, 경제적 여건이 갖춰진 덕분에 바로 다음 날부터 만들기 시작했어요.

10집도 여전히 따뜻했어요. 사실 음악의 색깔이 많이 바뀌지 않을지 궁금했었거든요.

사람이 생긴 대로 이야기하고, 생긴 대로 음악하는 것 같아요. 생김은 얼굴 생김새가 아니고, 그 사람이 살아온 인생이라는 뜻이에요.

앨범 만드는 동안 기분이 어떠셨어요?

그냥 좋았어요, 그냥. 물론 이 앨범이 잘될지 안될지 생각이 들 때도 있었어요. 하지만 그런 생각은 안 하려고 노력했고요. 예전에 앨범이 많이 팔릴 때는 그 앨범을 팔아서 얻는 재화를 가지고 다음 앨범을 만들어서 먹고살았죠. 지금은 그동안 살아오면서 만든 걸 기반으로 '자, 이거는 보너스다', '서비스다'라고 생각하며 작업하는 세상이 돼서⋯⋯. 솔직히 그렇게 생각할 수밖에 없게 된 음악 산업의 현실이 좀 안타깝기는 한데 어쩔 수 없다고 생각해요. 제가 바꿀 수 있는 것도 아니고요. 제 음악을 듣고 싶은 사람이 한 명이라도 있으면 그 사람들에게 줄 수 있는 게 있다고 생각하면서 만들었는데 의외로 잘됐어요. 그래서 무척 고맙다고 생각해요.

그래서 '증거'라는 표현을 쓰기 시작하신 거군요.

맞아요. 이제부터는 앨범이라고 말하지 않고 증거라고 말하는 것. 열 번째 증거가 10집이었던 거예요. 내가 2019년에도, 2020년에도 살아 있다, 계속 음악을 하고 있다는 증거였어요. 요즘엔 그렇게 생각해요. 내가 언제 죽을지 모르니까 그 증거들을 최대한 많이 남겨놓고 가야겠다고.

아까부터 계속 이야기가 나오기는 하는데, 음악하는 환경이 많이 달라졌잖아요. 장단점을 다 꼽으실 수 있을 것 같아요.

곡들이 너무 많이 나오다 보니까 음악 한 곡에 할당되는 시간이 별로 없어요. 게다가 음악 외에도 사람들이 향유할 수 있는 문화가 너무 많아졌죠. TV 하나만으로도 즐길 수 있는 게 굉장히 많고, 게임 종류도 늘어났고. 그러니까 사람들이 온전하게 음악만을 즐길 수 있는 시간이 점점 줄어드는 거예요. 물론 매체마다 음악이 안 쓰이느냐? 당연히 쓰여요. 음악은 다 써요. 그렇지만 종속된 음악이에요. 음악이 어딘가에 종속된 채로 많이 쓰이기는 하는데, 음악이 주가 되는 분야를 즐기기에는 절대적으로 시간이 부족하죠.

시간 부족이 가져오는 궁극적인 문제점이 뭐라고 생각하세요?

가사를 못 듣는 거요. 그게 가장 아쉬워요. 예전에는 시가 있고, 시가 있어서 노래가 있고, 그게 합쳐져서 가요라는 게 나왔거든요. 그런데 요즘에는 노래가 나오고 거기에 가사를 집어넣다 보니까……. 사실 가사가 좋아지려면 듣는 사람들이 좋은 가사가 들어간 노래를 많이 좋아해줘야 해요. 그래야 음악가들이 가사가 좋은 노래를 많이 써내고, 어떻게 하면 잘 써낼 수 있을까 고민하고 그런 거거든요. 하지만 듣는 입장이 그렇지 않으니까, 가사도 시장 따라서 단순화되어버려요.

개인적으로 음악을 구성하는 요소들에서 가사를 가장 중요하게 생각하는 사람이라 공감하는 바가 커요.

뭐, 일단 내 전성기 때와 달라지면 다 맘에 안 드는 거야. (웃음) 하지만 마음에 안 든다고 말하는 건 어렵죠. 세상은 변해가는 거고. 다만 지금도 좋은 가사를 써내는 가수들이 있음에도 불구하고 그들이 소비되지 않고, 가사가 중요하게 받아들여지지 않는다는 게 좀 아쉬운 건 사실이에요.

가사가 지닌 힘은 뭐라고 생각하세요?

100분 동안 떠들어도 그게 가사 한마디, 한마디보다 연결이 안 되는 경우가 얼마나 많게요? 그렇다면 대단한 힘이죠. 그리고 가사는 오늘 들을 때와 내일 들을 때 다른 이야기를 해요. 똑같은 가사에 똑같은 말이어도 오늘내일이 다르다는 거예요. 오늘 들었던 걸 내일 들을 때, '아, 어제 몰랐던 게 바로 이런 의미였구나'라고 생각하게 되죠. 오늘 알았는데 모레 들으면 '어, 그 의미가 아니었네?' 이런 생각이 들기도 하고요. 가사는 살아 있어요. 대중이 너무 신경 쓰지 않고 있는 게 마음이 아플 만큼.

음악을 하면서 즐거울 때가 언제이신가요?

특별히 즐거웠던 시간도, 특별히 괴로웠던 순간도 없는 것 같아요. 그게 제 음악의 모토인 것 같기도 해요. 내 음악이 그냥 그렇고 그렇게 흘러왔죠. 아까 제 음악에 대해서 따뜻하다고 이야기하셨죠? 그런 이야기를 하게끔 인생이 흘러왔나 봐요. 그러니까 즐거웠던 시간도, 괴로웠던 시간도 없어요. 늘 고만고만하게 흘러온 게 지금 이 순간이에요. 내가 그래서 제일 부러워하는 사람이 신승훈 씨야. 승훈이는 뭘 그렇게 슬프게 써? 그런 거 쓰면, 나는 내가 막 사라져버릴 것 같아요. (웃음)

예전에도 그러셨어요? 이걸 왜 여쭤보냐면, 기자들은 "가장 ~했던 순간이 언제셨나요?" 이런 질문을 많이 던지게 되니까.

그게 글로 쓰기가 좋죠? (웃음) 예전하고 달라지기는 했어요. 이런 질문을 받으면 '아, 내가 생각해내야 하는데! 언제 즐거웠지? 맞아, 그때가 즐거웠나?' 하면서 막 생각을 하게 된단 말이에요. 그런데 이제는 그런 거 안 해요. 내가 생각이 안 나면 없는 걸로 시원하게 말할 수 있어요. 안 그래도 요즘에는 콘셉트가 뭐냐는 질문을 받으면 할 말이 없어요. 예전이나 지금이나, 콘셉트가 나예요. 콘셉트가 나야. 내 퍼스널리티가 곧 앨범이 되는 거니까.

저는 첫 앨범을 정말 좋아하는데요. 첫 앨범 만들던 때 기억나세요?

그럼요, 다 기억나죠. 음, 그리고 누구나 그 사람의 처음을 가장 사랑하게끔 되어 있는 것 같아요. 왜냐하면 생각하지도 않은 데에서 갑자기 나타난 사람이니까. 처음에 나타났을 때는 다 신기하잖아요. 사랑스럽고. 그런데 그 사람이 쭉 음악을 해나가다 보면 변하는 걸 보게 되죠. 3집 활동을 본 사람이 4집 활동을 보고, 5집 활동을 할 때는 4집 활동까지 해온 걸 본 사람들이 보게 되는 거니까 그건 그다지 신기하지 않았을 거예요. 심지어 어떤 경우에는 '오, 4집을 이렇게 했으니 나라면 5집은 이렇게 만들겠어' 이런 생각을 하기도 하죠. 그렇기 때문에 새 앨범이 나올수록 갑론을박이 생기잖아요? 하지만 처음에 나온 앨범에서는 갑론을박이 생길 게 없이 그저 예쁘고 신기하죠. 그러니까 누구나 첫 앨범을 가장 좋아하게끔 되는 것 아닐까 싶어요.

저처럼 첫 앨범이 좋다는 사람을 만나면 아쉬우시겠어요. (웃음)

그렇죠. (웃음) 아니, 근데 그건 만든 사람과 들은 사람의 입장 차이니까요. 1집 앨범 다음에 2집 앨범은 어느 정도 발해가 된 상황이라 그래요.

발해요?

조명하는 사람들이 많이 쓰는 말인데, 카메라에 조명이 보이는 걸 '발해'라고 그래요. 조명이 카메라에 보이면 안 되잖아요? 그런데 우리는 2집 준비할 때부터 이미 카메라에 비춰져 있는 상태니까 거기에 비유해요.

음악을 만들 때, 특히나 예술적이라고 느끼시는 부분이 뭔가요?

음과 음의 간격이 가장 예술적인 것 같아요. 예를 들어서 (노래를 부르며) '인생은 나그네 길' 할 때 '인생은' 이다음에 오는 호흡 그 사이. 그 사이에 우리는 '인생이란 게 뭘까?' 하고 생각하게 되는 거죠. 그다음에 '나그네 길'이 나오면, '그래 맞아, 나그네 길. 아, 그런 것도 같네' 이러면서 공감하기도 하고 자기 생각과 다르면 아니라고 부정하기도 하죠.

그 사이사이마다 들어가는 사람의 생각들이 중요하다…….

그러니까 예술 아니겠어요? 아까 100분 연설보다도 한마디의 가사가 진짜 중요할 수 있다는 얘기를 그래서 한 거예요. 제가 김민기 씨의 '봉우리'라는 노래를 참 좋아하는데요. 봉우리에 올라가서 힘들게 올라간 걸 자랑하고 싶어도 손 흔들지 말라고, 저기 저 밑에 바다를 생각하라는 얘기가 나와요. 그 바다의 감각을 가사가 아니면 어떻게 표현하겠어요? 그리고 바다, 불러놓고 그다음 음이 나오기까지의 간격. 그래서 생각이라는 걸 할 수 있게 되는 것. 그게 예술이라고 봐요.

가사가 중요하다고 생각하시는 음악가분을 만나면 저는 참 좋아요.

사람들이 노래를 좋아한다고 말하잖아요. 무슨 노래를 좋아하는지 보면, 결국에는 그 가사가 마음에 들어서 그 노래를 좋아하는 거예요. 미파미레도, 도레도시라, 이게 좋아서 그 노래를 좋아하겠어요? 그 멜로디에 정말 자기 마음에 와서 꽂히는 가사가 있기 때문에 좋아하게 되는 거예요.

수더분하게 흘러가는 일상을 사랑하시는 분 같아요.

급격한 걸 싫어하는 것 같아요. 만약에 내가 공들여서 무언가를 바꿔놨다면 또 바뀌는 게 더 싫기도 하고. (웃음) 물론 시간이 흐를수록 이것저것 바꾸어야겠지만, 시간이 그렇게 빨리 급격하게 지나가도 별로지 않아요? 여행을 가도 매번 시골로만 가요. 시간이 빨리 흘러가는 느낌이 별로라.

그런 데 가시면 영감이라는 게 오는 거예요?

아이, 영감이라는 건 피아노 앞에 앉아야 오는 거예요. 가서 느끼는 것들은 있죠. 하지만 그런 걸 잘 기억해뒀다가 영감으로 발전되기까지는 시간이 아주 많이 걸려요. 적어도 나 같은 경우에는.

그걸 기억하는 방법이 따로 있으세요?

기억에 남아 있으면 그게 기억이 되는 거죠. 그 정도로 기억조차 안 남는 걸 뭣하러 기억해요? (웃음)

현재 김현철은 '우리가요' 프로젝트에 함께하고 있다. 한국의 가요 역사를 정리하는 이 프로젝트에서 그는 한 시대를 대표하고 있으면서, 사라질 뻔한 자료들을 모으고 정리하는 가요계 사람들의 시도에 적극적으로 힘을 보탠다. "기록으로 남기면 부끄러울 짓을 할 수 없으니까." 아카이빙의 필요성에 대해 묻자, 음악가로서 부끄럽지 않은 작품을 남기는 것이 우선이라고 말하는 그의 목소리에서 단호함이 묻어났다. 한국의 가요 신을 만들어나가는 사람들의 노력과 김현철이라는 음악가의 혼이 함께 엮인 프로젝트가 성공하기를 빈다.

그대와 나 ...
지금 여기에 ...
김현철 ...

이 책을 만들면서 많은 인터뷰이들을 만난 만큼이나 여러 분들에게 귀중한 도움을 받았다.

정진영 작가님, WM엔터테인먼트, 빅보스엔터테인먼트, HJ컬쳐, 르엔터테인먼트, 더블앤 박승규 대표님, 신시컴퍼니, 정옥희 님, 블루스테이지, 아메바컬쳐, 매직스트로베리사운드, SM C&C, 워너뮤직코리아, PL엔터테인먼트, 레이크뮤직, 달 컴퍼니, FNC엔터테인먼트, 아더스 아티스트, 플레이엠, 남궁찬 님, 김준하 님을 비롯해 예술가들의 이야기를 담는 작업에 도움을 주신 여러 관계자분들께 이 자리를 빌려 깊은 감사를 드린다.

인터뷰어를 믿고 자신의 마음속에 있는 이야기를 망설임 없이 꺼내어 많은 사람들에게 나눠 주신 박준면, B1A4 산들, 임혜영, EOS 김형중, 정욱진, 황민수, 유빈, 박지연, 백형훈, 이이언, 핫펠트, 김재범, 10cm 권정열, 기세중, 김경수, 제이미, 김수하, 에릭남, 김지현, 오지은, SF9 인성, 박규원, 전나영, 에이핑크 정은지, 안희연(EXID 하니), 김현철

님께 감사의 인사를 전한다. 이분들의 용기와 믿음이 없었더라면 이 책은 절대로 완성될 수 없었다.

책을 완성하는 동안 정신적으로 많은 도움이 되어준 소중한 가족들과 대학생이던 시절부터 늘 아낌없이 응원을 보내주시는 신지연 멘토님, 곁에 있어주는 최민선 님에게 고개 숙여 감사를 표한다. 기꺼이 스튜디오를 내어주신 코이웍스 이진혁 선배, 토푸 스튜디오 황윤지, 사진 작업을 도와준 이은 작가님께도 감사드린다. 아주 훌륭한 어시스턴트로, 친구로 함께해준 최은혜 님께는 특별히 더 감사하다.

마지막으로, 책을 만드는 내내 행복하다고 말씀해주신 카시오페아 최유진 팀장님과 이 기획에 흔쾌히 응해주신 대표님 이하 직원분들께 감사드린다. 그리고 이 책을 읽고 인터뷰이들의 삶의 단면을 마음 깊숙하게 간직하게 될 어떤 독자분들께도 미리 감사의 인사를 드리고 싶다.

이번 기회로 사람은 다른 누군가의 도움 없이 결코 자랄 수 없다는 것을 깨달았다. 그러니 아무리 생각해도 이토록 감사드릴 분이 많다는 것은 행운이다. 이분들께 내가 받은 커다란 도움을 또 다른 곳에 넉넉하게 전할 수 있다면 좋겠다.

사진 제공

WM엔터테인먼트(B1A4 산들), EOS(EOS 김형중), 르 엔터테인먼트(유빈), 신시컴퍼니(박지연), 블루스테이지(백형훈, 기세중), 이이언, 아메바컬처(핫펠트), SM C&C(김재범), FNC엔터테인먼트(SF9 인성), 플레이엠엔터테인먼트(에이핑크 정은지), 김현철

직업으로서의 예술가: 고백과 자각

초판 1쇄 발행 2021년 5월 31일

지은이 박희아
사진 박희아, 이은 | **어시스턴트** 최은혜
펴낸이 민혜영
펴낸곳 (주)카시오페아 출판사
주소 서울시 마포구 월드컵로 14길 56, 2층
전화 02-303-5580 | **팩스** 02-2179-8768
홈페이지 www.cassiopeiabook.com | **전자우편** editor@cassiopeiabook.com
출판등록 2012년 12월 27일 제2014-000277호
책임편집 최유진 | **책임디자인** 고광표
편집 최유진, 위유나, 진다영 | **디자인** 고광표, 최예슬 | **마케팅** 허경아, 김철, 홍수연

ⓒ박희아, 2021
ISBN 979-11-90776-67-7 03810